Le Frère du loup

La Faute du loup

Megan Lindholm

Le Frère du loup

**

*Traduit de l'anglais
par Maryvonne Ssossé*

ÉDITIONS FRANCE LOISIRS

Ouvrage publié sous la direction de Bénédicte Lombardo

Titre original : *The Wolf's Brother*
Première publication par Ace Books, avec l'accord de l'auteur, 1988.

Édition du Club France Loisirs,
avec l'autorisation des Éditions Le Pré aux Clercs.

Éditions France Loisirs,
123, boulevard de Grenelle, Paris
www.franceloisirs.com

Copyright © M. Lindholm Ogden, 1988
Copyright © Le Pré aux Clercs pour la traduction française, 2005
ISBN : 2-7441-8955-3

I

— Ce que je dois faire est réservé aux initiés.

— Mais je suis chez moi ! protesta Heckram.

— Dehors ! répéta Carp.

Heckram quitta sa hutte, tout en se demandant pourquoi il obéissait à ce vieil étranger racorni dont l'aplomb ne cessait de l'étonner. Immobile, Carp attendit que le rabat de cuir retombe derrière la haute silhouette. En revanche, dès qu'il fut seul, il s'accroupit près du foyer, puis s'assit avec précaution. La faiblesse avait érodé ses os et rongé sa force, comme le castor attaque un arbre. Mais il n'avait pas droit au répit. Pas encore. Il lui fallait d'abord gagner un peuple.

Les yeux fermés, il retraçait le long chemin qu'il avait parcouru depuis le moment où Tillu s'était enfuie avec Kerleu. Elle s'était privée de la protection de Carp en refusant de devenir son épouse, mais avait surtout spolié son fils en l'arrachant à l'enseignement du chaman. Une telle méconnaissance de la structure du monde était pitoyable. Car la magie était bel et bien présente dans le corps de Kerleu, aussi vigoureuse et nécessaire à sa survie que le sang qui coulait dans ses

7

veines. Tillu ne pouvait séparer le garçon de ce pouvoir. Il avait su appeler Carp, l'avait guidé le long de centaines de pistes, dans le froid et la glace ou sous le vent tiède, l'aidant à progresser vers une destination immuable. Maintenant il les avait retrouvés, vivant tout près de ces éleveurs de rennes sans pour autant faire partie de leur tribu – des circonstances propices à la concrétisation de ses projets.

Ce soir, il devrait faire forte impression sur ces gens et les convaincre de l'accepter comme leur nouveau chaman. Une fois que ce serait accompli, séparer Kerleu de sa mère deviendrait un jeu d'enfant ; il lui démontrerait que la magie imprégnait le destin de son fils. Et si elle tenait à le garder sous sa tente ? Il laissa échapper un rire qui chuinta à travers les trous de sa dentition. Eh bien, Tillu devrait le prendre avec son apprenti ! Il hocha la tête d'un air sagace, ses mains noueuses frottant ses cuisses froides. Les femmes. Elles comprenaient si peu le fonctionnement du monde. Tillu lui appartenait déjà, aussi sûrement que s'il était un éleveur et elle, un renne femelle portant sa marque à l'oreille. Il anticipait le plaisir de se réchauffer contre sa chair et de s'endormir dans la tiédeur de ses cheveux.

Mais cela ne se ferait pas tout seul. Son dos protesta quand il tendit la main pour saisir la lanière de son petit bagage et le tirer plus près. Il étudia le tendon mince qui en serrait l'ouverture, et dont les nœuds avaient été chargés de la puissance de sa magie. Personne n'y avait touché. Et après ce soir, nul ne s'y risquerait. Il peina à les défaire, le lien s'accrochant aux callosités de ses doigts. Par ailleurs, ses phalanges et ses poignets le faisaient souffrir. Il allait tomber de la neige. Il se frotta les mains d'un geste bref et poussa un soupir en songeant à cette douleur qui annonçait le mauvais temps. Puis il hocha la tête, acceptant ce que le monde des esprits lui envoyait. Il en userait à bon escient, comme il se servait de tous les présents que lui procuraient ses pouvoirs. Chaque bribe de rumeur, chaque sursaut de culpabilité, chaque regard angoissé ou avide de rêve venaient renforcer ses capacités. Il passa en revue ce qu'il savait déjà de ce peuple, déroulant les fragments d'information glanés pendant les quelques jours passés en sa compagnie.

Les éleveurs étaient restés longtemps sans chaman – un nadj, comme ils appelaient leurs passeurs spirituels, aussi craints que révérés. Il était temps pour eux d'en avoir un nouveau, de renouer avec le monde immatériel. Il occuperait cette place parmi eux et en assurerait la pérennité. Et quand il serait devenu trop vieux pour les tenir par la magie et la peur, son apprenti, l'étrange Kerleu, pourrait le remplacer – avec son regard fixe, son élocution hésitante, son allure légèrement gauche, et la présence presque palpable des entités qui planaient autour de lui. En prenant la suite de Carp, il veillerait à ce que les dernières années de son maître soient confortables. Ces éleveurs étaient un peuple riche. Ils avaient les moyens de procurer à leur nadj une existence tout à fait agréable. C'était à Carp de s'assurer qu'ils le comprennent rapidement.

Il acheva de délier les nœuds et ouvrit plus largement le sac en soupirant. Il lui fallait apporter un soin particulier au choix de ses vêtements. Ces gens ne devraient pas voir en lui un vieil homme dépenaillé qui

9

avait passé la moitié de l'hiver à mourir de faim. Il sortit les sacoches de cuir fin qui protégeaient ses crécelles et ses perles, et quelques petits paquets qui contenaient les herbes et les racines destinées à ses rituels. Un des emballages était plus léger que les autres. En le soupesant, il le trouva presque vide. Qui sait quand il pourrait renouveler ses provisions ? Mais ce soir, l'essentiel était de rassembler l'énergie nécessaire, et il valait mieux utiliser ses réserves à gagner une tribu que les préserver pour un usage incertain. D'un geste décidé, il renversa le sachet au-dessus du feu et se pencha par-dessus les flammes.

Les volutes de fumée bleue avaient une nuance huileuse. Carp y plongea le visage, ouvrant grand ses yeux voilés de gris. À mesure que sa vision s'affaiblissait dans ce monde, elle gagnait en clarté de l'autre côté. Après chaque inspiration, il sentait une vigueur nouvelle envahir son corps. Les commérages fragmentaires péniblement rassemblés dans sa mémoire dansaient sous les doigts habiles de ses guides rituels. Une femme était morte récemment, certains soupçonnaient un assassinat, d'autres parlaient d'un démon. Ella. Oui, cette information pouvait se révéler particulièrement utile. Et Kerleu. Avec ses yeux pâles et ses manières étranges, il mettait déjà mal à l'aise la plupart des membres de la tribu. Au sein des troupeaux, les femelles s'apprêtaient à vêler, la neige s'annonçait, la migration était toute proche. Cet homme, Joboam, se voyait déjà maître des hardes. Et aussi le fils du chef, isolé des siens par l'arrogance et la lâcheté. Oui, oui, et oui. Les pièces se déplaçaient, permutaient, culbutaient dans son esprit, se combinaient en une dizaine de structures différentes, puis se séparaient pour former de nouvelles figures. Une de ces dispositions conviendrait aux projets de Carp. Grâce à sa vision, il reconnaîtrait la bonne.

Rolke, le fils de Capiam ? Kerleu lui en avait parlé. C'était une petite brute, une proie rêvée pour l'intimidation. Sa morgue masquait un indéniable manque d'assurance. Le peuple ne l'aimait pas. Quel était l'intérêt de contrôler un homme qui n'avait rien à diriger ? Non. Pas Rolke. Joboam ? Pourquoi pas. Il était grand et fort. Peut-être encore plus qu'Heckram, qui était déjà un géant. Mais à la différence de celui-ci, Joboam était riche et admiré. Si Carp pouvait trouver un moyen d'avoir barre sur lui, l'homme ferait un outil fort efficace. Dommage que Kerleu ne l'aime pas ; il devrait apprendre à utiliser ceux qu'il n'appréciait pas au lieu de les rejeter et de les détruire. Quant à Joboam, il lui faudrait le persuader de laisser le garçon en paix et de ne pas le molester chaque fois que l'occasion s'en présentait. Carp se sentait tout à fait disposé à le lui enseigner. Lorsqu'il aurait trouvé la meilleure façon de guider Joboam, l'autre laisserait son apprenti tranquille, oui, et éviterait aussi la femme que Carp avait marquée. Le fort apprendrait. Il suffirait de trouver la bonne prise. Carp avait confiance, les esprits lui montreraient la faille, peut-être le soir même.

Il reprit une profonde inspiration, sentit la fumée lui éclaircir les pensées et dévoiler des visions inconnues à son regard embrumé. Capiam. Carp devait le rencontrer ce soir, se présenter devant lui pour réclamer sa place de nadj parmi le peuple des rennes. Il laissa lentement échapper son souffle par la bouche. Capiam. Le nom recelait peu de pouvoir et aucun esprit ne semblait monter la garde autour de lui. Le maître des hardes était seul, le danger n'était pas bien grand. Les liens de sujétion qui le liaient à son peuple étaient ténus et Carp comptait les rassembler à son usage, et décider plus tard si la présence de Capiam restait indispensable.

La fumée emplissait la hutte de tourbe et stagnait au niveau du sol au lieu de s'élever vers le trou d'évacuation. Dans cette atmosphère bleuâtre où sa vision gagnait en vigueur et en acuité, Carp enfilait sa tenue de chaman par-dessus son corps décharné. Heckram. Il fallait aussi compter avec celui-ci. Carp avait trouvé refuge dans sa hutte, un vaste abri solide et bien construit, bien chauffé et bien approvisionné. Heckram avait rendu son séjour confortable et l'avait bien traité. Mais son utilité s'arrêtait là, car ses ambitions se développaient dans la mauvaise direction. Il ne rêvait que d'endroits lointains et de troupeaux abondants. Il valait mieux trouver quelqu'un qui aspire à contrôler les choses, à l'exercice du pouvoir. Un tel homme représentait toujours une certaine valeur pour un chaman. D'autre part, la femme tuée, cette Ella, n'était-elle pas l'épouse d'Heckram ? Quelle était sa part de responsabilité ? Ses guides spirituels s'intéressèrent à l'idée. Heckram représentait aussi un autre problème. Il aimait beaucoup trop Tillu et n'avait pas peur de Kerleu, comme les autres. Avec une clairvoyance dont il n'était pas conscient, il avait réussi à détecter la valeur et le pouvoir du garçon. Non. Heckram était un outil trop dangereux pour être simplement

12

écarté. Son tranchant devait d'abord être émoussé, il lui fallait comprendre que Tillu et son fils singulier n'étaient pas pour lui. Carp fronça les sourcils ; il avait senti le loup en Heckram. L'esprit rôdait autour de l'homme, attendant de le réclamer. Il lui portait une affection qu'il n'avait jamais manifestée envers le chaman. Pis encore, la même affinité s'annonçait avec Kerleu. Il était préférable que ce dernier soit donné à l'ours, son propre esprit frère, ou encore au glouton, qui ne craignait pas d'exercer le pouvoir. Le loup ne devait les réunir sous aucun prétexte. Pendant un instant, le chaman fut la proie du doute. C'était une chose de manipuler le monde des hommes, et une autre de défier les entités, de chercher à leur imposer sa volonté – une aventure bien plus périlleuse et difficile.

Carp retroussa les lèvres en un sourire dur qui dévoila ses dents gâtées. Périlleuse et difficile, certes, mais il n'était pas seul. L'ours n'avait-il pas le pouvoir de briser l'échine du loup d'un simple revers de patte ? Carp se réinstalla près du feu, sur une peau de renne au poil doux, isolée du sol froid par une couche de rameaux de bouleau. D'une main, il tisonna bravement les braises et suscita un nouveau tourbillon bleuté fortifiant. Une profonde inspiration balaya les craintes qui menaçaient d'affaiblir sa détermination.

— Ours ! appela-t-il à voix basse en empoignant son tambourin.

La fumée l'enveloppa. Il saisit le petit marteau à la dent d'ours et commença à battre le rythme. Son chant se déversa pour se mêler au nuage qui emplissait la hutte.

II

Capiam était maître des hardes depuis un an lorsqu'il avait abattu sa vieille hutte pour en construire une plus grande. Selon lui, il s'agissait de ménager plus de place pour que les gens de son peuple puissent se réunir confortablement et venir lui exposer leurs problèmes. Bror avait insinué en ricanant qu'il s'agissait en réalité de donner plus d'espace à son épouse, dont le tour de taille était en expansion. Le souvenir de l'indignation de Kelta et des bleus de Bror arracha un bref sourire à Heckram. Il souleva le rabat de l'ouverture basse. Carp le précéda.

Plus tôt, le vieil homme l'avait chassé de sa propre hutte en disant que pour préparer sa rencontre avec Capiam, il devait faire appel à des rituels interdits aux non-initiés. Contrarié, Heckram avait trouvé refuge chez Ibb et Bror. En début de soirée, il avait aidé son hôte à faire vêler une de ses vaja et la naissance, qui s'était déroulée sans encombre, avait allégé son humeur.

Essayant d'oublier la fumée grasse et l'odeur de poil grillé qui imprégnaient l'atmosphère de sa hutte, il s'était débarrassé du sang et des fragments de membrane encore collés à ses mains et ses poignets. Assis en tailleur devant le foyer dans ses fourrures blanches de renard, des crécelles de cuir et d'os suspendues aux poignets, Carp portait un collier composé de dents d'ours et de pointes noires de queues d'hermines. Il n'avait pas adressé la parole à Heckram mais s'était levé dans un doux cliquetis, lorsque celui-ci avait suggéré de se rendre auprès du maître des hardes.

Maintenant, le chaman pénétrait dans l'abri de Capiam en observant le même silence. Heckram entra sur ses talons et laissa retomber le rabat. Il serra les mâchoires en découvrant le spectacle qui l'attendait. La simple entrevue sollicitée par Carp s'était transformée en conseil des anciens. En plus de Capiam et de sa famille, Pirtsi, Acor, Ristor et l'inévitable Joboam étaient présents. Des hommes mieux lotis en rennes qu'en cervelle. Mais Carp ne semblait pas affecté par la situation. Il avança sans attendre les paroles de bienvenue et prit place près de l'arran en se passant d'invitation. Une fois installé, il posa son regard voilé sur chaque membre de la petite assemblée.

— C'est bien que vous vous soyez réunis pour m'entendre, commença-t-il sans préambule.

Capiam sursauta, mais ne put que consentir à cette prise de contrôle. Joboam fronça les sourcils. Carp ne parut pas remarquer leur réaction.

— Le peuple des rennes de Capiam a grand besoin d'un chaman. Un nadj, comme vous dites. Aujourd'hui, en traversant votre village, j'ai entendu les cris

15

outragés des esprits de la terre qui se plaignaient de votre négligence.

Il leur jeta tour à tour un regard accusateur. Sa main noueuse se referma autour des crécelles qui pendaient le long de son poignet et il les agita au rythme de ses paroles. Les petites graines bruissaient avec colère dans les bourses de cuir durci.

— De nouvelles huttes sont érigées et personne ne prend garde au monde immatériel. Des enfants naissent et nul n'implore de protection pour eux ni ne fait d'offrandes. Des loups sont abattus, mais leur entité ne reçoit rien. Votre manque de respect fait gronder l'ours au fond de sa tanière et le renne regarde grandir sa colère glacée. Aucun d'entre vous n'est conscient de la terrible menace qui plane au-dessus de votre peuple. Mais me voici. Et j'apporte mon aide.

Dans un grand déploiement de blanc qui contrastait durement avec l'immobilité générale, Kari quitta son coin, se rapprochant du nadj et des flammes qui dansaient devant lui. Au moment où elle s'asseyait, Heckram intercepta l'éclat brillant de son œil d'oiseau. L'avidité perçait dans la manière dont elle fixait Carp. Personne d'autre n'avait semblé remarquer l'intérêt qu'elle lui portait.

— Les esprits de l'eau et des arbres se plaignent d'être utilisés sans recevoir le moindre signe de respect. Quant au renne, il s'est montré plus que généreux envers vous, mais vous l'ignorez. Depuis combien de temps acceptez-vous ses dons sans le remercier ?

Les hochets de Carp grésillaient pendant qu'il examinait chaque participant l'un après l'autre. Kelta avait

16

blêmi, Kari était fascinée, Acor et Ristor semblaient mal à l'aise. Pirtsi se tripotait l'oreille, pendant que Joboam affichait une expression maussade et irritée. Rolke semblait s'ennuyer. Seul Capiam paraissait pensif, comme s'il pesait les paroles de Carp.

— Le peuple des rennes ne rejette pas le nadj, dit-il avec prudence. Cependant – le mot résonna sèchement et retint l'attention de tous –, nous ne sommes pas des couards. Tu dis que les esprits sont fâchés par notre faute. Mais où sont les signes de leur colère ? Nos troupeaux sont prospères, nos enfants en bonne santé. Cela fait longtemps que nous n'avons pas de chaman, mais nous continuons à respecter les coutumes de nos pères. Tu n'es pas un homme des hardes ni un nadj du peuple des rennes. Comment pourrais-tu savoir ce qui convient aux esprits de notre monde ?

Acor acquiesçait aux propos de Capiam, pendant que Joboam souriait d'un air satisfait. Bras croisés, il ne quittait pas Heckram des yeux et lui adressa un lent signe de tête. La tournure des événements lui convenait fort bien. Pourtant, Carp hochait également la tête, arborant son sourire édenté, tout aussi content en apparence.

— Je vois, je vois.

Les hochets chuintèrent quand il approcha les mains du foyer. Brusquement, il cessa de les agiter et l'arrêt du bruit monocorde les prit tous au dépourvu. Tout en continuant à dodeliner de la tête, il frottait ses articulations noueuses au-dessus du feu.

— Vous êtes heureux, vous n'avez nul besoin d'un chaman, n'est-ce pas ? Je sais bien ce que vous pensez.

À quoi nous servirait Carp ? Que peut-il pour nous ? Il mangera notre meilleure viande, demandera une part sur notre chasse, sur les objets que nous tissons ou fabriquons. En contrepartie, il se contentera d'agiter ses crécelles, de brûler ses offrandes et de regarder dans les flammes. (Il se pencha pour les observer de plus près.) Il passera son temps à dormir au soleil en engraissant, comme un chien trop vieux pour la chasse. Qu'il se trouve un autre peuple à servir. Nous sommes comblés. Nous ne voulons pas savoir... savoir...

Sa voix s'était faite de plus en plus basse. Avec un rugissement féroce, la flambée se mit soudain à ronfler dans un jaillissement d'étincelles vertes et bleues. Kelta hurla. Les hommes se levèrent d'un bond, reculant devant le brasier. Chacun dans la tente manifesta au moins de la surprise, sauf Carp, qui ne broncha pas. Les flammèches lui roussirent les cheveux et les sourcils. La puanteur du poil brûlé emplit l'atmosphère. De fines volutes de fumée s'élevaient de ses fourrures aux endroits où quelques escarbilles achevaient de se consumer. Il vacillait légèrement, fixant toujours le cœur du feu.

— Ella ? appela-t-il.

Sa voix haut perchée à l'intonation étrange les fit tous sursauter. Heckram en eut le souffle coupé.

— Ella-la-la-la-la ! (Sa voix montait à chaque syllabe.) Les veaux sont inertes ! Les mères gémissent pour qu'ils se lèvent et marchent, mais leurs longues jambes restent repliées, leur museau est obstrué par le délivre. Ella-laa-laa-laa-laa-laa-laa !

Le cri se prolongea sur une note aiguë pendant que

les hochets soulignaient la percussion de la syllabe. Les flammes retombèrent aussi brusquement qu'elles s'étaient dressées et la combustion ordinaire reprit, avec ses craquements familiers. La tête de Carp retomba sur sa poitrine, dans un silence aussi soudain que la mort.

— Ella ! Il a vu Ella !

Le cri perçant de Kari déchira le silence. Acor et Ristor se penchèrent en murmurant vers Capiam. Kelta s'effondra lentement sur le sol, le dos de la main plaqué sur la bouche. Chaque poil du corps d'Heckram était dressé d'effroi. Il avala sa salive, amère, pour humecter sa gorge brusquement asséchée, pendant qu'un frisson glacé remontait le long de son dos. Au bout d'un instant, il finit par comprendre que le froid avait une origine concrète. Le vent, qui venait de se lever du nord, faisait battre le pan de cuir qui d'ordinaire fermait la hutte. Heckram fixa de nouveau le rabat. En se redressant, il remarqua un autre détail insolite. Joboam avait disparu.

— Qu'as-tu vu, nadj ? demanda Capiam.

Carp leva lentement la tête.

— Quoi ? Pourquoi ? Rien ! Rien du tout. Pour quelle raison un peuple aussi heureux et content que le tien s'intéresserait-il à ce qu'un vieil homme voit dans le feu ? Qu'y aurait-il d'autre que les flammes, la fumée et la cendre ? Heckram, je suis las. Accorderas-tu à un mendiant une place près de ton foyer pour une nuit ?

La réponse fut noyée par la voix de Capiam.

— Le maître des hardes est heureux de t'offrir

l'hospitalité pour cette nuit, Carp. Mais ton séjour se prolongera certainement, n'est-ce pas ?

— Non, non. Je ne resterai qu'une nuit ou deux. Juste le temps de jouir d'un peu de répit avant de reprendre mon voyage. Ensuite, je partirai avec mon apprenti. Entre-temps, je resterai chez Heckram. Sa hutte est très grande pour un individu seul. C'est une honte qu'il n'ait pas une femme pour la partager. N'as-tu jamais pensé à prendre femme, Heckram ? demanda-t-il avec innocence.

— Pas depuis qu'Ella est morte !

C'était la voix aiguë de Kari. Elle se rapprocha encore de Carp dans un froissement de ses vêtements lâches. Accroupie près de lui, elle le détaillait avec fascination.

— Qu'as-tu vu dans les flammes ? demanda-t-elle dans un murmure voilé.

— Kari !

Tête penchée, bouche froncée, elle ne prêta aucune attention à la rebuffade de son père, captivée par les yeux ouatés de Carp. Pendant un long moment, leurs regards se mêlèrent. Puis elle émit un gloussement dépourvu de joie, se leva d'un mouvement brusque et fixa longuement Pirtsi avec une expression indéchiffrable. Aussi étranger à toute subtilité que soit son promis, il s'agita et se gratta la nuque, en proie à un indubitable malaise.

— Heckram et moi allons partir, maintenant, annonça Carp en se levant abruptement.

Il avança d'un pas chancelant, puis agrippa l'épaule de son compagnon pour assurer son équilibre.

— Mais je voulais parler à Capiam de Kerleu, lui rappela Heckram à voix basse.

Le regard de Carp devint aussi glacial que de la neige fondue.

— Kerleu est mon apprenti. Son bien-être me regarde. Il ne te revient pas de t'occuper de lui. En douterais-tu ?

Heckram secoua lentement la tête.

— Bonne nuit, Capiam. (Le salut de Carp ne laissa rien deviner.) Dors bien et sois tranquille, comme doit l'être le chef d'un peuple heureux. Ramène-moi chez toi, Heckram. Le vieil homme que je suis est las.

Un vent mordant se faufilait à travers le talvsit. Des cristaux de neige coupants s'attaquaient au visage d'Heckram, évoquant plus les crocs de l'hiver que le souffle balsamique du printemps. Il baissa la tête et continua à guider le nadj au pas mal assuré. Les chiens du camp étaient blottis en petits tas ronds devant la hutte de leur maître. La neige ourlait leur museau et s'accrochait à leur poil. La tempête tardive faisait frissonner Heckram et il referma à moitié ses paupières pour se protéger des rafales de vent. Pendant une brève accalmie, il perçut le meuglement d'une vaja appelant son veau. Un frisson prolongé courut le long de sa colonne vertébrale, pas tant à cause du cri de la femelle que du ricanement étouffé dont Carp l'avait ponctué.

La tempête fit rage pendant deux jours. Puis vint un matin où le soleil finit par émerger, la chaleur du jour monta avec lui dans le bleu limpide du ciel. La neige accumulée par le blizzard se mit à fondre, courant en rigoles le long des sentiers du talvsit, entraînant dans sa débâcle le reste de la croûte glacée. Les stalactites se liquéfiaient sur le chaume des huttes. La terre, la mousse et la couche de feuilles pourrissantes du dernier automne émergeaient. Le jour progressait et les éleveurs partirent sous le couvert des arbres à la recherche de leurs bêtes. En se retirant, le manteau neigeux avait aussi laissé apparaître de petites silhouettes immobiles : les veaux infortunés qui étaient nés pendant la tempête. Des vaja au pis gonflé enfouissaient leur museau désemparé au creux de petits corps inertes, léchaient les oreilles et le bout d'un nez gelé.

Des gens silencieux se déplaçaient dans la forêt, emmenaient les femelles pour les traire, laissant les cadavres à la vermine qui grouillait déjà dans les chairs. Pendant la tempête, les paroles du nadj, passant d'abri en abri, avaient fait le tour du camp. Carp se tenait devant chez Heckram, offrant ses membres gourds au soleil, tout en jouant avec un petit objet brun. Ceux qui passaient détournaient le regard, balançant entre la crainte et l'étonnement. D'autres éprouvaient un ressentiment secret. Heckram était de ceux-là. Quel démon avait guidé ce vieil homme jusqu'à lui, et pourquoi avait-il été assez stupide pour le ramener au campement ?

— J'ai perdu deux veaux, dit-il froidement en s'arrêtant près du chaman. Et ma meilleure vaja, qui porte parfois des jumeaux, reste introuvable. Les loups ont dû l'attaquer pendant qu'elle mettait bas.

— Quelle horrible malchance, commenta Carp en affectant la candeur.

— Une des vaja de Ristin est morte pendant le vêlage.

— Cette tempête a causé de terribles dégâts, renchérit l'autre en hochant le tête. (Il fixa Heckram.) Je m'en vais dans quelques instants. Je voudrais passer la journée avec mon apprenti.

En proie à des émotions contradictoires, Heckram garda d'abord le silence.

— Je ne peux pas t'y conduire aujourd'hui, finit-il par dire. Il me faut collecter les cadavres, les dépouiller et les brûler. Leur chair est déjà gâtée, sans compter que l'odeur va attirer les loups, les renards, et les corbeaux, ce qui mettrait en danger les autres nouveau-nés du troupeau.

— Je n'ai nul besoin de toi pour me rendre là-bas, répliqua Carp avec froideur. Ce n'est pas ce que j'ai dit. D'ailleurs, tu n'as aucune raison de voir Tillu. Ta joue est guérie et tu as du travail. Ce serait une perte de temps d'aller jusque chez la guérisseuse.

— Elle et son fils sont mes amis. Parfois cela suffit pour rendre une visite.

— Pas quand il y a de l'ouvrage. Tu as ces veaux à écorcher et brûler. Ne perds pas ton temps.

L'arrivée de Capiam, Acor et Ristor sur ses talons comme deux chiens bien dressés, interrompit leur conversation. Heckram leur jeta un regard agacé et se demanda où se trouvait Joboam. Carp dévoila ses dents rescapées en leur adressant un large sourire, puis reprit sa conversation avec Heckram.

— La peau des veaux nouveau-nés donne un cuir particulièrement souple. Très fin, doux, parfait pour

23

fabriquer des chemises. Cela fait bien longtemps que je n'en ai pas porté de semblable. Mais un tel luxe n'est pas à la portée d'un nadj errant.

D'un geste lent de la tête, il posa le regard sur chacun des hommes présents. Puis il ouvrit une main avec une nonchalance étudiée. De l'index de l'autre, il suivit délicatement le contour de la silhouette sculptée d'un petit renne blottie au creux de sa paume. Endormi, ou mort. Acor recula d'un pas.

— Il se peut que tu aies bientôt une tunique de cuir fin, et aussi des jambières, s'empressa de déclarer Capiam, dont l'enthousiasme forcé sonnait faux. Mon peuple me presse de te demander de nous accompagner dans notre migration. Nous veillerons à satisfaire tes désirs.

— Dès aujourd'hui, je te donne trois peaux de veau ! proclama Acor avec nervosité.

Carp referma la main sur la figurine.

— Quelle générosité, quelle largesse ! dit-il à la cantonade. Un vieil homme devrait éprouver de la reconnaissance devant un tel présent. Mais ce serait du gâchis. Mes dents sont usées, mon regard voilé, mes mains me font souffrir quand le vent souffle. Quelqu'un de mon âge ne peut plus travailler les peaux.

— Mais certains seront heureux de le faire à ta place. Et nous veillerons aussi au reste de tes besoins.

— Quelle bonté, quelle générosité. Eh bien, nous verrons ! Je dois parler à mon apprenti, aujourd'hui. Le fils de la guérisseuse. Vous le connaissez, n'est-ce pas ? Il m'a confié qu'il n'était pas certain de pouvoir être heureux parmi votre peuple. Certains se montre-

24

raient désagréables envers lui. Quant à moi, je ne voudrais sans doute pas rester avec des gens qui maltraiteraient mon élève.

Intrigué, Capiam conféra avec Ristor et Acor, tout aussi ignorants que lui. Il finit par se retourner vers Carp.

— Si qui que ce soit s'attaque au garçon, il te suffira de me le faire savoir. Je veillerai à ce que le coupable paie une compensation.

Carp poussa un grognement peu significatif et observa un long silence, hochant la tête à ses propres réflexions.

— Nous verrons, dit-il enfin en se levant dans un craquement d'articulations. Et toi, Heckram, tu n'as pas de temps à perdre. Termine ton travail et prépare-toi pour le départ. Le voyage commence après-demain.

Interloqués, tous se tournèrent vers Capiam.

— Nous ne partons pas si tôt, rectifia-t-il d'une voix douce. Plutôt dans quatre ou cinq jours, si...

— Ah bon ? Sans nul doute tu en sais beaucoup plus que moi. Je pensais qu'un homme sage serait parti après-demain, mais j'imagine que j'avais encore tort. Ce qu'un vieillard voit dans ses rêves a peu de rapport avec la réalité... Je dois y aller, maintenant.

Carp s'éloigna de son pas claudiquant, laissant Capiam et ses hommes échanger des chuchotements fiévreux.

— Dis bien à Tillu que je viendrai la voir bientôt.

Si Carp avait entendu, il n'en laissa rien paraître.

Profondément contrarié, Heckram sut que son message ne serait pas transmis.

— Le voilà ! Je t'avais bien dit qu'il viendrait dès que la tempête aurait cessé !

Sans attendre de réponse, Kerleu fusa à l'extérieur pour rejoindre Carp.

— *Je* t'avais bien dit qu'il viendrait dès la fin de la tempête.

La rectification de Tillu se perdit dans le vide. Quand Kerleu s'était rendu compte que Carp ne revenait pas, il était devenu intenable. Les deux jours suivants lui avaient semblé horribles. Il avait arpenté leur étroit refuge dans tous les sens, s'était inquiété, avait sans cesse demandé à Tillu son opinion sur la question, pour aussitôt oublier ses paroles. Maintenant que le chaman était revenu, son fils cesserait de l'ennuyer. Pourtant, au lieu d'en éprouver du soulagement, elle sentit sa tension s'accentuer. Debout devant le rabat, elle le regarda s'éloigner en courant.

En observant ses retrouvailles avec Carp, elle devait admettre que leur affection mutuelle paraissait évidente. Un échange intense commença aussitôt, les longues mains du garçon décrivant de folles arabesques, qui animaient ses descriptions. Plongés dans leur conversation, ils firent demi-tour. Tillu soupira alors qu'ils s'enfonçaient dans les bois.

C'est alors qu'elle aperçut une autre silhouette qui descendait le chemin à travers les arbres. Malgré toutes ses résolutions, son ventre se creusa d'impatience. Pendant les jours glacés qui avaient précédé, ses ardeurs s'étaient calmées, lui laissant le loisir de réfléchir à ce qui avait failli advenir lors de sa dernière rencontre avec Heckram. Elle était heureuse qu'ils aient été interrompus, de ne pas s'être rendue vulnérable vis-à-vis de lui. Cela aurait été une grave erreur. Le rideau de végétation le masquait et le révélait alternativement. Il portait un nouveau manteau. L'instant redoutable où ils allaient se retrouver face à face approchait. Voilà pourquoi le cœur de Tillu battait ainsi au creux de sa gorge. Comment s'engager avec celui dont l'épouse avait été rouée de coups avant de glisser dans la mort à cause d'une trop forte dose de tisane contre la douleur ? Comment devenir intime avec cet homme si grand et si large d'épaules qu'auprès de lui elle se sentait fragile comme une enfant sans défense ? À son arrivée, elle garderait son calme, et s'il était venu quérir ses soins, traiterait sa blessure au visage. Dans le cas contraire, elle... elle ne resterait pas sans réagir et lui signifierait clairement qu'elle ne l'accepterait pas.

Il s'arrêta à la lisière de la clairière, dansant nerveusement d'un pied sur l'autre. Ce n'était pas Heckram. Tillu eut l'impression de recevoir un coup dans l'estomac, qui la laissa désemparée. Il n'était pas venu. Pourquoi ? Avait-il été retenu par des arrière-pensées la concernant, à cause de son étrange progéniture ? Kerleu, avec son visage prognathe et ses yeux pâles enfoncés dans les orbites. Son fils, qui rêvait les yeux ouverts. Toutefois, Heckram semblait bien s'entendre avec lui, observant une attitude foncièrement différente de celle des autres hommes. Et si ce n'était pas l'existence de Kerleu qui l'avait dissuadé de la rejoindre, c'était elle qui posait un problème.

La personne hésitait à l'orée de la clairière, se dandinant, dans les affres de l'indécision. Soudain, elle ouvrit grand les bras et s'élança vers la tente. Le vent de sa course soulevait sa chevelure noire, aux reflets bleutés d'une aile de corbeau en vol, et plaquait ses vêtements flottants contre son corps frêle.

À quelques mètres de l'abri, elle s'arrêta dans une glissade, puis laissa brutalement retomber les bras et croisa ses mains fines devant sa poitrine haut placée. Ses fourrures blanches, trop grandes, retombèrent. Son regard pétillant de curiosité ne quittait pas Tillu, mais elle restait parfaitement immobile et silencieuse. Elle ne fit aucun geste de salut, pas même un signe de tête. Elle attendait.

— Salut, finit par dire Tillu.

Elle se surprit à s'adresser à la nouvelle venue comme à une enfant très timide. Un ton calme. Pas de gestes brusques. Il semblait à Tillu que si elle tendait la main, la visiteuse s'envolerait.

— Es-tu venue voir Tillu, la guérisseuse?

La jeune fille inclina vivement la tête et s'approcha de deux pas. L'attention qu'elle portait à Tillu pouvait faire croire qu'elle n'avait jamais rencontré d'être humain. Elle n'attachait pas d'intérêt aux détails des vêtements ou du visage de Tillu, mais s'imprégnait de son apparence générale. C'était ainsi que Kerleu regardait les étrangers. La guérisseuse en conçut un certain malaise.

— Comment t'appelles-tu? Que me veux-tu? demanda-t-elle avec prudence.

Son interlocutrice se figea. Tillu s'attendait à ce qu'elle prenne soudainement la fuite.

— Kari. Je m'appelle Kari, dit-elle au contraire

28

dans un léger murmure. (Elle avança encore d'un pas, tendit le cou et passa la tête par l'ouverture de la tente.) Tu es seule ?

Elle regarda d'un côté et de l'autre, se livrant à un rapide examen de l'intérieur. Tillu ne bougea pas. Kari se rapprocha, tendit vers elle une main fine, sans la toucher, cependant.

— Je veux que tu me marques.

— Quoi ?

— Écoute ! dit la fille avec impatience. Je veux que tu me marques sur le visage et la poitrine. Cela devrait suffire. Les mains aussi, peut-être. Et si ce n'est pas assez, je reviendrai et tu m'enlèveras un œil. Mais pour la première fois, je pense que tu pourrais couper un morceau de narine, et peut-être aussi m'entailler les oreilles. Oui, c'est bien ça. Avec la marque de mon troupeau. Pour montrer que je suis à moi-même.

Tillu se sentit habitée d'un grand calme. Elle avait affaire à une folle. La dernière neige fondait, des bourgeons gonflaient à l'extrémité des rameaux, la sève rosissait les troncs des saules et des bouleaux. Et cette fille voulait se faire mutiler le visage.

— Et il y a un symbole que je veux que tu portes sur chacun de mes seins. Il faudra couper profondément, pour qu'il y ait des cicatrices. Regarde. Vois-tu ce que je veux représenter ?

La fille sortit de ses vêtements un petit morceau de peau blanchie. Elle le déroula avec précaution, y jeta un coup d'œil rapide et le brandit devant le visage de Tillu, le souffle court. L'excitation la faisait presque haleter.

Tillu étudia l'objet mais ne fit pas le moindre geste pour le prendre. Un dessin noir, exécuté à la suie, figurait au centre de la pièce de cuir. Quatre lignes droites, qui se rejoignaient en un point.

— Cela ressemble aux traces que laissent les oiseaux dans la boue du rivage.

— C'est ça ! s'exclama Kari en jubilant. Presque. C'est l'empreinte d'une grande chouette blanche aux yeux d'or. Je veux que tu en traces une au-dessus de chaque téton. Marque-moi pour que Pirtsi sache que je ne lui suis pas destinée. Mes oreilles prouveront que je m'appartiens et mes seins que je suis à la chouette. Tu crois que cela fera mal ?

La frayeur que trahissait la dernière question toucha Tillu au cœur. D'une voix d'enfant, Kari interrogeait non pas sur ce qui devait se passer, mais sur ce qu'elle allait ressentir. Tillu prit la décision de lui répondre simplement et en toute sincérité.

— Oui. Ce que tu désires te fera souffrir. Pour les oreilles, la douleur sera plus vive sur le coup que plus tard. Mais ta narine te lancera chaque fois que tu bougeras le visage pour parler, sourire ou froncer les sourcils. Le nez est très sensible. Les seins aussi. Il y aura beaucoup de souffrance et de sang.

Tout en parlant, Tillu examinait la jeune fille dans les yeux avec attention, guettant un recul de sa résolution, mais sa détermination ne faiblissait pas. Tillu ressentit une crispation au creux de l'estomac. Kari se mutilerait, avec ou sans son aide. Il fallait réussir à la détourner de son projet. D'un geste lent, elle désigna sa tente.

— Veux-tu rentrer chez moi ? J'ai fait du thé ce

matin. Oseille, racines de framboise et un peu d'écorce d'aulne. C'est un tonique pour le printemps, mais cela a bon goût aussi. Tu veux en goûter ?

Kari ouvrit et referma ses bras plusieurs fois rapidement, et ses vêtements blancs voletèrent autour d'elle. Tillu pensa qu'elle l'avait perdue, qu'elle s'envolerait dans les bois. Mais soudain, la jeune fille s'engouffra dans la tente. Elle en fit le tour d'un pas sautillant, observa chaque objet, puis se posa sur des peaux roulées près du foyer. Elle pencha la tête pour regarder dans le pot de terre tiédissant près du feu.

— J'en prendrai un peu, décida-t-elle brusquement.

Tillu passa devant elle et prit les tasses de bois sculpté.

— Qu'est-ce qui t'a donné envie de marquer ton corps ? demanda-t-elle d'un ton dégagé.

Kari ne répondit pas. La guérisseuse s'installa en face d'elle, de l'autre côté du feu. L'un après l'autre, elle plongea les deux gobelets dans le liquide et en tendit un, ruisselant, à sa visiteuse. Celle-ci le prit, observa attentivement le contenu, le renifla, en avala une gorgée, puis leva les yeux vers Tillu.

— La nuit où le nadj s'est adressé à nous dans la hutte de mon père, j'ai senti la vérité de ses paroles. Plus encore. Il parlait de ceux d'entre nous qui sont dépourvus d'esprit protecteur. J'ai entendu ma grand-mère en parler avant sa mort, il y a bien longtemps. Elle était assistée par le lièvre. Drôle de gardien, n'est-ce pas ? Mais il a été bon pour mon ancêtre.

« Cette nuit-là, j'ai regardé dans le feu, comme l'avait fait le nadj, je me suis abandonnée et je suis

31

partie à la recherche de mon esprit frère. Je suis restée longtemps après que les autres se furent endormis, mais je n'ai rien vu dans les flammes. Alors, j'ai abandonné, j'ai regagné ma couche et je me suis assoupie. Pendant la nuit, j'ai senti des griffes froides s'enfoncer profondément dans ma poitrine.

Elle leva ses mains fines dont les doigts minces s'incurvèrent telles des serres, et les pressa contre ses seins. Puis elle leva les yeux vers Tillu. Son regard était un étang obscur ; son sourire pensif lui donnait une étrange allure. La guérisseuse retint son souffle.

— La chouette m'écrasait, me broyait le buste, je n'arrivais plus à respirer. Elle déchirait ma chair. Je me débattais sans parvenir à m'échapper. Il faisait de plus en plus sombre. Mais quand j'ai été trop épuisée pour lutter, l'obscurité a cédé la place à une douce lueur grise. J'ai senti de la mousse sous mon dos et le vent du soir descendait de la forêt pour souffler sur mon corps nu. La chouette me dominait, aussi grande qu'un homme, agrippée à mes seins !

Narines frémissantes, elle inspira avec force, et Tillu distingua le blanc de ses yeux. Kari porta à ses lèvres la tasse qui tremblait au même rythme que ses mains. Tillu attendait en silence. La jeune fille avala une gorgée. Lorsqu'elle éloigna le récipient de sa bouche, son regard était plus calme. Elle adressa un sourire contraint à la guérisseuse.

— C'est à cet instant que j'ai compris, souffla-t-elle.

— Quoi ? demanda Tillu en se penchant en avant.

— Que j'appartenais à la chouette. Que je n'étais

pas obligée de me lier à Pirtsi au Cataclysme. En me réveillant, j'ai parlé de mon rêve à ma mère et lui ai demandé d'expliquer à mon père pourquoi je ne pouvais m'unir à Pirtsi. Cela a toujours été son idée, pas la mienne. Je n'ai jamais voulu épouser qui que ce soit, et encore moins un homme avec des yeux de chien. Mais ma mère s'est fâchée ; elle m'a dit qu'un époux était justement ce dont j'avais besoin pour me calmer, car rien d'autre n'avait fonctionné jusqu'alors. Voilà pourquoi je suis venue à toi. Marque mon visage et mon corps, pour que tous comprennent à qui je suis. Pirtsi ne me prendra pas avec des cicatrices. D'ailleurs, il ne m'aurait jamais acceptée si je n'étais pas la fille de Capiam, dont il espère gagner les faveurs.

Tillu but un peu de thé en observant sa visiteuse par-dessus le bord de la tasse. Sa détermination ne laissait aucun doute. Dans son esprit, la mutilation était déjà accomplie.

— Je soigne, et n'abîme pas le corps.

— Mais il n'y aura pas de dommage. Il ne s'agit que de symboles, comme quand on entaille l'oreille d'un veau ou que l'on grave une femme sur un pulkor. Rien de grave.

Tillu mâchonna quelques instants sa lèvre inférieure avant de répondre.

— Je ne pense pas que nous devrions faire cela, dit-elle d'une voix calme. (Le visage de Kari se déforma, sous l'effet de la colère, et Tillu se hâta de continuer.) Si la chouette souhaitait que tu sois marquée dans ta chair, elle s'en serait chargée elle-même, non ? Qu'en penses-tu ?

Pendant un instant, Kari eut l'air désemparée. Tillu profita de son avantage, heureuse, pour une fois, que Kerleu ait tant répété les leçons de Carp. Elle avait besoin de prononcer des paroles convaincantes.

— Le rapace a posé son empreinte sur ton esprit. Il n'a besoin de rien d'autre. Tu n'es pas obligée de porter son signe sur le visage pour refuser Pirtsi. Du moins, c'est ce que j'ai compris au moment où je suis venue dans votre peuple, quand Ella...

— Ella est morte, coupa Kari, dans un chuchotement où la terreur le disputait au respect.

— J'avais cru saisir que les femmes de votre tribu choisissaient leur compagnon. Tu possèdes tes rennes, n'est-ce pas ? Ainsi que tous les objets que tu fabriques, pour les garder ou les troquer ?

À chacune des réponses positives de Kari, Tillu sentait son cœur s'alléger.

— Eh bien, il te suffit de dire que Pirtsi ne te convient pas. Tu dois y arriver.

Kari commença à se tortiller. Les doigts enfoncés dans la chair de ses bras, elle s'étreignait de toutes ses forces.

— Je devrais pouvoir le dire. Mais personne ne m'écoute. Je répète que je ne l'accepterai pas et nul ne prête attention à mes paroles. Tout le monde est persuadé que nous nous unirons au Cataclysme. C'est comme si j'avais proclamé que le soleil allait se mettre à briller au milieu de la nuit. Un caprice d'enfant. Ils n'admettent pas que je ne veux pas de lui. Je ne le laisserai pas me toucher.

— Pourquoi ? demanda Tillu en essayant d'adopter la voix la plus calme possible.

Les grands yeux de Kari semblaient dévorer son visage. Le corps vibrant de tension, elle effleura du bout de la langue le milieu de sa lèvre supérieure, puis ouvrit la bouche. La tension la quitta brusquement, ses épaules retombèrent.

— Parce que j'appartiens à la chouette, maintenant, et qu'elle m'a défendu de le faire. Pourquoi refuses-tu de me marquer ?

— Parce que je ne crois pas que la chouette le veuille. Qui suis-je pour agir à sa place ? Si elle souhaitait que cela soit accompli, elle s'en serait chargée.

Kari leva les mains et les transforma une fois encore en serres, qu'elle incrusta dans sa poitrine.

— Et si je le faisais moi-même ? suggéra-t-elle.

— Alors je me débrouillerais pour que tes blessures ne s'infectent pas. Une guérisseuse, voilà ce que je suis, Kari. Je ne peux rien y changer. Laisse-moi te proposer une autre idée. Patiente. Il reste encore du temps entre le printemps et le plein été. Dis à tout le monde que tu ne veux pas de Pirtsi. Répète-le chaque jour. On finira par te croire. Dis-le à Pirtsi. Explique-lui que tu ne seras pas une bonne épouse pour lui.

— Et si l'on ne me croit pas, quand le jour sera venu, je prouverai que je suis à la chouette. Au Cataclysme.

— Si c'est indispensable, dit Tillu en soupirant.

Soudain apaisée, la jeune fille prit une nouvelle gorgée de thé.

— J'attendrai. (Son regard fit le tour de la tente.)

35

Avant de commencer tes bagages, tu devrais étendre tes fourrures et tes peaux au soleil pour les aérer. Où sont tes bâts ?

— Je n'ai jamais voyagé avec des animaux pour transporter mes affaires, dit Tillu en haussant les épaules. Je les ai toujours tirées derrière moi. Cette migration va être une expérience toute nouvelle pour Kerleu et moi.

Elle choisissait ses mots avec soin, essayant de traduire la certitude que son fils voyagerait en sa compagnie. Le chaman avait dit qu'il le lui enlèverait. Kerleu en personne l'avait prévenue qu'il serait bientôt un homme et avait choisi de suivre Carp. Mais il existait toujours la possibilité qu'il change d'avis. Peut-être déciderait-il de vivre avec sa mère, de rester avec elle encore quelque temps, de retarder un peu l'instant de céder au charme vénéneux du vieil homme, à ses étranges manières et à sa magie malfaisante. Au prix d'un effort particulier, elle se concentra sur ce que disait Kari.

— Tu ne sais pas du tout comment t'y prendre avec un renne, c'est cela ? Comment le harnacher ou le charger ?

Tillu haussa de nouveau les épaules mais observa de près la jeune fille, qui tenait maintenant un discours où transparaissaient sérieux, maturité et sens pratique.

— Il y a deux animaux entravés derrière ma tente. Le maître des hardes me les a adressés. J'imagine que le moment venu, il enverra Joboam m'aider. (Tillu ne put dissimuler la note de consternation qui avait accompagné la mention de Joboam.)

36

— Celui-là ! s'exclama Kari, avec un rire dur. J'étais heureuse qu'il ne veuille pas de moi. Je savais pourquoi. Il a fourni à mon père toute une série d'excellentes excuses pour refuser. J'étais trop jeune, trop frêle. Comme si... (Elle se tut et fixa le fond de la tasse le temps de deux ou trois inspirations.) Je ne savais pas que mon père choisirait Pirtsi pour remplacer Joboam, conclut-elle avec brusquerie. (Elle pencha la tête et adressa à Tillu un regard malicieux.) Je peux te montrer comment faire. Aujourd'hui. Le moment venu, tu sauras te débrouiller seule. Et tu pourras envoyer un message à mon père pour le prévenir que tu n'auras pas besoin de Joboam. (Kari eut un mince sourire.) De mon côté, je lui dirai que je t'ai appris ce qu'il fallait et qu'il ne sera pas nécessaire de gaspiller son temps précieux pour cette corvée toute simple.

La jeune fille trahissait un franc plaisir à l'idée de ruiner les plans de Joboam. Tillu leva lentement les yeux. Elle commençait à nourrir certains soupçons envers Joboam, qui le lui rendaient encore plus antipathique. En revanche, elle révisait son opinion sur Kari. La fille du maître des hardes ne manquait pas de cervelle. Et aussi bizarres que soient ses agissements, elle avait du cran. Quel âge avait-elle ? Seize ans ? *Alors, j'avais déjà Kerleu dans les bras*, songea Tillu en silence. *Et je croyais que ma vie lui appartenait avec autant de certitude que Kari pense que la sienne est à la chouette. Nous ne sommes pas si différentes.* À ce moment, la jeune fille lui adressa de nouveau ce petit sourire tout en retenue, digne d'une conspiratrice ; et Tillu le lui retourna.

III

Les rennes. D'abord, arriva le troupeau, se répandant entre les arbres comme de l'eau à travers un lit de roseaux. Les mâles ouvraient la marche ; ils avaient presque tous perdu leurs bois ou n'en conservaient que des moignons duveteux. Leur poil d'hiver partait par plaques, mais ils avançaient fièrement, le regard attentif, descendaient la colline et passaient devant elle avec une lenteur pleine de grâce. Dans un premier temps, la quantité de bêtes qui apparaissaient sur la crête pour aborder la petite vallée avait suffi à l'effrayer. C'était son premier aperçu de la richesse de ce peuple. Jusqu'alors, elle avait vécu seule dans le vallon boisé, soignant les maux de ces éleveurs sans participer à leur existence. Maintenant, elle allait être entraînée par une force aussi irrésistible que celle déployée par la masse d'animaux qui déferlaient sous ses yeux. Ils étaient très nombreux. Mais ils défilaient sans prêter la moindre attention à elle, Kerleu ou aux deux rennes bâtés.

Elle resserra sa prise sur la longe humide. Chacun des mâles chargés de ses possessions était capable de la renverser sans peine. Le second était attaché au harnais du premier, comme Kari le lui avait enseigné. S'ils décidaient de suivre la harde, Tillu ne pourrait s'y opposer. Elle les regarda et eut une poussée de sueur. Ils portaient la nouvelle tente que lui avait fait donner Capiam et tous ses biens. S'ils s'avisaient de détaler, elle perdrait ses plantes, et le reste. Mais ils se contentaient de surveiller le passage de leurs congénères de leur œil marron et placide.

Elle avait passé les deux derniers jours à faire ses bagages et à apprendre à se débrouiller avec les bêtes. Kari s'était révélée bon professeur, détachée et tolérante quand il s'agissait pour Tillu de surmonter sa nervosité. Mais celle-ci n'était pas encore entièrement rassérénée. C'était une chose de regarder des rennes sauvages de loin ou de s'accroupir pour en dépouiller un après l'avoir tué. Rien à voir avec l'obligation de marcher tout près d'eux et de les tenir par une lanière. À l'extrémité du lien de cuir, le harke déplaça sa masse. Ses sabots largement fendus adhérèrent au sol. Il éternua, aspergeant Tillu de gouttes tièdes, et secoua la tête pour débarrasser les longs poils de son museau de l'humidité résiduelle. Elle se força à ne pas bouger lorsque les nouveaux bois, qui s'ébauchaient tout juste dans leur gangue de velours rose, passèrent non loin de son visage. Quand ils auraient poussé, ils se transformeraient en os brun, solide ; une partie s'étendrait vers l'avant au-dessus du front pour protéger la face de l'animal, le reste se développerait vers l'arrière. Elle savait déjà que mâles et femelles les perdaient selon un cycle déterminé. Mais Kari lui avait transmis le savoir superficiel de quelqu'un qui avait vécu au contact de la harde et trouvait nombre de choses évidentes.

C'était au tour des vaja de traverser la vallée, aux aguets, guidant leurs veaux dégingandés. Ils présentaient un improbable assemblage d'articulations noueuses et de longs os, de museau rose, de grands yeux étonnés et effrayés. L'un d'eux s'arrêta pour regarder Tillu avec effarement.

— Ne bouge pas Kerleu, souffla-t-elle à son fils.

La mère les fixait d'une manière menaçante. Elle poussa un grognement pour attirer l'attention de son petit, puis le remit en route d'une poussée du museau. Ils se mêlèrent de nouveau au flot des dos gris-brun et Tillu lâcha un soupir de soulagement. Toutefois, lorsqu'elle regarda le haut de la colline, la tension qui l'avait désertée un bref instant revint en force. Pourquoi se sentait-elle plus menacée par les humains que par les animaux presque sauvages qui les avaient précédés ?

— Regarde, Kerleu. Voici Capiam, le maître des hardes, qui guide les autres. Nous allons bientôt les rejoindre.

Kari avait transmis le message dont elles étaient convenues. La guérisseuse n'avait pas besoin d'aide pour se préparer au départ. Tillu se demanda si la nouvelle avait provoqué une réaction parmi les habitants du camp. Ni Joboam ni Heckram ne s'étaient manifestés depuis l'arrivée de Carp.

— Si Capiam est le chef, pourquoi n'est-il pas passé le premier, avec le grand renne ? demanda Kerleu, dont la voix aiguë résonnait clairement. C'était un autre qui menait la harde.

— Chut. Il y a plus d'une façon de commander. Le premier homme conduisait l'animal qui guide ses congénères. Capiam dirige les gens.

Kerleu posa sur elle un regard indéchiffrable.

— Je préférerais être le meneur du troupeau plutôt que le maître des hardes, dit-il. Et un jour, j'y arriverai.

Il n'y avait pas l'ombre d'un doute dans sa voix et le sens de ses paroles n'avait rien d'ambigu. Tillu soupira et passa le bras autour de ses épaules, mais il se dégagea d'un geste irrité. Nouveau soupir.

La chemise de Capiam était d'un rouge éclatant et son bonnet gaiement décoré de glands. Les harnais de ses bêtes étaient rehaussés de couleurs et de métal. Il conduisait une file de sept rennes, chacun lourdement chargé. Il leva la main pour saluer Tillu et lui fit signe de les rejoindre. Elle répondit d'un signe de tête, mais ne bougea pas, regardant défiler la parade des éleveurs et de leurs animaux bâtés. À la suite de Capiam venait une femme trapue, guidant cinq harkar. Derrière elle, Rolke, à la tête de sept bêtes, puis Kari, avec deux. Elle adressa un joyeux salut à Tillu et lui cria quelques mots. Les rennes produisaient des bruits spécifiques – claquement de sabots, craquement des branches qui cédaient sur leur passage, sourd sifflement dû aux grognements grasseyants par lesquels ils communiquaient.

Tillu vit ensuite défiler des hommes et des femmes qu'elle ne connaissait pas. Leur opulence se manifestait dans leurs vêtements de laine et leurs ornements en

41

bronze. Chacun menait une file de bêtes, généralement six ou sept pour les adultes, et deux ou trois pour les enfants. La guérisseuse adressa un sourire à un bébé rondelet perché sur un harke au pas inégal. La figure aux joues rouges de l'enfant portait une expression grave et il chevauchait le dos droit, accroché à la selle de bois. Le visage de Tillu s'assombrit lorsqu'elle reconnut le marcheur suivant.

Joboam guidait neuf harkar. Il accrocha délibérément son regard et quitta la caravane pour venir la rejoindre. Essayant d'oublier que son cœur battait plus vite, Tillu s'efforça de garder une mine impassible. Kerleu fit entendre un petit hoquet et se réfugia derrière sa mère. L'homme attendit d'être arrivé à quelques mètres pour les saluer. Ses yeux sombres allaient de l'un à l'autre.

— Hé, mon garçon, tiens-moi la longe pendant que je vérifie le chargement de ces animaux. J'ai l'impression que les paquets ne sont pas très bien équilibrés. Et ne leur fais pas peur.

Kerleu ne bougea pas. Les yeux de Joboam s'étrécirent et le rouge lui monta lentement aux joues.

— Mon garçon... commença-t-il d'une voix basse et lourde de menace, proche d'un grondement de fauve.

— Si tu veux superviser mon travail, je m'occuperai de tes bêtes. Mais Kari m'a montré comment charger les rennes et a semblé satisfaite de ce que j'ai fait.

— Kari !

Joboam n'avait fait aucun effort pour dissimuler son mépris. Après avoir foudroyé Kerleu du regard, il tira la tête du harke avec sécheresse et plaqua la longe dans la main tendue de Tillu. La bête réagit au geste brusque en faisant un écart, manquant de déséquilibrer la jeune femme. Mais elle tint fermement la lanière.

— Ne le laisse pas prendre ses aises avec toi, ordonna Joboam en se dirigeant vers les deux autres harkar.

Poussant et tirant les ballots et les sacs accrochés aux bâts, il resserra des liens, transféra l'un des paquets d'un animal à l'autre. Sa compétence indéniable rendait son comportement encore plus déplaisant. Tout en réajustant le chargement, il assénait des conseils d'une voix dure.

— Un harke doit savoir que c'est toi qui commandes. Il ne faut pas lui laisser le moindre doute à ce sujet. Puisque tu tiens à t'engager dans un domaine dont tu ignores tout, retiens au moins cette règle. Tiens-les de près et fais-toi respecter. (Il lança un regard venimeux à Kerleu.) Si toutefois tu es capable d'y arriver.

Le garçon essayait d'adresser un sourire apaisant à Joboam, mais la peur déformait son expression, qui se transformait peu à peu en rictus railleur. Le regard assombri de l'homme ne le quittait pas.

— Je pourrai me débrouiller, assura Tillu, qui fut la première surprise du calme de sa voix.

— Vraiment ? rétorqua Joboam en détournant sur elle son irritation. Et ce garçon ? Peux-tu le faire obéir, et l'empêcher d'être un fardeau pour nous tous ?

Tillu percevait sa fureur contrôlée ; il avait accumulé toute cette colère, guettant la première occasion de l'exprimer. Elle considéra ses grandes mains, les

43

muscles épais de son cou, et se sentit submergée par unc vague de peur. Mais lorsqu'elle s'adressa à lui, elle fit preuve d'une parfaite froideur.

— Kerleu est sous ma responsabilité ! Je suis certaine que si le maître des hardes pensait qu'il poserait des problèmes, il me l'aurait fait savoir.

— Et moi, je suis responsable de toi ! J'ai dit à Capiam que je veillerais à ce que tu...

— Personne n'a besoin de me prendre en charge ! rétorqua Tillu d'une voix qui dérapait dans les aigus.

Certains les regardaient avec curiosité au passage.

— Ce sont les ordres de Capiam, lui rappela Joboam, sans pouvoir dissimuler une étrange intonation de triomphe. Je dois m'assurer que tu ne manques de rien et faciliter ton voyage avec nous.

Après avoir tiré sur une dernière lanière, il se redressa et fit avancer le harke d'une secousse. Il remit la longe dans la main de Tillu et reprit ses propres bêtes.

— Je suis chargé de m'occuper de toi et de ton fils, reprit-il en écrasant Tillu de son regard dominateur. Je dois prendre garde à ce que nul ne moleste le petit apprenti du nadj. Maintenant, vous allez me suivre et si...

— Heckram ! Carp !

La voix pointue de Kerleu interrompit le discours de Joboam. Le garçon s'élança vers la file d'éleveurs et leurs rennes. Le souffle coupé, Tillu observa sa progression, s'attendant à voir d'un instant à l'autre les animaux prendre peur et détaler. Mais les harkar se contentèrent de regarder Kerleu, qui galopait vers eux.

Certains pointèrent comiquement les oreilles, mais il n'y eut pas de panique. En le voyant arriver, Heckram se mit à l'écart de la cavalcade et attendit. La colonne se reforma derrière lui.

La lumière du matin nimbait et soulignait sa haute silhouette. Il portait des vêtements d'été, de cuir fin pour la tunique ajustée sur la poitrine et les épaules, plus grossier pour les jambières et les bottes qui montaient jusqu'aux genoux. Un bonnet de laine bleu peinait à protéger sa chevelure, agitée par la brise et parcourue de reflets bronze sous le soleil. Tillu n'en crut pas ses yeux lorsqu'il accueillit son fils avec un large sourire. En quête de réconfort, le renne qui menait sa ligne gratifia Heckram d'un petit coup de museau, et celui-ci lui flatta l'encolure d'un geste paisible. Kerleu s'arrêta à quelques centimètres d'Heckram et leva la tête vers lui avec un immense sourire. Tillu eut le cœur serré de voir à quel point son fils était certain d'être bien accueilli. L'homme lui ébouriffa les cheveux, puis referma sa main sur son épaule, en un geste qui correspondait à un salut entre adultes. La voix sèche et impérieuse de Carp les sépara, convoquant le garçon auprès de lui.

Heckram guidait quatre harkar et Carp était perché sur le premier. Jusqu'alors, Tillu n'avait vu que les très jeunes ou les très vieux chevaucher les animaux de bât. Le chaman avait encore les jambes solides, pourquoi n'avait-il pas choisi de marcher ? Il se pencha pour parler à Kerleu, puis lui signifia de se tenir près du renne et fit comprendre à Heckram qu'il était temps de repartir. Celui-ci adressa une question muette à Tillu. Pour

45

toute réponse, elle se contenta d'une sorte de signe de reconnaissance. Derrière elle, Joboam laissa échapper un son râpeux dépourvu de signification, mais qui ressemblait à un grondement de bête sauvage. En se retournant, elle découvrit l'ampleur de la fureur qui flamboyait dans son regard noir. Sa haine semblait sans bornes ; elle se demanda lequel des trois en était la cible.

— Allons-y, jeta-t-il rageusement.

Il entraîna ses rennes dans un trot maladroit. À son tour, Tillu tira sur la longe de ses animaux, peu enclins à soutenir l'allure pour ne pas se laisser distancer. Joboam traçait sa propre piste à travers les arbres largement espacés, parallèle à celle des autres. Le souffle trop court pour poser des questions, Tillu ne pouvait que le suivre, partageant la réticence de ses harkar.

Elle respirait à pleins poumons les parfums de ce début de printemps. L'odeur montait de l'humus, des touffes précoces de mousse et d'herbe en pleine croissance, comme une brume presque visible. De petites feuilles jaunes et des baies recroquevillées s'accrochaient encore aux rameaux épineux des roses sauvages, à côté des bourgeons, gonflés, qui allaient bientôt éclater. Tillu vit un cercle de champignons fraîchement éclos, mais ne put s'arrêter pour les examiner. Joboam ramenait ses bêtes vers le gros de la troupe et fit signe à Pirtsi de céder la place. Tillu le suivit, heureuse de pouvoir enfin ralentir la cadence.

— Ne me quitte pas.

Ce furent les seules paroles que prononça Joboam. Tillu lui emboîta le pas ; par bonheur, ses rennes les séparaient, empêchant toute conversation. Elle observa brièvement Pirtsi, mais il semblait se concentrer sur sa propre progression. Fixant un point imaginaire un peu devant elle, elle suivit l'exemple de son compagnon de voyage et se laissa glisser dans une confortable monotonie.

Quelques mètres en avant, la croupe du dernier harke de Joboam ondulait en rythme et sa petite queue ridicule tressautait sans cesse. Tillu glissa un regard vers la bête qu'elle menait. La facilité de la tâche ne cessait de l'étonner. Bien sûr, elle tenait la longe, mais les rennes se contentaient de suivre ceux qui les précédaient. La lanière qui les reliait était flasque. Leur tête se balançait, leur souffle moite réchauffait l'air près de l'épaule de Tillu. Dans leurs orbites marron, les gros yeux sombres semblaient presque liquides. Ils rappelaient à Tillu le regard direct des jeunes enfants. Bravement, elle toucha l'encolure de l'animal le plus proche, qui émit un grondement de plaisir à son contact. Imitant le geste d'Heckram, elle le gratouilla doucement et il avança contre sa main.

Elle éprouvait une singulière sensation de liberté à marcher sans fardeau en ce beau jour de printemps. Quel contraste avec le moment où elle avait fui le peuple de Bénu, chancelant sous le poids de ses biens, entraînant son fils loin de Carp et de son influence. Le voyage était bien plus agréable, cette fois. Les bêtes transportaient ses bagages avec aisance et Tillu soutenait leur allure d'un pas léger. Il lui paraissait plus étrange encore de se déplacer sans Kerleu dans son sillage. Elle n'avait pas à le rappeler quand il s'éloignait pour examiner une chose ou une autre en dehors de la piste ni à le morigéner parce qu'il traînassait, et trouvait insolite de ne plus être harcelée de questions. Depuis la naissance de son fils, sa vie avait été si imbriquée à la sienne qu'elle ne parvenait pas à admettre l'avoir abandonné au chaman. À l'évocation de Carp, son estomac se contracta et elle jeta un bref regard par-dessus son épaule. Mais Kerleu et le vieil homme étaient trop loin en arrière. Et Heckram les accompagnait. Elle revit le grand sourire avec lequel le chasseur avait accueilli le garçon. Comme si sa présence ne l'irritait pas. Une telle tolérance risquait de ne pas durer toujours, voire de s'épuiser au long de cette journée. Mais puisque Kerleu se sentait accepté, qu'il en profite autant que possible ! Il se retrouverait assez tôt en situation d'être rejeté. Bientôt il marcherait de nouveau sur les talons de Tillu, lui posant dix fois de suite la même question sans jamais retenir la réponse. Elle se força à croire que ce temps reviendrait un jour prochain.

Elle s'abandonna à la forêt environnante. Parfois, elle captait le bavardage des écureuils au-dessus de sa tête ou le cri rauque d'un corbeau. Les pins et les épicéas étaient ponctués de quelques bouleaux épars. À la mi-journée, ils commencèrent à croiser des cours d'eau vifs et volubiles, alimentés par la fonte des neiges hivernales. Les premiers n'étaient que des ruisselets aisément franchissables d'un bond par les humains, pendant que les rennes pataugeaient stoïquement dans le flot glacé. Puis un ruisseau plus large se présenta et Tillu se retrouva à sauter de pierre glissante en rocher instable. Maintenant, le geste de s'appuyer à l'épaule du harke pour assurer son équilibre lui semblait tout à fait naturel et l'animal ne manifestait aucune surprise sous sa main. Une fois sur l'autre rive, elle prit le temps de lui flatter l'encolure, appréciant la sensation diffuse de sa chaleur vivifiante à travers les poils raides de la fourrure. Derrière elle, Bror hissa temporairement son petit-fils sur un bât pour la traversée.

La longue marche reprit. Les muscles de Tillu, peu habitués à cette activité lente mais ininterrompue, commençaient à protester. Avec la température qui augmentait, son épaisse tunique se fit pesante. Elle s'arrêta pour l'enlever et la jeta par-dessus le chargement du premier harke. La brise tiède caressa ses bras nus. Sa chemise en cuir de lapin lui paraissait si légère qu'elle avait la sensation d'être nue. Elle s'étira et roula des épaules, toute au plaisir du soleil. Puis Joboam lui lança un cri irrité, lui indiquant de se remettre en route. Tillu fit avancer ses rennes.

La forêt changeait graduellement. La cavalcade d'animaux et d'hommes serpentait à travers des vallées et par-dessus des torrents, laissant derrière elle les pentes raides des collines, pour arpenter des déclivités douces couvertes de bruyère lapone, d'osiers aux scions constellés de chatons mousseux et d'aulnes au tronc gris craquelé. Ici, la végétation était plus luxuriante, les versants s'étendaient sous le ciel bleu, s'exposaient à la brise agréable. Tillu s'attendait à ce que les rennes s'attardent un peu à paître, mais ils continuaient leur chemin avec une ténacité qui n'augurait rien de bon pour ses douleurs aux jambes.

Sur le flanc des collines, de gros rochers gris se dressaient çà et là au milieu des herbes jaunes de l'été passé. Les fleurs printanières les plus précoces profitaient de l'abri qu'ils offraient contre le vent et de leur chaleur résiduelle pour s'épanouir à leur pied. Tillu vit des plantes inconnues, d'autres plus familières, dont la taille était plus réduite que dans son souvenir. Elle mourait d'envie de les toucher, de s'imprégner de leur odeur. Seule, elle aurait collecté de l'écorce de saule et d'aulne pour ses toniques et ses potions, mais aussi l'extrémité tendre de l'épilobe à épi, qui faisait un légume délicieux. Elle aperçut des feuilles de violette, mais ne pouvait laisser ses animaux pour pousser ses investigations. À regret, elle négligea aussi un carré de fritillaires avec leurs racines nourrissantes et riches en féculents. Quand elle s'était agenouillée pour plonger les mains dans le sol de tourbe, Joboam lui avait crié de se hâter. Elle avait sifflé entre ses dents pour exprimer sa frustration. À l'usage, il y avait des inconvénients à faire porter ses paquets par des bêtes et à voyager avec un groupe aussi important. Elle pêcha un peu de poisson séché dans sa poche et le grignota en marchant. Quand dans le ciel bleu l'arc du soleil commença à s'incurver lentement vers le lieu escarpé où il prenait son repos, ils avançaient encore.

Tillu perçut le bruit et l'odeur de la rivière longtemps avant de la voir. Les rennes, qui avaient aussi senti l'humidité, pressèrent l'allure. Elle allongea le pas pour rester à leur hauteur. Ses hanches et le bas de son dos protestèrent, et ses fesses lui donnaient l'impression d'avoir été longuement meurtries. La lumière déclinante faisait scintiller un large ruban d'eau vive qui se parait des couleurs de l'arc-en-ciel en se brisant sur les rochers des rapides. La ligne de harkar qui la précédait s'arrêta pour boire, mais se releva et entreprit de longer le flot turbulent à travers les arbres de la rive. Son cœur manqua un battement. Ils n'allaient pas tarder à s'arrêter, n'est-ce pas ? Elle marqua une pause pour laisser ses bêtes se désaltérer et prit une longue gorgée glaciale. Le froid lui fit mal aux dents. Après s'être essuyé la bouche, elle se redressa pour suivre Joboam et ses harkar. Ils cheminaient parmi les bouleaux aux branches nues, les saules et les chênes environnés d'une brume de bourgeons verts, suivant toujours le cours d'eau. Les ombres s'allongeaient et la température commençait à fraîchir, la terre rendait aux cieux nus sa récolte de chaleur de la journée. Puis, à travers le rideau de verdure, loin devant les hommes et les bêtes, Tillu aperçut un éclat argenté.

Ils émergèrent abruptement sur les rives d'un lac. À son grand soulagement, elle aperçut la lueur rouge et la fumée de feux épars. Des abris avaient été hâtivement montés, et émergeaient de la terre tiède tels des champignons. Libérés de leur charge, les harkar paissaient sur le flanc d'une colline au-dessus du lac. Des volées d'enfants s'ébattaient autour des rochers gris festonnés de lichen qui dressaient leurs têtes rondes et velues hors de l'herbe grasse. D'autres s'éclaboussaient ou envoyaient des pierres dans l'eau. Tous semblaient plus vivifiés qu'épuisés par la longue journée de marche. Tout aussi excités, les chiens aboyaient et bondissaient avec eux. Tillu enviait leur énergie. Son

51

désir le plus cher du moment était de s'écrouler pour enfin se reposer. Joboam examina le camp, puis se remit en route d'un pas décidé, ayant déjà choisi l'endroit où il allait s'installer. Un gamin et un chien, qui jouaient à se disputer une lanière, déguerpirent en le voyant approcher, préférant lui laisser le champ libre. Tillu hésita. Elle aurait préféré s'installer dans un coin moins central de cette ruche bourdonnant d'activité. Mais elle ne tenait pas à transgresser les traditions par inadvertance. Elle camperait donc là où Joboam le lui dirait. Elle commença à orienter ses harkar pour le suivre.

Kari surgit de l'ombre d'un rocher. Tillu sursauta et même les rennes flegmatiques firent un écart. La longe échappa à la guérisseuse, mais Kari la rattrapa. Elle se tourna vers Tillu avec un petit sourire, le regard pétillant.

— Viens ! dit-elle en levant la main d'un geste vif pour étouffer un gloussement.

Sans ajouter un mot, elle l'entraîna vers le haut de l'escarpement.

À mi-chemin du sommet, un rocher plus gros qu'une hutte de tourbe surgissait du sol. C'est dans cette direction que Kari la guidait. Elles contournèrent le mastodonte et de l'autre côté, Tillu découvrit un abri de peaux tendues sur des perches. Il s'adossait à la roche, face au flanc de la colline, délaissant la vue du lac. Devant, un petit feu brûlait déjà sous une marmite d'eau. Un amas de fourrures garnissait l'intérieur du refuge et les harkar de Kari pâturaient alentour. La jeune fille sourit à Tillu.

— Au talvsit, je vis dans la hutte de mes parents. Mais pendant l'arrotak, j'ai mon propre abri et je peux y accueillir mes hôtes. Veux-tu partager mon feu ? Avec Kerleu, bien sûr, se hâta-t-elle d'ajouter en remarquant l'hésitation de la guérisseuse.

En réalité, l'épuisement incitait Tillu à refuser l'invitation. Mais le ciel s'assombrissait déjà, le feu brillait, l'endroit était accueillant et Kari paraissait si contente de ses préparatifs que Tillu n'eut pas le cœur de dire non. Elle accepta donc d'un signe de tête. Avec un cri de joie, Kari se précipita pour commencer à décharger les deux bêtes. Tillu se mit de la partie, ses doigts gourds de fatigue s'escrimant à manipuler les harnais peu familiers. À l'inverse, Kari donnait la preuve de sa compétence en s'occupant du premier harke, qui paissait, déjà entravé, alors que Tillu débarrassait encore le second de ses paquets. Enfin, les deux rennes furent livrés à eux-mêmes. Kari regagna l'abri, s'y installa et tapota le nid de fourrures pour inviter Tillu à la rejoindre. Celle-ci se laissa tomber dessus avec un soupir de contentement. Paradoxalement, les nouvelles douleurs causées par la position assise soulageaient les courbatures dues à la journée de marche. À gestes lents, elle retira ses bottes, et ses pieds endoloris accueillirent avec plaisir le contact de l'herbe fraîche et douce.

— Je devrais aller chercher Kerleu, dit-elle avec lassitude. Il doit avoir épuisé la patience d'Heckram, maintenant.

— Il ne va pas tarder, assura Kari.

Tillu s'étendit sur le dos, puis roula sur le côté pour

53

faire face au haut de la pente, observant la nuit dérober peu à peu les couleurs du paysage.

— C'est gentil de m'inviter à partager ton campement, observa-t-elle avec retard.

Elle obtint pour toute réponse un haussement d'épaules.

— Cela me fait quelqu'un à qui parler, précisa Kari. D'ailleurs, je me contente de te rendre l'hospitalité que tu m'as offerte. D'autre part, si tu es ici, il y aura moins de problèmes.

Tillu réfléchissait encore à la dernière remarque de la jeune fille, quand Lasse fit son apparition et lâcha une brassée de bois de chauffage devant l'abri.

— Je t'avais bien dit que j'en trouverais beaucoup, dit-il en s'accroupissant pour passer sous les peaux.

Lorsqu'il découvrit Tillu, son grand sourire se transforma en grimace de stupéfaction. Manifestement, il comptait trouver Kari seule, mais celle-ci semblait suprêmement indifférente à sa déception.

— Ce n'est pas ce que j'appelle beaucoup, mais ça ira, dit-elle d'un ton détaché. Écoute, veux-tu bien aller chercher le fils de Tillu, s'il te plaît ? Il marchait avec Heckram. Ils doivent être au lac. Conduis-les ici, on ferait peut-être aussi bien de dîner tous ensemble.

D'abord, Lasse hésita. Kari s'en aperçut et le fixa pendant quelques instants, tête penchée, dans un silence glacial, puis elle lui décocha un sourire à faire fondre le plus endurci des garçons. Il vacilla presque, sous le charme. Le visage écarlate, il hocha la tête et s'empressa de partir remplir sa mission. Quelques secondes après son départ, Kari retrouva l'expression songeuse qui lui était familière.

— J'ai quelque chose à te montrer, dit-elle brusquement.

D'un geste preste, elle délaça sa tunique de peau, l'ouvrit et se tourna vers Tillu avec un sourire plein d'appréhension.

La guérisseuse eut un mouvement de recul instinctif. Le cou long et gracieux de Kari surmontait sa poitrine jeune et fière. Mais chacun des doux renflements portait des incisions formant le symbole aux quatre traits cher à la jeune fille. On aurait pu croire qu'une chouette avait effectivement planté ses serres dans ses seins.

— C'est Carp qui m'a expliqué pour la suie, dit-elle avec animation. Maintenant, même si les blessures guérissent, la marque ne partira plus.

Quand Kari leva les yeux, elle ne put croiser le regard de Tillu, qui détournait la tête, mais dont l'expression écœurée ne lui échappa pas.

— Qu'est-ce qui te prend ? Je pensais que tu serais contente de voir que cela n'était pas infecté.

— Carp, répéta Tillu avec mépris. Oui, j'imagine qu'il a dû être ravi de t'apprendre comment te marquer.

Quelle folie l'avait poussée à laisser son fils avec ce vieil homme toute la journée ? Elle avait le résultat des leçons de Carp à Kari sous les yeux ! Quelles sinistres merveilles apprenait-il à Kerleu ?

— Hier soir, le nadj a dîné dans la hutte de mon père. Il nous a parlé de son ancien peuple. À la naissance, dès qu'on a découvert l'esprit gardien de

55

l'enfant, on lui en appose la marque sur la cuisse et l'on y frotte de la suie pour concrétiser le lien. Maintenant, l'esprit de la chouette et moi sommes unis.

— Oui. Et tous le sauront.

Tillu s'était efforcée de conserver un ton neutre. Le mal était fait et les remontrances n'aboutiraient qu'à rendre la jeune fille malheureuse. Le geste était irréversible.

— C'est ce que je veux !

Cette fierté hautement revendiquée instilla quelque regret dans l'esprit de Tillu, mais elle préféra garder le silence et son impulsion finit par se dissoudre dans le crépuscule finissant. Au bout d'un moment, Kari referma sa tunique. La guérisseuse l'observait à la dérobée, s'émerveillant de la mobilité de ses traits. La vie bouillonnait dans ce corps juvénile, telle l'eau d'un torrent se ruant dans un goulet. Même lorsque Kari était immobile, comme en cet instant, le regard perdu dans le lointain, lèvres entrouvertes sur l'éclair des dents blanches, elle semblait incarner le mouvement. On sentait que son esprit voyageait loin de son enveloppe charnelle, prisonnière du présent. Tillu comprenait à quel point son impassibilité maintenait certaines personnes à distance... Et intriguait un jeune homme tel que Lasse.

— Lasse est bien gentil d'avoir monté du bois jusqu'ici, fit-elle remarquer.

— Il est obligeant, répondit Kari d'une voix douce. (Son expression s'anima soudain et elle continua avec plus de véhémence.) Mais il a parfois de drôles d'idées. (Elle se redressa et se glissa hors de l'abri.) Je vais préparer le repas, dit-elle en commençant à fourrager dans les bagages.

Tillu se leva. Regarder quelqu'un travailler sans rien faire la mettait mal à l'aise.

— J'aurais aimé avoir plus de temps devant moi, aujourd'hui. Cela m'aurait permis de ramasser de la verdure pour le dîner, et de refaire provision de certaines plantes médicinales.

— J'imagine que tu les trouves à des endroits étranges et lointains, dit Kari d'un ton où perçait une certaine révérence.

— Non, pour la plupart, elles poussent dans les bois et les prairies, parmi les espèces ordinaires. Aujourd'hui, j'ai vu des fritillaires et sans doute des violettes. Et, bien entendu...

— Des violettes ? répéta Kari, incrédule.

— Oui. Une fois séchées, elles soignent les rougeurs. On peut aussi les utiliser contre les maladies des poumons.

Kari la fixait avec une expression émerveillée.

— Pourquoi me dis-tu cela ?

— Cela avait l'air de t'intéresser, hasarda Tillu.

— Et cela ne t'ennuie pas de m'en parler ?

— Je ne vois pas pourquoi...

Dans le crépuscule qui s'installait, un coucou lança son appel solitaire.

— Kila, la vieille sage-femme, était notre dernière guérisseuse. Elle n'aurait jamais parlé des végétaux qu'elle employait dans ses mélanges, ni du lieu où elle les cueillait. C'est sa mère qui lui avait appris à soigner. Elle disait que son savoir était sa richesse, qu'il n'était pas destiné à être partagé. Alors quand elle est morte, nous ne connaissions que les plantes les plus communes. J'étais persuadée que tous les guérisseurs gardaient jalousement leurs secrets.

— Une attitude égoïste, si tu veux mon avis, commenta Tillu, abasourdie.

— Alors, tu voudras bien m'apprendre les simples ?

— Bien sûr. Quand nous en aurons l'occasion, je serai ravie de te montrer où les ramasser et comment les utiliser.

— Demain ? demanda Kari avec empressement.

— Mais nous voyageons, n'est-ce pas ? Nous serons occupées à mener nos bêtes. Nous n'aurons pas le temps de faire une récolte et de discuter.

Kari lui adressa un sourire entendu.

— Rien n'est moins sûr. On ne sait jamais.

Elle préleva du bois de la provision laissée par Lasse, alimenta le feu et commença à préparer le repas. Bientôt, la délicieuse odeur de viande mijotant dans la marmite aiguisa la faim de Tillu. Elle sortit de l'abri et s'étira. La lassitude due à la longue journée de marche se fit soudain sentir dans la moindre fibre de son corps.

Lasse apparut dans la clarté du foyer, visiblement fier d'avoir mené à bien sa mission.

— Nous voici !

— Tu en as mis un temps, constata Kari d'un ton froid.

— Ils s'étaient arrêtés au bord du lac pour pêcher !

Il balançait entre son désir de souligner la difficulté de son entreprise et celui de manifester son émerveillement devant cette formidable idée.

— Regarde ce que nous avons attrapé ! Carp a dit qu'ils seraient là-bas, sous la rive, derrière les racines ! Et ils y étaient. Regarde, Tillu.

Gras et glissants, les ombles-chevaliers scintillaient entre les mains de Kerleu. Ils échappèrent à sa prise et tombèrent sur l'herbe. Kari leur jeta un coup d'œil appréciateur.

— Lasse, nettoie-les et enfile-les sur une broche. Nous allons les griller sur les braises.

Elle lançait ses ordres avec sérénité, sans douter une minute que poissons et garçons étaient destinés à se prêter à son commandement. Lasse ne risquait guère de la détromper, tant il s'exécuta docilement. Tillu et Heckram le suivirent des yeux pendant qu'il emportait les prises à l'écart. Puis leurs regards se croisèrent, teintés d'une dose égale de sympathie pour le jeune homme et d'amusement devant sa situation. Une lueur nouvelle anima alors les yeux d'Heckram. Tillu se détourna en hâte et fit mine de s'intéresser à Kerleu, qui essuyait ses doigts effilés dans l'herbe.

— Tu as été sage aujourd'hui ? demanda-t-elle d'un ton machinal.

— Oui, répondit-il avec un air candide.

Il ne semblait pas éprouver la nécessité de développer sa réponse. Pourtant, elle avait envie de le questionner plus avant, de connaître les détails de sa journée, de savoir si elle lui avait manqué, ce qu'il avait appris de Carp. Mais il était impossible d'avoir le moindre moment d'intimité avec tous ces gens autour d'eux. C'était stupide de ne pas avoir monté un abri. Ni ce soir ni demain elle ne pourrait passer de temps

59

avec son fils. Une bouffée de solitude la submergea, mêlée d'un profond sentiment de frustration. Il lui semblait que les autres n'étaient là que pour la séparer de son enfant. Sans compter Heckram, dont la présence toute proche mettait ses résolutions à rude épreuve. Chaque fois qu'il la regardait, elle avait l'impression que sa peau devenait trop étroite. Elle n'avait pas encore trouvé l'occasion de lui dire qu'elle avait changé d'avis. Voici qu'il la fixait de nouveau, sourcils légèrement relevés en une mimique interrogative. Une écume de barbe adoucissait la ligne de sa mâchoire. Elle ne pouvait s'empêcher d'y revenir. Savait-il à quel point cela le rendait séduisant ? Puis elle se demanda avec sévérité pour quelle raison elle lui attribuait ce genre d'idées. Croyait-elle vraiment être la seule femme qu'il voulait entraîner sur sa couche, ou qu'il dormait seul chaque nuit, tout comme elle ? Elle se déplaça pour échapper à son attention. Lasse vidait les poissons sous la direction de Kari. Le plaisir d'être l'objet des attentions de la jeune fille se lisait dans son regard pétillant. Aucun d'eux n'avait remarqué Kerleu, accroupi tout près, qui farfouillait d'un index curieux dans les entrailles des animaux. Tillu se laissa tomber sur un genou et s'apprêta à se glisser sous l'abri pour s'étendre en attendant le repas. Cela donnerait peut-être un répit à ses muscles endoloris.

Mais Carp se trouvait déjà là, étalé sur les peaux comme s'il était le maître des lieux. La lumière du feu éclairait sa bouche entrouverte, révélant occasionnellement une dent derrière ses lèvres flasques et donnant à ses yeux brumeux des allures de coucher de soleil reflété dans l'eau trouble d'un étang. Il l'accueillit d'un hochement de tête ; sa bouche s'élargit en un sourire et il lui fit signe d'avancer d'un geste de la main. Tillu recula prestement et se releva. Jusqu'à ce qu'elle fasse la connaissance du peuple des hardes, elle n'avait pas su décrire l'odeur de Carp. Maintenant, elle savait qu'il sentait le chien mouillé. Mais elle ne l'en trouvait pas plus sympathique pour autant.

Avec la venue du soir, la terre se refroidissait ; l'humidité montait du sol. Le repas en préparation dégageait un fumet délicieux et Tillu était tenaillée par une sensation de faim qui confinait au vertige. Elle posa la main contre le flanc rude du rocher qui formait une des parois de l'abri, puis, sans s'en apercevoir, commença à le contourner, s'éloignant de la lueur du foyer, des murmures de Lasse et Kari. Le lichen encore tiède de la chaleur du jour évoquait le contact d'une barbe rude contre sa paume. Elle s'appuya sur la roche, contemplant le lac et la large vallée qui s'étendaient devant elle.

Les petits feux du camp s'épanouissaient sur le rivage telles des fleurs sauvages. Les tentes n'étaient plus que des formes indistinctes dans le crépuscule, les gens et les chiens des ombres mouvantes se découpant contre les flammes. Au-delà, le sombre chatoiement du lac enfermait la lune et les étoiles dans ses profondeurs. Tillu éprouvait un léger vertige à contempler le ciel à ses pieds. Elle leva les yeux, regarda encore plus loin et estima pour la première fois la distance couverte durant cette première journée de voyage. Kari lui avait

61

dit qu'ils marcheraient pendant dix jours. Jusqu'où iraient-ils ?

Loin derrière s'élevaient les montagnes, les terres d'hivernage du peuple des hardes. Devant, s'étirait la vaste nappe d'eau, que leur longue colonne franchirait le lendemain. Ensuite, après les derniers arbres nains et les buissons rabougris, se déployait la toundra. Dans l'obscurité naissante, il était malaisé de distinguer le début de la plaine de la fin du lac. Grâce aux légendes de la tribu de Bénu, Tillu avait déjà entendu parler de la gigantesque étendue plate, mais elle ne l'avait jamais foulée. Une peur trouble et sans nom la saisit à l'évocation de cet endroit stérile, à laquelle succéda une crainte plus pragmatique. Dans un lieu pareil, où récolter, par exemple, de l'écorce d'aulne ou des cônes de bouleau à brûler pour soulager une tête congestionnée ? Nombre de remèdes étaient tirés des arbres des collines et des vallées. Un sentiment proche de la panique l'envahit, aussitôt remplacé par une ferme résolution. Demain, pendant que le troupeau et ses gardiens se déplaceraient le long des rives du lac et de sa lisière forestière, elle devrait être libre de faire sa récolte. Il lui fallait reconstituer ses réserves, avant qu'ils ne s'engagent sur les terrains stériles du Nord.

Elle sentit l'homme approcher d'elle dans l'obscurité plus qu'elle ne l'entendit. Heckram l'avait-il suivie, interprétant son départ comme une invitation ? À la perspective de la confrontation, elle éprouva une vague d'appréhension, mais son corps fut aussi parcouru d'une onde d'excitation particulièrement traîtresse. Après avoir pris une profonde inspiration, elle se tourna vers lui. Au lieu de mots, elle laissa échapper un cri de surprise en sentant des mains dures lui agripper les épaules et la secouer avec force.

— Où étais-tu passée ? demanda-t-il d'un ton brutal.

Elle s'écarta, mais il lui saisit le poignet au passage, si rudement que sa main en fut tout engourdie. Le visage de Joboam s'arrêta à quelques centimètres du sien.

— Capiam m'a demandé de veiller sur toi et de m'assurer que tu n'as besoin de rien. Quand je t'ai ordonné de me suivre, tu as disparu, et lorsqu'il est venu près de mon feu pour te parler, j'ai dû avouer que j'ignorais où te trouver. J'ai perdu sa confiance. Le nadj, la guérisseuse et son imbécile de fils, tous évanouis ! Le maître des hardes pense que tu as changé d'avis et que tu nous as quittés, que la tribu devra affronter un autre été sans guérisseur. Il m'a demandé si je t'avais offensée. Moi ! En plus, j'ai dû quitter mon foyer et interrompre mon repas pour partir à ta recherche. Je suis allé de feu en feu, de tente en tente, comme un idiot, demandant à tous ceux que je rencontrais s'ils t'avaient vue !

De fureur, il resserra sa prise sur le poignet de Tillu et lorsqu'elle approcha l'autre main pour tenter de se dégager, il en profita pour s'en emparer également. Maintenant, elle était prisonnière de sa formidable poigne. Il brandissait bien haut sa main, pour souligner leur différence de taille et de force. Dressée sur la pointe des pieds, le souffle coupé tant par la peur que par la douleur, elle tentait malgré tout de se libérer. Les yeux de Joboam étincelaient dans le noir. Les muscles endoloris de Tillu semblaient hurler sous la tension.

— Kari... m'a invitée... à passer la nuit...

Les mots sortaient par saccades. Tillu s'efforçait de réfréner la fureur qui menaçait de la submerger, d'oublier ce désir mordant de se débattre, de hurler et de se rebeller. L'homme était gigantesque, autant s'attaquer à un ours. Après tout, s'il n'allait pas plus loin, elle pouvait le supporter. Elle avait déjà connu pire avec des individus encore plus déplaisants, et était toujours vivante pour s'en souvenir. Par ailleurs, si elle hurlait, Kerleu se mêlerait à la dispute, et l'autre risquait de retourner sa colère contre lui.

— Kari ? répéta Joboam.

Il y avait de l'étonnement dans sa voix et il tira un peu moins fortement sur les bras de Tillu. Elle prit une bouffée d'air.

— Oui, Kari. Elle...

— Rassemble tes affaires, prends le garçon et n'oublie pas les harkar. Remercie Kari, mais explique-lui que tu dois me rejoindre, pour que son père sache que je fais mon devoir. Dépêche-toi.

Un singulier mélange d'émotions faisait vibrer sa voix. Bien sûr, elle exprimait toujours la colère, et le plaisir âcre qu'il prenait à exercer sa domination, mais on percevait aussi une note de malaise.

Il relâcha brusquement Tillu, qui retint un cri de soulagement. En revanche, elle se frotta les poignets d'un geste machinal, tout en étant consciente de la satisfaction qu'il pouvait en tirer. Quelle était la solution la moins dangereuse ? Le suivre comme il l'ordonnait et se soumettre à son contrôle, ou le défier et rester avec Kari en demeurant, ainsi, hors de sa portée ? Elle donnerait cher pour avoir la réponse. L'alternative qui lui était offerte était, par bien des aspects, aussi obscure que la nuit.

Elle lui tourna le dos et partit en direction du feu. Son cœur battait à coups lents. Soudain, la nuit sembla basculer autour d'elle, pendant que le sol de tourbe se ruait à sa rencontre. Elle lança les bras en avant pour amortir sa chute. Mais de grandes mains saisirent ses coudes et l'aidèrent à recouvrer son équilibre. Elle se retrouva à agripper la chemise d'Heckram. Il ne laissa pas échapper un son. Il fixait Joboam par-dessus sa tête. Elle sentait la tension croître dans sa large poitrine au rythme de la colère qui enflait, bloquant la respiration. Cette fois, elle ne serait pas capable d'arrêter le combat.

Kari se faufila entre eux dans l'obscurité et se posta sur le chemin de Joboam, dont la posture menaçante fléchit légèrement. Quand elle ouvrit les bras, il recula d'un pas. Sa silhouette évoquait une peau tendue sur un support pour sécher, ses vêtements sombres se fondaient dans la nuit, soulignant encore plus la pâleur de son visage, semblable à la lune. En essayant d'avaler sa salive, Tillu s'aperçut que la vision de Kari, avec ses vêtements flottants, agités par la brise, et ses cheveux noirs flous lui avait asséché la bouche. Heckram joua des épaules ; il semblait habité d'une énergie meurtrière. Il finit par avancer d'un pas, mais elle s'accrocha à lui, essayant de le retenir.

Pendant un long moment, Kari se tint devant

Joboam, vacillant dans le vent. Poings crispés, il lui tenait tête, le regard fixé sur son petit visage comme s'il la redoutait plus que tout. Elle finit par baisser les bras avec un soupir sifflant. Il semblait incroyable qu'elle paraisse, soudainement, si petite. Elle le transperçait du regard.

— Tu diras à mon père que Tillu, la guérisseuse, prendra son repas avec moi, lança-t-elle d'une voix claire qui tinta dans la nuit. Que j'ai étendu l'hospitalité de mon abri à sa famille. Dis-lui également que Tillu sera aussi avec moi demain, car je dois l'aider à récolter des herbes curatives. Explique-lui que tu l'as trouvée confortablement installée, et que tu n'as pas souhaité la déranger. As-tu compris ?

Ses paroles comportaient une nuance cinglante qui ne laissait aucun doute. Kari menaçait Joboam aussi nettement qu'il l'avait fait avec Tillu quelques instants plus tôt. Évidemment, il ne s'agissait pas d'intimidation physique. Elle le tenait avec quelque chose qui allait au-delà de son apparence inquiétante et de l'étrange pouvoir qui se dégageait de sa personne. Tillu était, bien sûr, intriguée par ce moyen de pression et se demanda combien de temps la jeune fille pourrait en jouer sans perdre la partie. Car si Joboam reculait sans un mot, il ne cachait pas la haine qui faisait flamboyer son regard. Il leva la tête, incluant généreusement Heckram et Tillu dans sa fureur. Celle-ci vacilla sous l'impact et Heckram la serra plus étroitement contre lui. Aux yeux de Joboam, ce dernier geste fut plus qu'il ne pouvait en supporter. Il tourna les talons en émettant un son qui exprimait à la fois son hostilité et sa détermination, avant de disparaître dans la nuit.

Pendant un long moment, personne ne parla. Puis Kari prit la direction du campement et effleura légèrement le dos de Tillu au passage.

— Le poisson est prêt, dit-elle en partant.

Brusquement, Tillu prit conscience de ses doigts crispés sur la tunique d'Heckram. Elle les ouvrit, mais il la garda contre lui. Elle s'enivra de l'odeur qu'il dégageait : sueur, cuir et renne. Le mélange composait un parfum viril, qui faisait naître d'étranges vibrations dans ses genoux. Les liens lâches de la tunique pressés contre sa joue laissaient passer quelques poils qui lui chatouillaient la peau. Les grandes mains d'Heckram descendirent lentement le long de son dos, la pressant plus étroitement contre lui. Leur tiédeur semblait effacer les courbatures de ses muscles tendus. Tillu avait l'impression que toutes ses sensations se résumaient aux réactions de son corps au contact d'Heckram et à cet imprévisible sentiment de sécurité qu'elle éprouvait entre ses bras. Ses seins aussi réagirent à la pression et à la chaleur de l'être solide qui se serrait contre eux, mamelons tendus dans un mélange de plaisir et de douleur. Le souffle d'Heckram caressait le sommet de sa tête ; il pressait les lèvres contre ses cheveux en massant doucement son dos. « Encore un moment, avant de le repousser et de lui expliquer que je ne veux pas », se dit-elle. Mais alors qu'elle se résolvait à formuler son mensonge, il relâcha son étreinte.

— Les autres nous attendent, dit-il d'une voix

profonde, qui roulait comme un tonnerre lointain au creux de sa poitrine. Tu dois être lasse et affamée.

Elle ne pouvait pas bouger. Elle savait que s'il la poussait sur le sol pour la prendre, elle ne lui résisterait pas. Elle en arrivait presque à souhaiter qu'il le fasse, qu'il la maîtrise et la chevauche, qu'il prenne son plaisir. Alors, elle pourrait enfin briser cette fascination qu'il lui inspirait. Il n'était qu'un homme comme les autres. Cette prétention à la gentillesse n'était qu'une supercherie, un vieux leurre dont les mâles humains se servaient pour s'approcher des femelles, comme le plumage éclatant chez les oiseaux. C'était sans signification. Une attitude transitoire, simple prélude au rut. Plus tard, il l'éviterait à cause de son drôle de fils ou la prendrait avec autant de désinvolture qu'il en mettrait à se chauffer devant le foyer qu'elle aurait construit. Il suffisait d'attendre, elle savait ce qui allait arriver. Pourvu qu'il se dévoile rapidement, pour qu'elle puisse le voir tel qu'il était : celui qui avait envoyé Ella dans le grand sommeil.

— Tillu, tu trembles, dit-il avec lenteur, caressant ses cheveux de son souffle. Inutile d'avoir peur. Il n'osera pas te faire de mal. Viens. Tu as besoin de te restaurer et de prendre du repos.

Il s'écarta d'elle et lui prit la main pour la conduire près du feu de Kari.

Il n'avait eu que l'intention de l'empêcher de perdre l'équilibre, mais la proximité et le contact de ce corps souple avaient éveillé en lui un désir ardent. Ses mains s'étaient ouvertes sur elle et un parfum musqué lui avait fait tourner la tête. Il aurait voulu lui faire oublier la brutalité de Joboam. Cette femme avait la force et les qualités d'un bon arc : souplesse et résistance. En remarquant son courage silencieux, il avait éprouvé l'envie instinctive d'en faire sa compagne. Elle ne serait pas un fardeau, mais une véritable partenaire. Il l'avait alors attirée contre lui, oubliant qu'elle ne partageait peut-être pas ses sentiments. Puis elle s'était tendue et il avait pris conscience de son immobilité. Maintenant, tout en contournant le rocher, il se maudissait en silence, se traitait de triple idiot. Qu'avait-il donc dans le crâne ? Ne pouvait-il pas rester plus de quelques instants auprès d'elle sans se mettre à agir comme un sarva en rut ? La petite main de Tillu reposait tranquillement dans la sienne. Mais lorsqu'elle s'était appuyée contre lui, il avait eu la sensation d'étreindre une statue de bois. Il savait qu'il l'avait effrayée au moins autant que Joboam, et plus ou moins de la même façon. Par deux fois déjà cette paisible guérisseuse l'avait vu au bord d'un déchaînement de violence face à son rival. Par deux fois, il l'avait caressée avec désir, sans y avoir été invité. Pas étonnant qu'elle se mette à trembler lorsqu'il la touchait. Elle connaissait encore peu son nouveau peuple, et par son comportement, il risquait de faire passer les hommes des hardes pour des sauvages.

Il tourna la tête vers elle comme ils approchaient du feu, mais elle détourna le regard et Heckram en eut le cœur serré. Comment démêler les émotions inextricables qui l'agitaient ? Il devrait encore avoir du chagrin au souvenir d'Ella, pas le désir effréné qui l'envahissait devant cette femme. Et s'il ne s'agissait que de cela ! Une simple envie sexuelle s'avérait bien plus facile à contrôler que ce qu'il ressentait. Depuis ce jour dans sa tente, il s'était éveillé à sa présence. Il continuait à soupçonner qu'elle avait aidé Ella à mourir. Comment la blessée aurait-elle pu atteindre sans aide le thé du sommeil et en boire trop ? Qui, en dehors de Tillu et de lui, connaissait le breuvage et son puissant potentiel ? Néanmoins, tout cela ne collait pas avec l'autre sorte de sentiments qu'elle lui inspirait. Une chose mystérieuse, chez elle et son fils, lui donnait envie de les protéger, de leur offrir un abri, une vie moins précaire. N'ayant jamais éprouvé cette impression plus tôt, il ne la comprenait qu'en partie. Quand il avait surpris les gestes brutaux de Joboam, il n'avait pensé qu'à tuer ce dernier. Une envie animale de lui sauter à la gorge, comme un loup qui défendrait sa compagne. Mais il n'était pas un fauve, et Tillu n'était pas à lui.

D'ailleurs, elle ne voulait même pas croiser son regard. Il lui libéra la main et la sentit se dérober dès le premier signe de relâchement de ses doigts. À quoi d'autre pouvait-il s'attendre ? Une femme des hardes l'aurait déjà frappé à cause de ses avances trop crues. Tillu allongea le pas pour franchir les quelques mètres qui la séparaient du feu. En la regardant marcher devant lui, Heckram sentit une résolution s'ancrer fermement dans son esprit. Il trouverait un moyen de lui montrer sa véritable nature. Il lui prouverait que les hommes des hardes n'étaient pas des sauvages, mais savaient se montrer patients dans l'espoir d'attirer l'attention d'une femme. Il inspira profondément. Depuis la mort d'Ella, sa vie semblait prise dans les glaces, mais une nouvelle chaleur courait maintenant dans ses veines.

IV

Au réveil, Tillu était toujours préoccupée par les
événements de la soirée précédente. Ils avaient tous
dîné, se régalant des morceaux fondants de poisson
juteux et de la soupe que Kari avait confectionnée plus
tôt. Lasse était reparti avec regret jusqu'à sa tente,
après que la jeune fille lui eut ordonné de revenir au
matin pour chercher les quatre harkar qui transportaient
leurs biens. À l'heure du coucher, les autres s'étaient
étendus sur les fourrures à l'intérieur de l'abri. Kerleu
s'était blotti entre Carp et Heckram. Tillu s'était attri-
bué le fond du refuge, non loin du rocher dont la tiédeur ferait du bien à son corps endolori. La présence
d'Heckram à portée de bras ne la laissait pas indifférente et elle avait été ravie que Kerleu entraîne ce
dernier dans une conversation somnolente, qui le
détournait d'elle. Pendant que Tillu s'assoupissait,
Kari était encore assise près du feu, fredonnant à voix
basse. Elle s'était réveillée la première pour faire du
thé, et transformer les restes de poisson en soupe.
Quant à Tillu, elle venait d'ouvrir des yeux encore bien

chargés de sommeil, pour découvrir le sourire de Kari, qui lui tendait à boire.

Les autres dormaient encore. Dans son sommeil, Heckram s'était tourné vers elle. Sa joue reposait dans le creux de son bras et une mèche rebelle rebiquait sur son front. Lèvres légèrement écartées, front lisse : au repos son visage prenait un aspect juvénile. Les rides du sourire se faisaient plus visibles que celles qu'il portait entre les yeux. Tillu tenta de le regarder avec objectivité, mais elle se demandait quelle femme au monde resterait indifférente à un homme qui prend soin de son enfant.

Le calme que promettait le petit matin fut une bonne motivation pour quitter sa couche. Elle se leva, chuchota des remerciements à Kari, qui se contenta de hocher la tête en silence. Accroupie près du feu ranimé, elle avala son thé, puis se redressa et quitta le campement. Elle avait besoin de passer quelques minutes seule. Sollicitant ses jambes courbaturées, elle s'engagea vers le sommet de la colline. Les branches grêles des buissons de myrtilles s'accrochaient à ses jambes, répandant leur rosée sur ses pieds. En atteignant une zone couverte de mousse, elle s'arrêta pour observer le lac. Des vrilles et des volutes de brume s'élevaient de la surface. L'herbe étincelait de gouttelettes. Tillu fit courir ses paumes à la surface, puis appliqua le liquide frais sur son visage aux traits tirés pour effacer les dernières traces de sommeil. Elle rebroussa alors chemin. Les bruits du camp qui s'éveillait parvenaient jusqu'à elle. Un rire isolé, les cris joyeux des enfants qui s'interpellaient. Un soupir. Les douleurs dues à l'étape de la veille se faisaient encore sentir et la journée s'annonçait tout aussi épuisante. Elle se força à presser l'allure.

Visage frais lavé, regard brillant d'écureuil, Lasse était déjà arrivé. Tillu s'arrêta un peu au-dessus du campement, observant Kari qui lui versait un gobelet de thé. Il le prit d'un geste maladroit, s'arrangeant pour emprisonner une des mains de Kari au passage. Pendant un long moment, Kari garda une parfaite immobilité, les yeux fixés sur le tableau que formaient le récipient et leurs deux mains. Quant à Lasse, figé dans un silence absolu, trop timide pour sourire, il se contentait de regarder la tête brune penchée devant lui. Mais juste au moment où Tillu était prête à croire qu'un cœur de jeune fille battait sous les serres de chouette gravées sur la poitrine de Kari, celle-ci se dégagea brutalement, sans prêter attention au liquide brûlant qui se renversait sur leur peau nue. Elle s'éloigna rapidement et se baissa devant la soupe de poisson. Lasse changea le contenant de main et secoua le breuvage qui lui brûlait encore les doigts. Personne n'avait émis le moindre son et maintenant, il regardait Kari sans avoir l'air étonné ou renfrogné.

— C'est comme tenter d'apprivoiser un oiseau sauvage, dit Heckram à voix basse derrière Tillu. Pour l'instant, il doit se contenter de ces petites victoires.

Elle sursauta en entendant la voix grave si proche d'elle. Elle se tourna vers lui, aussi embarrassée d'avoir été surprise en plein espionnage que de devoir lui faire face à la lumière du jour. La barbe qui lui mangeait les joues était plus qu'un chaume et sa couleur se

rapprochait encore plus du bronze que celle des cheveux. Tillu aurait aimé la caresser, savoir si elle était
douce ou rude. Mais elle le regardait sans rien dire. Il
fallait réagir. Elle tenta de garder un ton aussi ferme
que possible et d'émettre un commentaire dégagé.

— Il va devoir montrer beaucoup de patience.
À mon avis, s'il essaie d'aller trop vite, il perdra
complètement la partie.

— Sans doute, admit Heckram.

Il leva lentement la main pour lui toucher le visage.
Au moment où elle s'apprêtait à éviter son contact, il
cucillit une brindille d'herbe sèche dans ses cheveux et
la rejeta en fixant Tillu d'un regard tranquille.

— Les hommes des hardes apprennent très tôt à
patienter.

Puis il se détourna vers le lointain, au-delà du lac, et
tendit le bras vers elle. Pendant un long moment, sa
paume vide plana dans l'espace qui les séparait. Enfin,
Tillu y posa la sienne et regarda ses doigts disparaître
dans la main brune. De l'autre, il désigna l'horizon.

— Voici notre bétail, il s'est déjà mis en route. Tu
vois ces petites taches blanches qui apparaissent par
moments dans la masse gris-brun ? C'est la queue des
rennes qui s'agite. Et cette ombre brune qui se déplace
plus loin ? C'est la harde sauvage. Les bêtes seront bien
loin devant nous avant la fin de la journée. Nous ne les
reverrons peut-être plus avant le Cataclysme.

Il avait la main sèche et chaude, sa voix de basse
était profonde, et il parlait si doucement qu'elle devait
tendre l'oreille pour entendre ses paroles. Il attira son
regard vers lui. Derrière eux, sur la colline, un oiseau

poussa une note claire et aiguë qui résonna dans l'air matinal. Tillu avait envie de sourire à Heckram mais ne pouvait pas. Avec le sentiment d'être stupide, elle baissa les yeux.

— Nous ferions mieux de rentrer, ou il ne nous restera rien à manger. Et nous avons encore une longue marche devant nous.

Elle acquiesça en silence. Il referma les doigts sur les siens et les pressa doucement pendant quelques instants avant de les relâcher. Sans se toucher mais du même pas, ils descendirent le versant en direction du campement.

Tous les autres étaient éveillés. Kerleu avait apporté de la nourriture pour Carp et lui dans l'abri. Accroupi près du chaman, il mangeait en hochant la tête aux paroles du vieil homme. Il ne leva même pas la tête au moment où Tillu arriva. Elle voulait l'appeler, bavarder un peu avec lui, mais aucun prétexte ne lui vint à l'esprit. Elle salua Lasse et remercia Kari, qui lui avait servi une portion de soupe de poisson. Le goût semblait un peu fort dans l'air léger du matin, mais elle consomma avec plaisir ce plat chaud. Elle leva une fois les yeux, cherchant le regard d'Heckram. Bol en main, sourcils froncés, il fixait l'intérieur de l'abri avec gravité. Il observait Kerleu, qui riait aux éclats en écoutant Carp. Une émotion fort proche de l'envie passa sur son visage, mais disparut tout aussi rapidement, et il se concentra sur la nourriture.

D'un seul coup, le temps du repos prit fin. Une fois curées avec des tampons d'herbe, les marmites regagnèrent leur place dans le paquetage. Les peaux de l'abri furent roulées et liées, les rennes conduits au bas de la colline pour rejoindre la ligne de Lasse.

— Je ferais mieux d'aller m'occuper de mes bêtes, déclara Heckram en affichant soudain un air coupable. Je les ai laissées à Ristin, hier soir. Je n'ai pas fini de l'entendre me répéter qu'elle les a déchargées et parquées à ma place.

Il s'était adressé à tous, mais Tillu eut la folle impression que ses paroles lui étaient destinées. Il se tourna ensuite vers Kerleu :

— Viens-tu avec moi aujourd'hui, ou vas-tu accompagner ta mère ?

— Avec qui ira Carp ? répliqua immédiatement le garçon.

— Prends nos affaires et viens avec moi, apprenti, intervint Carp, d'un ton qui ne laissait planer aucun doute. Je voyagerai avec Heckram et tu marcheras près de moi.

Le chaman se leva avec lenteur et Tillu remarqua la raideur de ses articulations. Elle aurait pu lui confectionner un baume ; avec l'humidité des nuits de printemps, il devait certainement vivre une torture le matin. Mais...

Ses sentiments envers lui étaient tissés d'ambivalence. Le nadj se montrait bon envers le garçon, lui témoignait gentillesse et attention. Mais dans le même temps, il lui volait son fils et l'engageait dans une voie étroite, semée d'embûches. Elle observait leur départ, tirant quelque réconfort à l'idée qu'Heckram passerait la journée auprès de Kerleu. Peu de temps après, elle remarqua trois gamins qui regardaient passer le cortège, cachés derrière un buisson, et son cœur bascula. Quelle opinion avaient-ils de cet enfant qui était toujours en compagnie du nadj, qui ne courait ni ne jouait avec eux, mais s'adressait, le regard rêveur, au vieil homme qui chevauchait un harke comme un bébé ?

La pression de la main de Kari sur son bras la tira de ses sombres réflexions.

— Es-tu toujours d'accord pour m'apprendre les plantes ? demanda-t-elle, les yeux brillants.

Elle portait un panier et remit une besace à Tillu. Encore heureux que l'une d'elles ait assez de présence d'esprit pour penser à des détails aussi essentiels ! Tillu porta la main au couteau qui pendait à sa ceinture et Kari brandit le sien, indiquant qu'elle était parée.

— Nous devons d'abord nous tailler des bâtons à fouir.

Tillu reçut un sourire éclatant, qui lui allégea le cœur bien plus qu'elle ne s'y attendait.

Cette journée lui rappelait le temps où elle accompagnait sa tante pour cette tâche. Mais cette fois, elle était le guide, celle qui montrait et expliquait. Kari nettoyait les racines sur l'herbe et les empilait dans son panier. Malgré son rôle, Tillu ne se sentait pas l'âme d'une aînée, mais plus juvénile qu'elle ne l'avait été dans son enfance. Elle suscita de force son inquiétude habituelle pour Kerleu, mais l'idée qu'il était en compagnie d'Heckram ne pouvait que la rassurer. Avec ce curieux frisson d'exaltation qui sous-tendait chaque évocation du chasseur, son esprit dériva sur la manière dont la lumière du matin jouait dans la courte barbe, et le lent sourire qui illuminait le visage solennel. *Le printemps*, se dit-elle avec fermeté. La sève courait dans les arbres et son sang épousait son rythme impétueux. Un bon tonique suffirait à calmer son imagination emballée. Mais elle ne songea même pas à en concocter.

Kari et elle récoltèrent l'écorce et la racine de bouleau, nécessaires à la préparation du sirop contre la toux et de la potion qui calmait l'acné. Quant aux bandes de saule, elles cédaient facilement, laissant à découvert le cambium blanc et lisse.

— Nous ramasserons des feuilles plus tard, précisa Tillu. Appliquées sur une blessure, elles arrêtent le flot du sang. Pour l'instant, occupons-nous de l'écorce qui, en tisane, permet de faire tomber la fièvre ou broyée, en emplâtre, calme les courbatures. Prends aussi un morceau de racine. Je te montrerai comment en faire une potion contre les coliques.

Kari s'agenouilla sur la couche de feuilles mortes et commença à creuser. Tillu continua à prélever de longues lanières irrégulières sur le tronc. Derrière une mince rangée d'arbres, la vaste surface bleue du lac scintillait. Au-delà du rideau de végétation, elles pouvaient entendre les éleveurs et leurs bêtes qui suivaient la piste traditionnelle. Nul n'avait envie de se presser aujourd'hui. Personne ne se souciait d'un harke qui s'arrêtait le temps de grignoter quelques bourgeons d'un jeune rameau ou une bouchée de mousse. La tolérance et la camaraderie réchauffaient autant l'atmosphère que le soleil printanier. Les adultes portaient une mince tunique de cuir sans manches, avec une jupe ou un pantalon court. Quant aux enfants, ils allaient nus, se gorgeant de chaleur par tous les pores de leur peau. Tillu rassembla sa moisson en un paquet serré et fourra le tout dans sa besace aux renflements satisfaisants. Il leur faudrait bientôt rejoindre Lasse, déposer leur récolte et faire de la place pour une nouvelle cueillette.

Kari secouait la terre qui collait encore à l'écheveau végétal. Les racines de saule étaient coriaces et elle avait dû utiliser son couteau pour les extraire du sol. Elle en fit un bouchon, qu'elle fourra dans son panier. Elle sourit à Tillu. De la boue lui maculait le coin du nez, son air mystérieux et lointain n'était plus qu'un souvenir.

— Alors, tu étais sincère, dit-elle le visage illuminé de plaisir. Je croyais que tu n'aurais besoin de moi que pour collecter les plantes. Mais tu m'apprendras vraiment à les utiliser !

Elle se pencha au-dessus du trou et tira un autre paquet de filaments enchevêtrés.

— Tu peux y compter, promit Tillu, qui savourait sans retenue la joie du compagnonnage. Si Carp a un apprenti, je ne vois pas pourquoi je n'aurais pas, moi aussi, une élève.

Kari laissa tomber le bloc terreux qu'elle nettoyait et saisit les mains de Tillu dans une étreinte serrée. Celle-ci essaya de se libérer, mais la jeune fille ne la lâcha pas. Ses yeux noirs écarquillés semblaient étinceler.

— C'est vrai ? Tu ne me racontes pas d'histoires ? Tu es vraiment prête à me prendre comme apprentie ?

— Si c'est ce que tu souhaites, répondit Tillu, déconcertée par tant de fougue.

Kari interrompit son geste et se laissa lentement retomber sur les talons.

— Ah! dit-elle avec un soupir témoignant d'une parfaite satisfaction. Nous verrons bien ce que dira mon père à propos de ce mariage quand il apprendra la nouvelle. Nous verrons bien. (Elle saisit la manche de Tillu avec brusquerie et reprit la parole fiévreusement.) Mais pas tout de suite. Nous attendrons d'être plus près du Cataclysme pour le lui dire. Il faut d'abord que tu commences ton enseignement.

Tillu ne comprenait pas pourquoi Kari y mettait tant d'ardeur.

— Oui. Très bien, je n'en parlerai à personne avant que tu ne sois prête. Mais pour ce qui est de mes leçons, eh bien, nous avons déjà débuté.

Tillu se pencha, ramassa les racines nettoyées et les remit à Kari.

Celle-ci baissa les yeux et les fixa en silence. Lorsqu'elle reprit la parole, sa voix avait une intonation pensive.

— C'est ton savoir qui te permet d'être libre. Une femme sans homme lié à elle, sans personne pour lui faire des enfants et encombrer sa vie. (Elle releva brusquement la tête et planta son regard brillant d'oiseau dans celui de Tillu.) C'est pour cela que tu es devenue guérisseuse ? Pour te débarrasser des hommes ?

— Non, répondit Tillu, interloquée par la question. Plutôt parce que c'est ce que savaient faire les femmes de ma famille. Tout comme mon père élevait du bétail

81

et cultivait ses champs. Je n'aurais jamais imaginé que je passerais seule une grande part de ma vie.

— Alors, prends un compagnon, répondit Kari, touchée par le petit soupir de Tillu, sur un ton aussi décontracté que si elles parlaient de la confection d'un nouveau vêtement. Heckram serait d'accord, si tu veux de lui.

— Heckram... répéta Tillu en hésitant. Je ne le connais guère. Et je me pose des questions...

— C'est un bon chasseur, intervint Kari, comme si cela suffisait à définir la valeur d'un homme. Il est aussi généreux. Il l'a été même avec Ella, pour laquelle il avait une vieille amitié. Quand elle a demandé sa protection en lui demandant de s'unir à lui, il la lui a accordée.

Tillu la regarda en silence, priant pour qu'elle continue. Kari sourit.

— J'ai entendu toute sorte de choses quand les gens venaient déverser leurs ragots auprès du maître des hardes et de sa femme. Et il arrivait à Ella de me faire des confidences. Pour moi, elle était ce qui se rapprochait le plus d'une amie... Nous partagions au moins une chose : la hâte d'être débarrassées de Joboam.

Kari se redressa lentement et se remit à marcher parallèlement à la file d'hommes et de bêtes. Elle s'exprimait à voix basse et Tillu dut presser le pas, presque honteuse d'éprouver autant d'impatience à entendre la suite.

— Certains ont dit qu'Heckram n'avait pris Ella pour épouse que parce que Joboam la voulait. Ce n'est un secret pour personne que ces deux-là se détestent.

Nombreux sont ceux qui ont prétendu qu'il était honteux qu'Ella se soit donnée à celui qui éprouvait pour elle de l'amitié, non de la passion. D'autres ont prétendu que Joboam s'en serait mieux occupé et qu'elle aurait été plus en sécurité avec lui...

— Et quel est ton avis ? s'enquit doucement Tillu.

Tout en continuant à avancer, Kari tourna vers elle ce regard intense qui semblait transpercer son interlocuteur.

— Je dis qu'Ella a connu plus de bonheur en quelques mois avec Heckram que Joboam n'aurait pu lui en donner au cours d'une vie entière. Elle s'est rendue à la source un soir pour tirer de l'eau, comme aurait pu le faire n'importe quelle femme de la tribu. Heckram ne s'est pas montré négligent ; ce n'est pas sa faute, si un danger l'attendait là-bas. Le fait qu'elle ait été agressée et tuée dans son propre talvist fait porter la responsabilité de sa mort au peuple des hardes tout entier !

De nouveau Kari s'échauffait. Tout en parlant, elle tournait autour de Tillu, l'œil fou, lui soufflant son haleine brûlante au visage.

— N'importe quel membre de notre groupe doit pouvoir se déplacer la nuit sans avoir peur. Le monde appartient à tous, dans la lumière et l'obscurité. Pour quelle raison quelqu'un aurait-il imaginé de dire : « Attention, Ella, la nuit est mortelle » ?

— Ce n'est pas juste, en effet, répliqua Tillu.

Elle posa les mains sur les épaules frêles de Kari, apaisant leur tremblement sauvage.

— Qu'as-tu vu ? demanda la guérisseuse à voix basse, sûre de son intuition.

— Moi ? répondit Kari avec un rire bref. Rien. J'étais à l'intérieur cette nuit-là, dans la hutte de mon père. Mais la chouette a vu, et ce qu'elle sait, je le sais. (Elle se libéra soudain de l'étreinte de la guérisseuse.) Prends Heckram, Tillu. Tu peux le guérir, tu peux le débarrasser du ver qui ronge son âme. C'est à toi qu'il revient de le sauver.

Ce fut au tour de Tillu de reculer. Pour éviter d'approfondir le sujet, elle jeta à Kari les premières paroles qui lui vinrent à l'esprit.

— Et toi ? Tu n'as jamais remarqué de quelle manière Lasse te regarde ?

— Lasse ? (Brusquement, Kari s'exprimait d'un ton posé et son visage avait pris une expression dure.) Ce n'est encore qu'un enfant. Il ne sait pas ce qu'il veut, mais moi, si. Et bientôt, je le lui dirai. Il veut une fille qui joue encore devant la tente de sa mère. Une jolie petite chose avec de grands yeux et un rire léger, qui viendra à lui comme un veau qui boit de l'eau fraîche pour la première fois, et n'éprouve qu'émerveillement et surprise devant cette délicieuse saveur. C'est ce qu'il veut... c'est ce qu'il mérite...

Sa voix s'était faite de plus en plus douce au fur et à mesure de son discours, mais elle releva brusquement la tête.

— Cessons ces bavardages stupides, reprit-elle. Nous ferions mieux d'y aller, Tillu, si nous voulons avoir le temps de décharger notre récolte et de continuer la cueillette.

Elle se retourna d'un mouvement brutal et commença à remonter la file.

V

Les journées épousaient maintenant un rythme à la fois reposant et débilitant. À chaque aurore, Tillu se réveillait pleine de curiosité et se couchait, le soir, épuisée. La caravane avait quitté les rives couvertes de buissons du lac pour déboucher sur les vastes étendues plates de la toundra. Pendant la journée, Tillu recueillait des plantes avec Kari, à qui elle apprenait à les utiliser. Puis arrivaient les soirées paisibles, quand la tribu s'arrêtait pour construire des feux de camp et déployer les peaux des couches sur le sol. L'abri d'Heckram n'était jamais très loin. Kerleu se baladait avec bonheur du foyer que partageaient Carp et Heckram à celui qui abritait sa mère et Kari.

De toute leur vie commune, c'était la première fois que Tillu voyait aussi peu son fils. Elle en éprouvait de la culpabilité, un certain malaise issu d'un sentiment d'inachevé, que renforçait encore le soulagement secret d'être libérée de sa présence constante. Elle commençait à concevoir une existence séparée des moments qu'ils passaient ensemble. Si Kerleu se sentait négligé ou si elle lui manquait, il ne le manifestait pas. Il affichait plus de confiance que jamais. Hormis son parler lent et ses singuliers sujets de conversation, il aurait pu passer pour un enfant comme les autres. Le cercle des adultes qui le toléraient était de plus en plus étendu et son statut d'apprenti de Carp lui avait gagné, dans une faible mesure, le respect des autres gamins. Ils ne jouaient pas avec lui, mais ne le battaient ou ne le raillaient pas. N'importe quel garçon aurait ressenti cet isolement comme un fardeau, mais Kerleu se contentait d'apprécier sa nouvelle situation. Il se déplaçait désormais dans le camp sans craindre les coups ou les jets de pierre. En revanche, il semblait inconscient du fait que ses congénères cessaient leurs jeux bruyants à son approche pour le regarder passer, les yeux écarquillés.

Il y eut un épisode dont Tillu se souvint pendant longtemps. Elle revenait d'un des nombreux étangs de la toundra avec de l'eau pour le repas du soir. Carp devait sans doute faire une sieste quelque part, car elle avisa Kerleu seul, sur un des rochers gris qui émaillaient la plaine. Allongé sur le dos contre la surface dure et chaude, il tenait une renoncule dans une main, le poignet relâché. Absorbé dans l'observation de la spirale blanche, il faisait tourner la fleur au bout de la tige. Ses lèvres dessinaient un sourire idiot et du fond de sa gorge montaient les petits cris d'approbation qu'émettent les bébés en tétant.

À quelques mètres de là, trois garçons, accroupis derrière un écran de végétation, l'épiaient. Leurs sourires moqueurs et les gloussements qu'ils étouffaient derrière leurs petites mains crasseuses étaient aussi blessants que des lames affûtées. Deux ans plus tôt, elle se serait précipitée pour secouer Kerleu, l'aurait obligé à se relever et réprimandé. Elle se serait aussi chargée de chasser les autres enfants. Elle cligna des yeux, se demandant ce qui avait réellement changé : son fils, ou sa manière de le regarder ? Elle passa sans s'arrêter, balançant le seau de bois colmaté avec de la mousse et de l'argile, qui répandait de grosses gouttes d'eau étincelantes.

Le soir, certains venaient trouver Tillu pour se faire appliquer un baume sur une ampoule au talon ou prendre de quoi frictionner un genou foulé. Les soins étaient rarement plus compliqués. Le peuple des hardes se composait d'individus solides et bien portants, qui prêtaient peu d'attention aux petits maux quotidiens. On ignorait la goutte au nez des enfants aux yeux brillants, tout comme on acceptait leurs joues irritées par le vent, les bleus et les égratignures que leur valaient leurs jeux turbulents. Le travail n'avait rien d'accablant. Aussi Tillu saisissait-elle avec plaisir la chance de mieux connaître ses compagnons de voyage. Elle n'eut pas de nouvelles de Capiam. Il semblait se contenter de lui faire confiance pour remplir sa tâche, ou peut-être était-il trop occupé pour s'inquiéter de son sort. Joboam lui apporta plusieurs fois de la viande, de sa part. Il parlait peu, mais les quelques paroles qu'il prononçait semblaient teintées d'arrogance et de menace. En sa présence, Tillu ressentait une tension qui ne s'apaisait pas. Le sentiment évoluait comme un abcès qui enflait lentement, jusqu'à devoir être percé ou éclater sous la pression.

Dans ces instants, elle trouvait du réconfort dans la proximité d'Heckram. Quel que soit le moment où Joboam se montrait près du feu de Kari, Heckram apparaissait également, toujours sous quelque prétexte innocent : emprunter de la graisse pour les lanières des harnais, se faire prêter une plus grande marmite. Il ne s'opposait pas à Joboam, mais sa seule présence semblait amener l'autre à plus de retenue. Dès le départ du gêneur, il disparaissait à son tour. Il souriait à Tillu, se montrait courtois, mais ne s'attardait pas pour échanger quelques mots et ne cherchait jamais à la voir seule. Son attitude réservée la déconcertait. D'abord, elle essaya de se convaincre que le problème était l'absence d'intimité dans la caravane. Même s'ils avaient pu se séparer de Carp, Kerleu et Kari, les tentes serrées les unes contre les autres et la toundra n'offraient pas de lieu propice à un rendez-vous discret. Mais elle avait remarqué plusieurs couples qui s'esquivaient de l'atto-rak pour « aller chercher de l'eau » ou « ramasser des œufs ». Cependant, Heckram ne l'invitait jamais à partager de telles excursions. S'il avait décidé de la rejeter à cause de son fils, pourquoi continuait-il à offrir abri et nourriture à Kerleu ? À cause de Carp ? Le mystère demeurait, mais à mesure que les jours passaient, elle parvint à se persuader que tout cela ne lui importait guère. Ce n'était qu'un homme parmi tant d'autres. Son corps recherchait une présence masculine, il n'y avait rien de plus entre eux. Bien sûr, cela n'expliquait pas pourquoi aucun des autres individus du peuple des hardes ne l'intéressait, ni pourquoi c'était l'image d'Heckram qui s'attardait dans son esprit au crépuscule.

Le paysage changeant apportait quelque variété dans leur existence bien réglée. Tillu ne reconnaissait presque plus rien. Tous acceptaient avec naturel l'immensité vide du ciel. Les collines rapetissaient derrière eux, laissant place à un monde déprimant. L'horizon avait reculé jusqu'à une distance inatteignable. La chaleur du soleil faisait fondre la surface de la toundra sur quelques centimètres de profondeur, mais dessous, le sol restait gelé en permanence. L'eau ne pénétrait pas la terre, mais s'étalait en vastes étangs et réservoirs peu profonds ou s'écoulait paresseusement suivant d'imperceptibles déclivités. Cependant, le dégel suscitait une vie bourgeonnante. Des oiseaux inconnus de Tillu firent leur apparition avec une telle abondance que leur nombre défiait l'imagination. Ils se réfugiaient dans la folle luxuriance des centaines d'espèces d'herbes, luttaient, s'appariaient et fabriquaient des nids hâtivement confectionnés à même le sol. Leurs conversations douces emplissaient le ciel du crépuscule, mais ils s'exprimaient plus bruyamment à la lumière du soleil, quand il s'agissait de se défier ou de se courtiser. Les œufs complétaient maintenant le régime de la tribu.

La végétation offrait un déploiement déconcertant de plantes familières aux formes incongrues. Tillu découvrit que, malgré leur aspect rabougri et contourné, les osiers avaient les mêmes propriétés que leurs frères saules, plus développés. Et la verdure des épilobes était aussi tendre lorsqu'ils se dressaient, souples et minces, dans l'air, que lorsqu'ils étalaient leurs feuilles à terre.

Les couleurs de la toundra devenaient plus accusées et plus profondes, non pas d'une semaine à l'autre, mais presque au jour le jour – brun et or, pourpre et mauve, puis vert intense. Même la plus froide des pierres se voyait couverte d'un lichen blanc, jaune ou gris-brun, pendant que les mousses fleurissaient avec frénésie dans leur hâte à croître, vivre et se reproduire avant le retour de l'hiver. La bruyère rivalisait avec la grassette, les clochettes des linnæas contrastaient avec les pâquerettes de l'arnica. En marchant, on écrasait les petits myosotis, pendant que les faux-mûriers et les buissons de framboises arctiques promettaient des cueillettes abondantes. Et partout, de nouvelles espèces à découvrir, à froisser entre ses doigts, à sentir, à goûter sur le bout de la langue, pour tenter de leur trouver d'éventuelles vertus curatives.

Kari se révéla une assistante de valeur, dont la curiosité était constamment en éveil. Elle n'aidait pas encore Tillu à donner les soins, mais aucun détail des préparations et des applications n'échappait à son regard noir, brillant et attentif. Une fois que les patients étaient repartis, soignés, massés ou avec un membre bandé, elle interrogeait longuement Tillu. Pourquoi cette plante-ci plutôt qu'une autre ? Pourquoi un baume et non un tonique ? Pourquoi avait-elle percé cet abcès, mais posé un emplâtre sur cet autre deux jours plus tôt ? Elle manifestait un esprit rapide et une bonne mémoire, même si ses questions révélaient un intellect rarement mis à contribution jusqu'alors. Mais l'agitation ne la quittait jamais vraiment et ses mouvements gardaient quelque chose d'insolite. Il arrivait aussi que son intérêt bascule brusquement d'une discussion pragmatique sur les matériaux de bandage au dernier rêve que lui avait envoyé la chouette. Tillu ne pouvait s'empêcher de la comparer à son fils, même si elle s'en éloignait par de nombreux aspects.

Elle surveillait Kerleu de loin. Il était soumis à des transformations qui échappaient autant à son contrôle qu'à sa compréhension. Il apprenait, mûrissait et, elle devait l'admettre à regret, se découvrait une personnalité distincte de la sienne. Après avoir observé sa relation avec Heckram, elle avait fini par accepter l'idée que l'affection du chasseur n'était pas feinte. Il trouvait toujours du temps à consacrer à Kerleu. Assise près du feu de Kari, Tillu voyait celui-ci accompagner tantôt Carp, tantôt Heckram, mettant à l'épreuve la réalité d'un homme contre celle de l'autre. Quand venait le moment des corvées du soir, il suivait l'homme des hardes comme son ombre, portait parfois un des seaux pleins d'eau. Il ne dédaignait pas de prêter la main pour la confection du repas, malgré les ricanements désobligeants de Carp et ses réflexions sur les hommes qui accomplissaient « un travail de femme ». En revanche, il dînait avec le nadj, attentif à ses chuchotements à propos du monde des esprits. Une heure plus tard, il revenait auprès d'Heckram, le regardant réparer un harnais abîmé ou tenant l'extrémité de la nouvelle longe que tressait le chasseur à partir de lanières de cuir. Tillu le sentait tiraillé entre ces deux pôles et brûlait de l'aider, mais pendant les rares instants où il recherchait sa présence, elle se gardait de lui donner des conseils. Quand il avait l'impression d'être bousculé, Kerleu se bloquait. Mais elle espérait que son attirance pour Heckram finirait par prendre le dessus et le détacher de Carp.

La veille, il était venu la trouver avec une chemise qui avait besoin d'être raccommodée. Les deux coutures des épaules avaient cédé. En appliquant le vêtement abîmé contre le dos du garçon, elle avait réalisé qu'il avait grandi d'un coup. Elle le lui avait rendu sans les manches et il l'avait enfilé pendant qu'elle lui en taillait un nouveau. Pendant un moment, il s'était accroupi tranquillement près d'elle, la regardant sélectionner le cuir. Elle avait décidé d'utiliser la peau du veau, qui s'était assouplie et avait pris une couleur ivoire. À l'aide de son couteau, elle avait tranché grossièrement les pièces nécessaires. Elle imitait le style de mise dans la tribu, une tunique sans col, à la coupe vague, qui pouvait s'attacher avec une ceinture et se porter seule ou avec des jambières. Elle avait posé le cuir contre lui, et marqué la longueur des panneaux et des manches. Il obéissait à ses ordres avec docilité, écartait les bras lorsque c'était nécessaire pendant qu'elle vérifiait ses mesures. Puis il s'était accroupi pour regarder sa nouvelle chemise prendre forme. Avec un petit soupir, il s'était appuyé contre elle. La chaleur et le poids léger de son corps avaient quelque chose de si poignant qu'elle en avait eu la gorge serrée. Elle avait quitté des yeux son ouvrage pour observer le visage de son fils, dont le feu accentuait les saillies et les méplats. À mesure qu'il grandissait, il perdait sa face ronde de bambin, ses joues se faisaient plus longues et plates. La lueur des flammes lui faisait la peau cireuse. Soudain, elle avait revu les visages du groupe de chasseurs auquel appartenait le père de Kerleu : des hommes au regard dur et aux cheveux noirs, qui avaient tué sa propre mère et l'avaient entraînée loin de chez elle. Secouée par le souvenir de la violence qui déferlait dans son esprit, elle avait fait un faux mouvement et enfoncé l'aiguille d'os dans un de ses doigts, traçant un sillon sanglant. Elle avait arraché la pointe de sa chair d'un geste vif, libérant le sang et maculant le cuir.

Elle avait laissé tomber l'outil et fourré le doigt blessé dans sa bouche. Voilà à quoi cela menait de ne pas se concentrer sur son travail ! Kerleu n'avait même pas tressailli en l'entendant crier, son regard noir rivé au visage de sa mère. Devant la mimique interrogative de celle-ci, il avait posé le bout de l'index sur la tache rouge, puis l'avait porté à la bouche et léché.

« Du sang versé, avait-il dit à voix basse. (Des ombres de fantômes dansaient sur son visage.) Il ne s'efface jamais complètement. Il en reste toujours quelque chose. » Puis il s'était relevé et sans ajouter un mot, était parti rejoindre Carp auprès d'Heckram. Elle l'avait regardé s'éloigner, glacée par ces paroles.

À présent, installée près du feu de Kari, elle frottait la tache à l'aide d'une pierre. La matière cédait docilement, mais le sang avait pénétré trop profondément le cuir pour qu'elle puisse l'en extirper, quels que soient ses efforts. Elle abandonna avec un soupir et se mit en devoir d'achever les dernières coutures. De

93

temps à autre, elle levait les yeux, se demandant où était Kerleu. C'était la première fois que le campement d'Heckram ne se trouvait pas à côté de l'abri de Kari, ce qui ne laissait pas de l'intriguer.

Kari était accroupie de l'autre côté du foyer, les yeux mi-clos. Tillu ne pouvait pas déterminer si elle somnolait ou fixait les flammes. La journée avait été longue et un calme insolite pesait sur le camp. Tillu sursauta lorsque Lasse apparut dans la lueur incandescente, mais Kari se contenta de lever lentement les yeux.

— Que veux-tu ? demanda-t-elle avec une indifférence teintée de dédain.

Mais le garçon n'était pas venu faire sa cour et il ne broncha pas. Son regard naviguait de Kari à Tillu.

— Heckram vient d'arriver au camp, dit-il d'une voix lente.

Tillu leva la tête, saisie soudain d'une froide anxiété.

— Qu'est-ce qui l'a retenu ?

Son esprit échafauda une conclusion logique au malaise de Lasse. Elle plia grossièrement la chemise et la posa, puis saisit sa sacoche de guérisseuse.

— Qui a besoin de soins ?

Lasse la regarda dans les yeux, puis par-dessus son épaule, chercha à voir qui se trouvait à l'intérieur de l'abri obscur. Il s'éclaircit la gorge avant de répondre.

— Seulement un harke qui s'est mis à chanceler au cours de la journée. Heckram a dû répartir la charge entre les autres et Carp a été obligé de marcher. Du coup, Heckram a été ralenti et le nadj était furieux. Carp a donc envoyé Kerleu en avant pour te trouver et te demander de venir purger le renne malade, persuadé que cela suffirait à le guérir. (Le jeune homme rencontra le regard de Tillu.) Kerleu est avec vous ?

Tillu était incapable de répondre. Sa main s'était crispée si fort sur la sacoche de cuir qu'elle s'était retourné deux ongles. L'obscurité s'était faite pesante autour du petit feu, telle une masse sombre refermée autour d'eux. Comme le regard de Tillu se perdait facilement au-delà du cercle de lumière ! La nuit s'annonçait sombre et glaciale. Kerleu. Seul dans le noir, sur cette immense étendue plate, où chaque morceau de terre ressemblait au précédent, où l'horizon ne changeait pas, où chaque étang était le jumeau de celui qu'ils venaient de dépasser.

Les émotions se succédaient presque trop vite pour que Tillu arrive à les reconnaître. Colère envers Carp, pour avoir envoyé le garçon la retrouver, et envers Heckram, qui avait laissé faire. Mais elle était aussi l'objet de sa propre fureur, car elle avait confié le garçon à des étrangers. Kerleu était son fils, elle aurait dû le garder avec elle. Elle aurait dû tuer tout de suite ce vieux chaman avant que son enfant ne s'y attache trop. Comment avait-elle pu oublier qu'elle était une mère avant d'être une guérisseuse, une amie ou une femme ? Où se trouvait son fils, maintenant ? Errait-il aveuglément dans l'obscurité, trébuchant à chaque pas, l'appelant désespérément ? Ou s'était-il blotti quelque part, recroquevillé contre le froid de la nuit, attendant obstinément d'être retrouvé ? Avait-il été distrait de sa mission par un cours d'eau scintillant, une feuille s'agitant dans le vent, prise au piège d'une toile d'araignée ? Avait-il vraiment compris qu'il était perdu, ou se demandait-il pourquoi Carp l'avait envoyé faire une aussi longue marche ?

La voix de Kari arrêta la ronde folle de ses réflexions.

— Il est probablement quelque part dans le camp, à jouer avec les autres enfants. Il a sans doute oublié ce dont on l'avait chargé et ne s'en souviendra que lorsqu'il commencera à avoir faim. Tente de savoir si on l'a vu, Lasse. Tu finiras bien par le trouver.

Pour une fois, son ordre impérieux ne fut pas suivi d'effet. Lasse soutint son regard et dit lentement :

— C'est déjà fait. J'ai remarqué que Kerleu n'était pas avec vous quand j'ai ramené les harkar ce soir. Alors, tout à l'heure, je me suis renseigné auprès de toutes les familles qui ont des jeunes de son âge pour savoir s'ils l'avaient aperçu. Certains ont remarqué son passage quand il cherchait Tillu, mais personne ne lui a parlé, et l'on ne l'a pas vu quitter la caravane. J'espérais qu'il serait arrivé au camp entre-temps et serait venu vous rejoindre.

Lasse se tut et croisa les bras sur sa poitrine pour se protéger du froid grandissant de la nuit.

Tillu était désemparée. « Il a disparu, chantonnait une petite voix moqueuse au fond de son esprit. Tu ne le reverras plus jamais. Il ne s'appuiera plus contre toi, n'aura plus besoin de ta protection. Il a fini de t'ennuyer. Tu es libre. Plus personne ne t'appellera maman, ne t'embarrassera avec des bizarreries. Personne. Il a disparu et tu ne retrouveras même pas son cadavre. Les loups qui suivent les rennes l'auront, ou le froid le tuera, ou les deux. Et ne t'es-tu pas toujours demandé

96

ce que serait la vie sans lui, n'as-tu pas toujours secrètement souhaité le voir mort, pour pouvoir continuer ta propre existence ? N'es-tu pas l'unique responsable ? N'as-tu pas scellé son destin quand tu l'as confié à ces étrangers, n'as-tu pas toujours su ce qui allait se passer si les choses tournaient comme le souhaitait Carp ? Ne l'as-tu pas tué aussi sûrement qu'Heckram a tué Ella ? »

Par-dessus le chuchotement insane, elle s'entendit, calme et grave, prononcer ces paroles :

— Je dois retourner le chercher.

— Tu n'arriveras jamais à le retrouver dans le noir. Tu ne sais même pas par où commencer.

La voix d'Heckram, venue des profondeurs obscures, au-delà du cercle de lumière. En cet instant, elle le haïssait. Lui, avec ses réflexions raisonnables, son ton posé, sa basse profonde, qui les avait tous réduits au silence. Puis il entra dans la clarté. Elle découvrit le contraste saisissant entre cette tranquillité affichée et l'angoisse qui lui marquait le visage. Sa haine disparut. Elle n'avait nul besoin de l'accuser d'avoir perdu son fils, il s'en blâmait déjà.

— De toute façon, mon père ne le permettrait pas, ajouta Kari avec morosité. Il y a douze ans, deux familles se sont trouvées séparées de la tribu. Une des femmes venait d'accoucher et elles avaient décidé de se reposer quelques jours. Il y avait sept personnes, aucun danger ne semblait les menacer. Mais elles ne nous ont pas rejoints en route et n'ont jamais atteint le Cataclysme. Nous n'avons pas su ce qu'elles étaient devenues. Certains ont prétendu que les mauvais esprits les avaient emportées. Non, une fois que la migration a commencé, Capiam ne laisse plus personne s'écarter du groupe. C'est son devoir.

Tillu était à peine consciente des paroles de la jeune fille. Elle fixait Heckram droit dans les yeux.

— Comment ? dit-elle d'une voix mal assurée. Quand ?

Il se détourna et alla s'accroupir près du feu. La lueur douce des flammes soulignait ses traits anguleux et les reliefs de son corps, le transformant en une statue sculptée dans la pierre et le malheur.

— Ce matin. Nous n'avions pas beaucoup avancé... Tu te souviens du gros rocher couvert de lichen jaune et rouge, près du bosquet d'osier ? Un peu après le troisième cours d'eau ?

Il ne leva pas les yeux pour voir le signe de tête tendu de Tillu. Kari et Lasse s'étaient rapprochés, attirés par la voix profonde. Kari tenait une des mains du garçon entre les siennes, mais ne semblait pas en avoir conscience.

— Cela s'est passé là-bas. Un des harkar avait dû manger une mauvaise herbe, il a commencé à avoir des ballonnements, puis a eu du mal à marcher. Ce genre de choses arrive parfois. Si j'avais eu plus de bêtes, cela n'aurait même pas posé de problème. Mais c'était le plus robuste et il portait le plus lourd chargement. J'ai dû le répartir, ce qui a obligé Carp à marcher. Il a commencé à se plaindre et à pester. Et nous avons dû ralentir l'allure à cause de l'animal malade. Le nadj n'a pas apprécié de voir les autres nous dépasser. Il a dit que nous devrions envoyer Kerleu à ta recherche, que tu pourrais venir et soigner le renne. Il pensait que tu le purgerais. Kerleu avait très envie d'y aller et je me suis dit qu'il ne risquait rien. (Il leva un regard suppliant vers Tillu.) Je n'ai pas estimé qu'il pouvait se perdre. Tout ce qu'il avait à faire était de longer la file jusqu'à ce qu'il te rejoigne. Il était si heureux de partir en avant.

Elle acquiesça lentement. Il était facile d'imaginer l'impatience de Kerleu devant la lenteur de leur déplacement. Peut-être était-il un peu las des leçons de Carp ? Et il avait sans doute voulu se faire valoir auprès d'Heckram.

— Mais s'il marchait en suivant la caravane, comment ne nous a-t-il pas trouvées ? dit Kari en brisant le silence.

Heckram secoua la tête. Son incompréhension commençait à se teinter d'irritation.

— C'est justement ce que je n'arrive pas à éclaircir. Il remontait la colonne, qu'a-t-il pu lui arriver ?

— D'être lui-même, dit Tillu à voix basse. N'importe quoi peut l'avoir écarté de la piste. Il peut s'être assis pour observer un oiseau et s'être ensuite endormi au soleil. Il y a toutes les chances pour que l'explication soit très simple.

— Où est Carp ? demanda soudain Kari.

Elle n'avait pas cherché à dissimuler son exaspération.

— Il est installé avec ma mère, répondit Heckram, avec dégoût. Il chante. Quand j'ai insisté pour me mettre à la recherche de Kerleu avant tout autre chose, il s'est fâché. Il a prétendu que le garçon avait des alliés que je ne pourrais jamais imaginer et qu'il fallait être idiot pour s'inquiéter à son sujet. Il a aussi raconté que Kerleu parcourait des chemins où je ne risquais pas de le suivre. Ensuite, il est allé trouver Ristin, et lui a réclamé de la nourriture et une place près de son foyer. Il a eu ce qu'il voulait, mais plus grâce à la gentillesse de ma mère qu'à ses exigences. Maintenant qu'il a dîné, il est assis devant le feu et chante pour un lièvre.

— Quoi ?

— Un des fils de Kerl en a piégé un et Carp l'a vu jouer avec. Il a appelé le gamin et lui a échangé sa prise contre un talisman pour la chasse. Ensuite, il a enveloppé la bête dans une peau, comme un bébé. Elle est morte, mais il la garde quand même. Il m'a ri au nez quand je lui ai dit que la viande allait être gâtée. Il a répliqué que cette chair tendre ramènerait Kerleu vers lui et assurerait sa sécurité pour toujours.

Tillu ne put retenir une grimace. Heckram et Lasse arboraient une expression embarrassée. Quant à Kari, elle sembla se retirer en elle-même.

— Nous ne pouvons espérer comprendre les façons d'un nadj, dit-elle à voix basse. Nous devons nous contenter de regarder et d'apprendre.

— Je préfère partir à la recherche de Kerleu sur la toundra plutôt que de rester là à le regarder chanter, répliqua sèchement Heckram.

Un bourdonnement sourd résonna dans la nuit. Le battement d'un tambour que leur apportait l'air calme, auquel se mêlait la modulation d'une voix. Lasse et Heckram échangèrent un long regard, puis détournèrent la tête en même temps comme s'ils avaient peur d'évoquer trop précisément des souvenirs communs.

Personne ne parla. Le rythme cru et monotone mettait à rude épreuve les nerfs déjà éprouvés de Tillu. Elle se leva et annonça :

— Je vais voir le maître des hardes.

Elle fut aussitôt le centre de l'attention générale. Kari acquiesça lentement.

La tente de Capiam n'était pas faite de simples peaux jetées sur un ou deux piquets. Celles-ci, disposées en forme de dôme, comme une hutte, étaient assemblées pour dessiner un motif. Avant même l'entrée, le sol était couvert de fourrures de loup, douces et moelleuses. Les abris qui l'entouraient étaient de belle taille, mais elle était deux fois plus grande qu'eux. Elle se dressait contre le ciel de la toundra, comme si elle occupait cette place de toute éternité. De la fumée s'élevait par son trou de ventilation, entraînant l'odeur de la viande rôtie et de la graisse brûlée. Un murmure de voix mêlées de rires sourdait de ses parois douillettes. Tillu ne remarqua ni le bruit ni l'épaisseur des fourrures sous ses pieds nus et sales. Elle souleva le rabat et regarda à l'intérieur.

L'aménagement comportait pas moins de quatre coffres de voyage, tous sculptés et ornés de silhouettes colorées. L'un portait même des fragments de bronze et d'ambre incrustés dans son bois poli. Des paniers au tressage savant étaient stockés le long des panneaux ; des fromages et des outils pendaient des poteaux qui soutenaient l'ensemble. Il y régnait une odeur forte et complexe, renne et chien, sueur, fumée et chaleur. Après l'air frais de la nuit, l'atmosphère prenait à la gorge. Tillu avança d'un pas.

101

D'abord, le cercle d'hommes regroupés autour du feu ne la remarqua pas. Capiam penchait la tête pour écouter une suggestion que lui murmurait Pirtsi. Depuis le début de la migration, le garçon ne s'était pas montré au campement de Kari. Ainsi, le futur mari courtisait plus son beau-père que sa fiancée. Tillu se demanda si Capiam avait conscience du peu d'intérêt de Pirtsi pour Kari. Ou si cela ne lui importait guère. À la gauche de Capiam se trouvaient Acor et Ristor, l'un somnolant dans la tiédeur du feu, l'autre suçant un os à moelle. Une femme tournait le dos à la porte. Ses formes disparaissaient sous un manteau de graisse. Sa tête aux cheveux noirs était penchée sur l'ouvrage posé dans son giron. Auprès d'elle, Rolke détachait des lambeaux de chair autour de l'arête d'un poisson et les portait à sa bouche. Joboam le flanquait de l'autre côté, refermant le cercle. Un sourire étira sa bouche, sans toutefois s'étendre jusqu'à son regard, qui s'assombrit quand il fixa Tillu. Il garda le silence. Rolke avait suivi ses yeux, et, la bouche pleine, lança :

— Père, voici enfin la guérisseuse ! J'aurais pensé qu'elle viendrait présenter ses respects plus tôt !

Pirtsi commença à hocher la tête pour marquer son accord, mais se ravisa en voyant Capiam regarder son fils d'un air de reproche. Puis il sourit à Tillu et se leva pour l'accueillir.

— Entre, guérisseuse, nous sommes contents que tu puisses partager un moment avec nous. Je ne te blâme pas de ta visite tardive, car j'ai vu de très nombreux témoignages de l'étendue de tes talents. J'espère que Kari a pu t'assister comme il le fallait.

— Kari m'est d'un grand secours, répondit Tillu, qui avait retrouvé ses manières. Elle finira par devenir une bonne guérisseuse. Mais ce n'est pas ce qui m'amène vers toi cette nuit.

Le sourire du chef s'était crispé peu à peu, pour s'effacer complètement à la fin de la déclaration de Tillu.

— Eh bien ? l'encouragea-t-il.

— Mon fils a disparu. Il a quitté Heckram et Carp pour venir me retrouver, et s'est écarté de la caravane, on ne sait comment.

Kelta se tourna vers la jeune femme. Ses yeux noirs étaient noyés dans son visage bouffi, mais la compassion et l'intérêt qui les animaient semblaient sincères.

— Le pauvre enfant ! Seul dans le noir ! (Elle se tourna vers son époux.) Capiam, nous pouvons certainement envoyer des hommes avec des torches. Quand le petit les verra remonter la piste, il les rejoindra. Dépêche-toi de donner tes ordres !

— Le petit ! railla Joboam avant que Capiam puisse répondre. Tu as bon cœur, Kelta. Mais le fameux petit doit bien avoir dix ans, n'est-ce pas, Tillu ? Ce n'est plus un nourrisson. Inutile de se faire du souci, il rentrera au camp tout seul. La piste que nous laissons est assez claire. Il doit profiter de l'occasion qui lui est donnée de se débrouiller, comme tous les gamins de son âge. Qui sait, il a peut-être une bonne amie ?

— Je suis certaine que tu es parfaitement conscient qu'il n'a pas d'ami du tout, Joboam, répliqua Tillu d'une voix douce, mais froide. Et qu'il n'est pas capable de faire tout ce qu'on peut attendre d'un garçon de dix ans.

103

— Penses-tu qu'il n'a pas pu suivre nos traces ? Ou qu'il ne rejoindrait pas quelqu'un avec une torche ?

Désemparée, Tillu haussa les épaules, impuissante à expliquer que personne n'était en mesure de prévoir les actions ou les décisions de Kerleu.

— S'il croise la piste, il est possible qu'il la suive. Mais il peut très bien partir dans le mauvais sens. Et s'il voit une torche, il peut chercher à rejoindre celui qui la porte, s'il l'appelle par son nom. Mais quand il a peur, il fait des choses inattendues. (La voix lui manqua un bref instant.) Il risque de se cacher. Je ne sais pas.

Elle luttait pour conserver son calme, essayer de retenir les larmes qui menaçaient. Ils ne devaient pas la prendre pour une femme hystérique qui s'inquiétait pour un rien. Elle devait leur présenter une façade de calme, de contrôle.

Mais Kelta n'était pas dupe. Elle souleva sa masse imposante avec une agilité inattendue et enveloppa Tillu dans une étreinte réconfortante.

— Là, là, ne t'inquiète pas ! Si tu savais les angoisses que j'ai pu avoir pour Kari, quand elle avait le même âge ! Mais les enfants sont toujours plus malins qu'on ne l'imagine. Quand tu en auras un second, tu verras ! Dix ans ? Il se débrouillera très bien. En ce moment, il doit avoir fait son petit feu et se prépare à profiter de sa nuit en solitaire. Au matin, il reparaîtra, aussi affamé qu'un ours au printemps. Tu verras.

— Kerleu ne... Il ne pourra pas... (Les mots se bousculaient dans la gorge de Tillu et elle prit une inspiration saccadée.) Il est différent.

Elle se dégagea de l'étreinte de Kelta, mais la grosse femme passa le bras autour de ses épaules.

— Cesse de t'alarmer, guérisseuse. Capiam, je sais que tu vas trouver cela stupide, mais si tu envoyais Joboam sur la piste avec une torche, il pourrait appeler le garçon. Rappelle-toi mes angoisses quand Kari se sauvait et se cachait, au même âge. Joboam le dénichera, même s'il n'a pas très envie d'être retrouvé. Kari avait l'habitude de hurler et de pleurer quand Joboam la traînait à la maison.

Tillu l'imaginait sans peine. Et aussi que Kerleu allait suivre son exemple, si Joboam parvenait à le retrouver par accident. Elle n'arrivait pas à se persuader qu'il le rechercherait réellement. Mais il représentait aussi sa meilleure chance.

— Je vais partir de mon côté avec une torche. Il viendra peut-être plus facilement au son de ma voix.

— Ce serait stupide, intervint Capiam d'une voix ferme. Joboam peut arranger cela. Inutile de mettre tout le camp sens dessous dessus. Prends un peu de repos, guérisseuse. Joboam te ramènera ton garçon avant la fin de la nuit.

— Et s'il ne le retrouve pas ? suggéra Tillu.

— Mais si, mais si. Si quelqu'un peut le trouver, c'est bien Joboam. Cesse de t'inquiéter.

— Mais si ce n'est pas le cas ? insista-t-elle. Je retournerai le chercher. Et je rejoindrai le groupe plus tard.

Capiam secoua lentement la tête avec regret.

— Je ne peux pas le permettre, Tillu. Une personne seule avec des rennes chargés est un cadeau offert aux loups. Ne nous leurrons pas. Si Joboam ne déniche pas le garçon ce soir, il ne reparaîtra pas. Cela n'arrive pas très souvent, mais parfois les enfants se perdent et en meurent. Envoyer aussi la mère à la mort n'est pas la meilleure solution. La tribu doit rester unie. Mais de toute façon, nous parlons pour rien. Joboam te le rendra.

— Bien sûr, renchérit celui-ci en adressant au maître des hardes un sourire aussi onctueux qu'un poisson de la saison passée. Cependant, si la guérisseuse et son fils avaient voyagé sous ma protection, rien de tout cela ne serait arrivé. D'ailleurs, quelqu'un devrait en parler à Heckram, Capiam. C'est la seconde fois qu'une personne qui lui faisait confiance rencontre la mort.

— Oh, ne parle pas ainsi ! l'interrompit Kelta avant que Tillu ait pu répondre. Le garçon est certainement vivant. Mais Capiam a raison, guérisseuse. Il n'y a aucune raison que tu repartes sur la piste ce soir. Absolument aucune. Tu reviendrais trop fatiguée pour suivre le train pendant l'étape demain, et cela provoquerait une série de problèmes. Maintenant, suis mes conseils, retourne près de ton feu et repose-toi. Joboam s'occupe de ton garçon. Notre fille te nourrit-elle convenablement ? Nous avons été contents d'apprendre que tu partageais son abri. Mais son attitude envers Joboam a été quelque peu impolie ; elle n'aurait pas dû t'accaparer de cette manière.

— Oh, je t'en prie, ne blâme pas Kari pour cela. S'il y a eu impolitesse, elle vient de moi. Je me sens plus

106

à mon aise en sa compagnie. Et elle m'aide à comprendre vos coutumes.

Pendant que Tillu protestait poliment, son esprit fonctionnait à toute allure. Elle avait reçu l'ordre de retourner près de son foyer et d'y rester. Que ferait le maître des hardes en cas de désobéissance ? Les abandonnerait-il, son fils et elle, seuls dans la toundra ? La frapperait-il ? En dehors de la mésaventure d'Ella, elle avait été témoin de plusieurs incidents violents au sein de la tribu. Mais cela ne signifiait pas qu'elle serait battue pour avoir désobéi. Elle n'avait jamais rencontré de groupe qui manifeste de tolérance envers les femmes indépendantes. Et c'était pourtant ce que semblait faire le peuple des hardes... Elle souhaita bonne nuit à tous et remercia Capiam d'envoyer Joboam à la recherche de Kerleu. Elle sortit de la tente, à peine consciente des chuchotements rassurants de Kelta. Son cœur communiquait à son corps son rythme irrégulier, faisant vibrer sa chair à l'unisson du tambour de Carp. Il fallait qu'elle parte chercher son fils.

Elle passa en trébuchant entre des chiens endormis, des rennes entravés et des feux chargés pour la nuit. Par deux fois, des gens l'interpellèrent au passage pour lui demander des nouvelles de Kerleu. Elle leur répondait, consciente de ce que leur sympathie pouvait avoir de condescendant, malgré sa sincérité. Quelle stupidité de s'inquiéter pour un gamin de dix ans, devaient-ils penser. N'importe lequel de leurs fils aurait suivi la piste dans l'obscurité ou se serait construit un refuge de branchages pour se protéger de la froideur nocturne.

Aucun ne se serait écarté du groupe ou, dans le cas contraire, il aurait été capable de retrouver son chemin.

Kari avait installé leur abri à l'écart des autres. Tillu s'engagea dans l'espace découvert, les yeux fixés sur le petit feu qui brillait comme un signal dans la nuit. Au-dessus de sa tête, parmi les étoiles innombrables et minuscules, la lune semblait avoir été jetée négligemment dans le ciel. Le regard brouillé par les larmes qui menaçaient, Tillu trébuchait sur les monticules herbus qui parsemaient le sol. *Réfléchis, réfléchis*, s'exhortait-elle. Si elle prenait une torche pour remonter la piste, Joboam ne manquerait pas de la remarquer. Elle préférait ne pas imaginer ce qui arriverait ensuite. Mais si elle n'agissait pas, Kerleu serait perdu à coup sûr. Pourquoi ne pas essayer de se faufiler dans l'obscurité et de contourner Joboam en espérant le précéder sur la piste ? Mais la nuit était trop profonde, la toundra un territoire trop étranger ; elle serait aussi perdue que son fils.

— Kerleu...

Une silhouette sombre se découpa contre la lueur du feu. Les bras d'Heckram se refermèrent autour d'elle et il la serra étroitement contre lui. Sous la joue de Tillu, le cuir rude de sa tunique était rugueux mais réconfortant. La large poitrine vibrait au son de la voix de basse. Elle avait autant l'impression de déchiffrer ses mots du bout des doigts que de les entendre.

— Va rejoindre Kari et dors un peu. Je pars à la recherche de Kerleu. Je le trouverai.

— Capiam ne le permettra pas.

— Je ne lui demande pas sa permission.

Ces paroles tranquilles firent soudain comprendre à Tillu combien Heckram était loin de son peuple. Elle en fut saisie.

— Je ne peux pas te demander cela, Heckram. Je pense qu'il sera très en colère et...

Heckram parut presque amusé.

— Je ne t'ai pas entendue me demander quoi que ce soit. Je le fais pour moi, et pour Kerleu. Ah, ce garçon... Je n'ai aucun droit sur lui, pourtant je ne supporte pas l'idée qu'il puisse lui arriver quelque chose.

— Ce n'était pas ta faute, dit-elle, tout en ayant conscience de l'inutilité de ses mots. (Voyant qu'il ne répondait pas, elle ajouta :) Fais attention à Joboam. Capiam l'a envoyé le long de la piste pour retrouver Kerleu. S'il te rencontre...

— Il se peut que je le trouve le premier, y as-tu pensé ?

Cette fois, il n'y avait pas à s'y méprendre. L'intonation d'Heckram avait eu le tranchant du bronze.

Kerleu

LE SEITE

Le soir commençait à tomber. Il regarda autour de lui avec inquiétude. Lèvre inférieure saillante, sourcils froncés, il fouillait l'immense plaine des yeux. Il n'avait toujours pas trouvé Tillu et Kari. D'ailleurs, il ne voyait personne. Il avait marché, marché encore, marché sans fin, et elle n'était toujours pas là. Il renifla avec colère. Il était fatigué, la faim le tenaillait et il commençait à ressentir le froid. Tillu aurait dû être à un endroit où il pouvait la trouver. Pourquoi était-elle si méchante avec lui ? Carp et Heckram aussi l'avaient été. Ils s'étaient tous montrés détestables avec lui aujourd'hui.

Soudain, il se laissa tomber et se mit à pleurer. Doucement d'abord, puis en s'apercevant qu'il n'obtenait aucun résultat, plus fort, jusqu'à ce que ses cris de colère lui emplissent les oreilles. Personne ne vint. Où était Tillu ? Elle arrivait presque toujours quand il sanglotait. Ses pleurs se muèrent en hurlements de frustration, qui lui râpaient la gorge au passage. Il s'arrêta d'un seul coup et ouvrit les yeux pour regarder autour de lui, mais il était toujours seul. Reniflant d'un air

110

malheureux, il utilisa le devant de sa tunique pour s'essuyer le visage. Il essaya de réfléchir à ce qui allait se passer.

Il y avait sans doute quelque chose à faire, mais quoi ? Il tenta de remonter le fil des événements, mais ses souvenirs restaient confus. Au début de la matinée, Carp lui avait dit qu'un chaman se devait de trouver sa propre vision. Il avait parlé de longs jeûnes, de fumée sacrée et de voyages. Puis Heckram – ou était-ce Carp ? – lui avait demandé de courir chercher Tillu quand le renne était tombé malade. Quoi d'autre ? Son esprit vagabond ramena soudain l'image de Joboam. L'homme lui avait souri et lui avait montré le chemin pour trouver Tillu. Il s'était frotté les yeux, puis avait écrasé d'une tape rageuse un moustique sur son poignet. L'insecte avait laissé une tache rouge sur sa peau. Pendant un moment, il avait joué avec le sang, essayant de voir quelle surface il pouvait couvrir.

Quand il avait relevé les yeux, tout le monde avait disparu. Où étaient passés les autres ? Instinctivement, il s'était levé pour élargir son champ de vision.

— Tillu ? Carp ?

Personne n'avait répondu. Il avait frissonné et croisé les bras autour de son torse. La nuit n'allait pas tarder. Ils n'auraient pas dû continuer. Ils auraient dû être en train de monter les tentes, d'allumer des feux brûlants et de faire la cuisine. Son ventre grondait à l'idée de manger. Il reniflait l'air avec appétit, mais ne sentait pas de fumée, ni l'odeur d'un ragoût qui mijotait ni celle d'une viande qui rôtissait. Il avait avalé le flot de salive qui lui avait empli la bouche.

Encore une fois, il avait regardé autour de lui. Dans le lointain, il distinguait une silhouette qui pouvait être celle d'un énorme rocher gris. Il avait plissé les yeux. Voyait-il effectivement des arbres rabougris à la base de cette masse ? Alors, elles étaient là-bas. Kari aimait planter sa tente contre la roche, qui gardait la chaleur, la nuit. Et Tillu se plaignait que les feux de crottin lui piquaient les yeux ; elle préférait le bois. Content d'avoir deviné tout cela, Kerleu s'était mis en marche vers la forme à l'horizon.

La nuit l'avait surpris en cours de route. Moucherons et moustiques lui glissaient leur chanson aiguë à l'oreille, et le piquaient jusqu'à ce qu'il se mette à courir pour échapper au nuage qu'ils constituaient. Il fuyait jusqu'à perdre haleine, puis recommençait à marcher, le temps qu'ils se regroupent autour de lui et le forcent de nouveau à détaler. Il gardait toujours le rocher gris comme point de repère. Sous la lumière incertaine des étoiles, ce n'était qu'une tache légèrement plus claire sur le fond noir du ciel, une bosse qui s'élevait de l'obscurité. Néanmoins, il grandissait lentement jusqu'à être plus grand qu'un homme, que deux hommes. Et Kerleu fut enfin juste devant, haletant encore de sa dernière cavalcade.

Il fixait l'immense bloc qui saillait de la toundra, plus large que trois tentes rassemblées et plus haut que deux superposées. La pierre était blanc, gris et noir. Sa couleur coulait sous le regard de Kerleu, qui en faisait lentement le tour. Ce qui était un creux noir devenait une facette d'un blanc étincelant, qui se tachetait d'argent sous un angle différent. Parfois, le lichen adoucissait certains angles accusés en ourlant leur contour d'une effervescence vivace. Autour de la base, l'herbe poussait plus haute et plus luxuriante, et de petits buissons rabougris profitaient de l'abri des flancs. La chaleur que la roche accumulait pendant la journée et libérait la nuit offrait un refuge à de nombreuses formes de vie.

D'autres choses y étaient également accrochées. Des fragments de fourrure avaient été fixés à sa surface rugueuse par des points de résine. D'une ancienne offrande de viande, il ne restait plus que des côtes éparpillées sur le sol. Un petit cercle de billes d'ambre avait été disposé tout près du mastodonte. Des symboles avec des pigments rouge, blanc et noir décoraient les surfaces planes. Des silhouettes grossièrement tracées représentaient des rennes et des hommes, mais il y avait aussi d'autres dessins plus difficiles à interpréter. Kerleu découvrit l'empreinte peinte d'un lièvre. Plus loin, celle d'une main humaine et dessous, en rouge, celle d'une patte de loup. Il frissonna et s'entoura étroitement de ses bras croisés. Il essayait de se rappeler la raison qui l'avait amené ici, mais il ne se souvenait que d'avoir couru vers le rocher. C'était peut-être Carp qui l'avait envoyé à cet endroit.

Il marcha autour de la pierre, la regardant changer à mesure de ses déplacements. Le pouvoir en irradiait, comme la chaleur émane d'un feu. Kerleu éprouvait une attirance mêlée de terreur. Il n'osait s'approcher au point de la toucher, même s'il était impatient de sentir la tiédeur qui se dégageait de la surface rêche, de suivre du bout des doigts les signes qui l'ornaient. Il se contenta de s'accroupir auprès du cercle d'ambre et de poser l'index sur chaque bille. L'une d'elles l'appela, il l'extirpa de son lit de terre et l'approcha de ses yeux pour mieux l'examiner. Il sentait ses formes lisses et savait qu'à la lumière, elle serait d'un jaune profond. Un instant d'hésitation, puis il retira sa bourse de chaman de sa tunique pour y glisser son trophée. Peut-être recelait-il une part du pouvoir du lieu. Il espérait avoir fait le bon choix. Si seulement Carp était là pour le guider ! Carp.

Kerleu ferma étroitement la bouche et pressa les lèvres l'une contre l'autre. Et s'il l'avait incité à venir ici pour chercher sa propre vision ? Personne ne pouvait le faire à sa place. Il lui avait dit que parfois pour aboutir dans cette tâche, les chamans restaient de longues périodes sans manger ni se reposer, exposés au froid. Lui avait-il aussi signifié de se rendre dans cet endroit ? Le garçon écrasa un moustique sur sa nuque, puis se mit soudain à battre furieusement l'air autour de lui pour se débarrasser de l'essaim grésillant qui lui entourait la tête. Il courut pour lui échapper, puis s'arrêta de nouveau pour observer l'imposante masse grise. Est-ce ici qu'il trouverait sa vision et son esprit frère pour devenir un vrai chaman ?

L'idée l'inquiéta soudain et il se mordit la lèvre. Carp se tourmentait parce qu'il n'avait pas de gardien. Ces derniers jours, il parlait rarement d'autre chose et se montrait presque aussi insistant que savait l'être Tillu. Était-ce pour cette raison qu'il avait lâché Kerleu dans la nuit et le froid ? Pour qu'il atteigne cette roche ?

Un frisson le parcourut. Si seulement il avait du feu ! Mais il ignorait comment en faire à l'extérieur. Il ne savait l'allumer que dans la tente avec l'arc à feu de Tillu et l'alimenter une fois qu'il avait démarré. Si elle pouvait être là pour faire du feu ! Ou Heckram. Le chasseur était plus gentil et ne le pressait pas comme sa mère quand il ne savait pas faire quelque chose. Généralement, il se contentait de s'en occuper lui-même et lui laissait prendre en charge ce qu'il connaissait. Heckram ne criait pas parce qu'il avait laissé le feu s'éteindre et ne lui serinait pas d'aller chercher un esprit frère.

— Heckram ? appela-t-il d'une voix plaintive.

Mais même lui ne répondit pas.

Ses yeux s'étaient si graduellement adaptés à la lumière déclinante qu'il était à peine conscient que la nuit était tombée. En revanche, il remarqua que le froid augmentait. Il frissonnait dans sa mince tunique d'été, sans compter les hordes de moustiques avides de sang, attirés par la chaleur de son corps. À intervalles réguliers, il se déplaçait de quelques pas pour leur échapper, puis s'arrêtait pour continuer à évaluer sa situation. Cependant, il veillait à ne pas s'éloigner du rocher, tournant autour de lui pendant que la nuit devenait plus sombre et froide.

Les détails du monde s'estompaient avec la diminution de la lumière. Il y avait l'obscurité de la toundra, l'immense arche du ciel éclaboussé d'étoiles et la masse grise de la roche. C'était tout. Le bourdonnement des insectes lui emplissait les oreilles. Tout en continuant son manège, Kerleu marmonna quelques paroles rageuses, où il était question des bestioles et de l'injustice du monde en général. Il avait froid, faim, sommeil. Et il était seul. Le noir et la pierre du pouvoir commençaient à l'effrayer.

Sa solitude prit fin brusquement.

Il perçut un frôlement, distingua des silhouettes sombres qui se déplaçaient dans les ténèbres, l'éclair furtif d'un œil étincelant. Il cessa de lutter contre le vrombissement aigu qui lui déchirait les tympans et se figea. Les formes se rassemblèrent et se rapprochèrent, mais en restant toujours à la lisière de son champ de vision. Il recula plus près de la roche, oubliant, devant ce nouveau danger, le respect mêlé d'effroi qu'elle lui inspirait. Sa surface rude lui râpa soudain le dos et il sentit son corps dérober un peu de sa chaleur. Ses bras retombèrent et, paumes pressées contre la paroi rugueuse, il fit face aux créatures nocturnes qui l'encerclaient.

Il entendait leur souffle, leurs reniflements curieux alors qu'elles s'imprégnaient de son odeur, et discernait leurs déplacements pendant qu'elles l'étudiaient de leur côté. Pendant un long moment, il ne put ni bouger ni réfléchir. Il resta immobile, mâchoires scellées, pour éviter de laisser échapper sa respiration haletante. Il prit une profonde inspiration et l'air qui pénétra dans ses narines par saccades lui apporta leur effluve. Plus rance que celui du chien, plus chaud et plus sauvage, d'une certaine manière. Cela lui picota légèrement l'arrière de sa gorge.

Des loups.

Les moustiques continuaient à chanter à ses oreilles

et sous leur vrombissement haut perché, il détectait un grondement plus profond. Il n'avait plus froid, mais ses jambes peinaient à le soutenir. Que faire ? Que faire ? La question tournoyait dans son esprit. Si c'étaient des ours, il aurait tout laissé pour rejoindre Tillu en courant. Non. Tillu était perdue. Grimper à un arbre, lui murmurait quelque vague instinct. Non. Aucun n'était plus grand que lui.

Avancer vers eux. En toucher un entre les yeux et revendiquer le loup comme son esprit frère. Kerleu ferma soudain les paupières, pris d'un terrible accès de terreur. Il déglutit. Il voyait l'image de Carp et entendait aussi sa voix insistante. « Un chaman doit avoir un gardien. Les plus puissants en ont de nombreux dans le monde des ombres. Mais le plus important est ton esprit frère, la première chose que tu dois choisir. C'est ta force. S'il t'abandonne, tu mourras. Sans lui, tu ne peux être un chaman. Tu es à peine un homme. »

Et voilà le loup, venu le revendiquer. Et lui se trouvait dans ce lieu, envoyé par son maître pour y trouver sa vision. Tout ce qu'il avait à faire était d'avancer, de poser hardiment la main entre les yeux de l'animal et de le réclamer comme son frère. « Ne montre pas ta peur, l'avait averti Carp. Si tu t'enfuis ou si tu manifestes de la crainte, tu seras déchiqueté. » Il ouvrit les yeux.

Ils s'étaient rapprochés. Il pouvait mieux les voir maintenant, ou plutôt reconnaître des parties de leurs corps. Oreilles pointues, langue pendante, fourrure grise bordée de noir ; un noir luisant, plus lisse que la nuit. Il en distingua qui le fixaient avec intensité et d'autres qui ne faisaient guère attention à lui. Une femelle aux mamelles ballantes se coucha d'un seul coup et se mit à lécher les taches sombres qui maculaient ses pattes avant. Un jeune se dressa, tendu de l'encolure à la queue, et observa le garçon. Il avança d'un pas prudent, mais un vieux mâle poussa un grondement d'avertissement, retroussant son museau marqué d'une cicatrice. L'autre se figea puis, déconfit, baissa la tête et recula dans la meute. Le balafré s'assit sur son arrière-train et enroula sa queue autour de ses pattes. Kerleu l'observait avec attention.

— Es-tu ici pour devenir mon esprit frère ? demanda-t-il à voix basse.

À ces paroles, les oreilles pointues bougèrent, mais le loup ne se manifesta pas d'autre manière. Kerleu détacha une main de la pierre pour la tendre lentement vers la bête.

— Je vais te toucher, annonça-t-il d'une voix rauque.

Au geste du garçon, une partie de la meute s'esquiva dans l'ombre, mais le grand loup se contenta de le regarder. Ses babines noires se retroussèrent sur un grondement silencieux.

Je ne dois pas avoir peur, se dit Kerleu. Mais il ne savait plus comment s'y prendre pour franchir les deux pas qui auraient mis le prédateur à sa portée.

À cet instant, un hurlement solitaire s'éleva, venant d'un lieu situé à une incroyable distance au-delà des étoiles. Le mâle tourna brusquement la tête, fouillant la nuit du regard. Le cri s'intensifia puis déclina, et mourut un bref instant avant de reprendre, et de s'étirer indéfiniment. La tension augmenta soudain au sein du groupe qui encerclait Kerleu. Les animaux se déplaçaient à petits mouvements crispés, échangeaient des regards anxieux pendant que le son faisait vibrer la nuit. Le garçon était oublié. Le jeune animal laissa échapper un gémissement plaintif, qui se transforma en bref jappement lorsque la femelle lui sauta dessus en grondant. Il se laissa immédiatement tomber sur le dos. Elle se tint au-dessus de lui, crocs découverts, et une fois de plus le hurlement se tut. Cette fois, il fut repris dans le lointain et l'espace sauvage se fondit en une voix unique.

Le grand loup poussa une sorte d'aboiement bref, qui différait autant de celui d'un chien que s'il avait été poussé par une voix humaine. Kerleu devina presque sa signification. La meute avait compris, car lorsque le balafré se détourna brusquement du garçon et partit d'un trot décidé, ses congénères lui emboîtèrent le pas par groupes de deux ou trois. La femelle lui adressa un ultime regard malveillant et suivit le chef. Le jeune roula pour se remettre d'aplomb et, la queue entre les pattes, se hâta de les rejoindre.

Kerleu resta un instant plaqué contre le rocher, regardant les silhouettes se dissoudre dans l'obscurité. Puis, avec un gémissement, il se détacha de la pierre et se lança à leur poursuite.

— Loup ! appela-t-il d'un ton implorant. Loup !

Il courait, sans prendre garde aux buissons drus qui s'accrochaient à ses jambes ni aux touffes d'herbe qui le faisaient trébucher. Il arriverait peut-être à les rattraper, à poser la main entre ces yeux jaunes pour réclamer son esprit frère. Il pouvait encore entendre les hurlements, dont le chœur enflait, rejoint par de nouveaux cris. Il poussa lui-même une plainte pitoyable, qui se fondit brièvement dans les autres cris. Puis il chancela et tomba de toute sa longueur sur le sol. L'appel cessa d'un seul coup, aussi soudainement qu'il avait commencé. Son seul repère venait de disparaître. Kerleu se dressa sur les genoux, aveugle dans le noir absolu. Ni son ouïe ni sa vue ne lui permettaient plus de se guider. Il avait encore échoué dans sa quête. Le désespoir lui arracha un nouveau cri et il guetta une réponse, l'oreille tendue. Quand il comprit que son attente était vaine, il s'affala dans le creux qui l'avait fait tomber, et se livra à la nuit vide.

VI

Heckram toucha une touffe de myosotis. Il disposait de bien peu d'éléments pour continuer. Ces fleurs avaient-elles été froissées par quelque chose de la taille et du poids d'un pied de jeune garçon, ou était-ce la marque laissée par un lièvre qui s'y était blotti? Il ferma étroitement ses paupières lourdes, secoua la tête, puis ouvrit de nouveau les yeux, plein d'opiniâtreté, pour se concentrer sur ce qui pourrait être la piste de Kerleu. Mais il avait peut-être tout imaginé, une suite de traces, de morceaux de rameaux brisés et d'herbes vaguement chiffonnées, qui s'enchaînaient par pure coïncidence. Depuis combien de temps avait-il vu cette empreinte clairement dessinée près d'une source? Il s'arrêta de nouveau, s'étira, et frotta ses tempes douloureuses. Inutile de se poser ces questions, inutile de se demander s'il suivait une véritable piste.

Une fois de plus, il examina la toundra dans toutes les directions. Si seulement le garçon portait un bonnet de laine aux teintes vives, comme les jeunes de la tribu! Cela contrasterait avec les tons uniformes de la plaine. Même un simple ruban de couleur à l'ourlet de sa tunique aurait pu l'aider. Mais non, il se souvenait des vêtements du petit ; la chemise de cuir unie et les jambières se fondraient aisément dans l'environnement. Il suffirait à Kerleu de s'allonger sur le sol pour trouver le meilleur des camouflages, et s'il restait debout sans bouger dans le lointain, il serait difficile de le distinguer. Heckram s'en voulait de ne pas avoir pensé à lui donner un bonnet coloré. Mais il réparerait cet oubli, se promit-il. Si c'était encore possible.

— Kerleu !

La dernière syllabe de son long cri rauque s'étira indéfiniment dans l'air tranquille. Un oiseau aquatique corna au loin. Il n'obtint pas d'autre réponse. Il déglutit péniblement, car sa gorge était irritée, et leva sa gourde pour y prendre une petite gorgée. Il regretta une fois de plus de ne pas avoir emmené un renne de bât. Il avait l'impression que s'il trouvait l'enfant, celui-ci ne serait peut-être pas en état de marcher. Mais contourner Joboam sans attirer son attention s'était déjà avéré ardu. Même dans le noir, la toundra offrait peu de cachettes à un homme de sa taille. Si Tillu et Ristin n'avaient pas dû rester seules au campement, il ne se serait pas embarrassé de tant de précautions, aurait pris son harke et savouré sa rencontre avec Joboam. Mais ce n'était pas le bon moment pour mettre l'autre en colère. Il valait mieux attendre que le garçon soit en sécurité ; ainsi, lui seul subirait la fureur de son rival. Mais il commençait à être à bout de patience.

Tillu. Il lui avait promis de retrouver son fils. Et s'il n'y parvenait pas ? Il écrasa sauvagement quelques insectes qui l'avaient découvert, évacuant sa frustration.

Pendant un instant, il songea à ce qui se passerait s'il devait rentrer et lui annoncer un échec. Secouant la tête, il plissa les paupières pour regarder au loin, puis ramena les yeux au sol, à la recherche de la prochaine touffe de mousse écrasée, du rameau brisé suivant.

Pas à pas, progressant lentement, il suivait la trace ténue de Kerleu. La direction qu'elle prenait ne lui plaisait guère. Le seite rôdait à l'horizon telle une bête grise. Le gamin n'avait certainement pas pu être attiré par cette chose sinistre; et les petits creux sur le sol boueux pouvaient avoir été laissés par trois de ses orteils. À moins de deux mains, il découvrit les marques nettes d'un loup. Il s'accroupit pour suivre leur contour du doigt. Elles étaient fraîches, tout au plus de la nuit précédente. L'animal semblait aussi se diriger vers l'immense rocher.

Le seite. Sa masse gigantesque apparaissait dans le lointain. Un frisson qui n'avait rien à voir avec la température secoua Heckram. La roche saillait de la toundra tel un monument érigé par la nature et dédié aux forces qui régissent l'humanité. Plus imposante et implacable que n'importe quelle idole sculptée par l'homme, elle se dressait, menaçante. Combien d'années s'étaient écoulées depuis qu'Heckram s'était tenu dans son ombre? À l'époque, il s'était demandé si chanter et danser pour elle avait réellement un sens. Quelle différence y avait-il entre ces manifestations humaines et le bourdonnement d'un moustique qui voletait autour du rocher, ou le grattement d'un cafard rampant à sa surface? Pour un élément aussi immense et ancien, que représentait un homme? Il se souvenait du chant du dernier nadj du peuple des hardes, du grand feu construit pour honorer le seite, pour lui demander de libérer la tribu de l'épidémie qui avait décimé les troupeaux. Le tambour du nadj s'était crevé et avait avalé le talisman porte-bonheur qui dansait sur la peau de l'instrument. Heckram ferma les yeux. Les souvenirs de son enfance étaient brillants et nets, tranchaient dans son esprit d'adulte. Des jours pénibles avaient succédé à ce pèlerinage au seite, et s'étaient prolongés.

Sourcils froncés, il se releva. Chaque muscle ou articulation de son corps le faisait souffrir, ses paupières brûlaient à cause du manque de sommeil. L'horrible poids de la responsabilité et de la culpabilité pesait sur son cœur. Il se força à regarder vers l'avant, à chercher ce qui devrait être le prochain indice du passage de Kerleu. Il avançait de deux ou trois pas à la fois et rien ne lui indiquait qu'il était sur la bonne voie. Hormis le loup. Là, encore d'autres traces, mais cela signifiait peu de chose. À cette époque de l'année, les meutes parcouraient la toundra de long en large, en quête d'un veau distancé par le troupeau ou du vieux sarva qui s'en était coupé. Elles s'intéressaient rarement aux humains. Certains prétendaient même que cela n'arrivait jamais, bien que les os d'un homme aient été retrouvés, portant des marques de crocs... Mais cela remontait à trois ans en arrière, pendant une année difficile. Et de l'opinion générale, les bêtes n'avaient trouvé que le cadavre, et éparpillé les os en s'en repaissant. Les loups éprouvaient une méfiance instinctive pour l'homme. Pourquoi se seraient-ils intéressés à un garçon, quand les proies plus faciles abondaient ? De jeunes lièvres, des canetons gras qui ne savaient pas encore voler, des veaux malades, épuisés par la longue randonnée... Heckram se surprit à allonger le pas et se força à ralentir, à examiner le sol avec attention. Mais aussitôt, il repéra de nouvelles empreintes ; les animaux étaient deux maintenant, bientôt rejoints par un troisième, plus petit. Et ici, il découvrit ce qu'il redoutait le plus : une marque de pas, unique mais très claire. Les orteils nus d'un garçon innocent, clairement imprimés sur la terre souple. Des griffes s'étaient plantées à l'emplacement même du talon.

Heckram leva de nouveau les yeux et appela à voix haute. Pas de réponse. Le seite se rapprochait et les traces du garçon semblaient se diriger vers lui. Il explora l'espace devant lui, cherchant la végétation écrasée et rompue qui signalait généralement l'attaque d'une meute. Rien de tel. La tentation de cesser la traque et de s'élancer vers le seite était forte. Et si la piste de Kerleu s'éloignait brusquement ? Les habitudes de prudence reprirent le dessus. Il se remit en marche lentement, observant avec un sentiment d'abattement grandissant la convergence des marques humaines et animales. La suivante était celle d'un pied en pleine course. Kerleu avait essayé de fuir. La gorge sèche, Heckram déglutit péniblement. Il leva sa gourde, mais ne put se résoudre à la porter à ses lèvres. Que pourrait-il rapporter à Tillu ? Un lambeau de la tunique de son fils ? En faisant demi-tour maintenant, il pourrait lui dire en toute sincérité qu'il n'avait pas trouvé le garçon, qu'il ne savait pas ce qu'il était advenu de lui. Cela vaudrait peut-être mieux ? Mais le peu qu'il savait de Tillu lui soufflait le contraire. Elle ne serait pas en repos tant qu'elle ne connaîtrait pas le sort de son fils. Et lui non plus, d'ailleurs. Qui d'autre l'avait envoyé au-devant du danger ? Maintenant, il lui faudrait ajouter cette nouvelle charge à son fardeau de culpabilité.

Il augmenta l'allure. Il se servait aussi bien des empreintes de loup que de celles du garçon. Les deux pistes le menaient droit vers le seite, dont la masse enflait devant lui. Oui, c'était sans doute là-bas. Il fut surpris de constater à quel point l'endroit était semblable à ses souvenirs. Mais la mémoire des enfants retenait toujours plus clairement les choses. Il songea de nouveau au nadj traînant le bois de renne qui claquait en heurtant les flancs de la pierre. En plissant les yeux, il distinguait les couleurs vives des emblèmes tracés sur sa surface rugueuse. Y avait-il une main ? Et même si c'était le cas, cela ne signifiait rien. Sinon qu'il avait vu la marque dans son enfance et s'en souvenait. Rien d'autre. Il secoua la tête, essayant d'oublier le malaise qui accompagnait chaque évocation de cette image. Elle lui était venue la nuit où Carp l'avait trouvé. Quand il lui arrivait d'y penser, il s'efforçait de croire que sa rencontre avec le loup n'avait été qu'un rêve, produit par le froid et la solitude d'une longue veille nocturne. L'événement semblait se situer en dehors du reste de sa vie, constituer une expérience qui n'avait rien de commun avec la réalité. « Ainsi est la vision de l'esprit d'un homme. » Comme surgie de son passé, la voix de l'ancien nadj résonna dans son esprit.

— Kerleu ! tonna-t-il, autant pour appeler le garçon que pour entendre un son.

Mais il n'obtint pas de réponse et l'écho lui renvoya sa voix, qui avait rebondi contre la paroi. Il s'arrêta à deux longueurs du rocher et leva les yeux.

Le seite. Il en émanait une énergie sacrée, une aura surnaturelle qui transcendait le passage de l'homme sur la toundra. Le seite avait toujours été là, il s'était hissé hors des entrailles de la terre pour se dresser sous le ciel. Son caractère divin n'avait aucun rapport avec la vénération pitoyable des voyageurs. Ils lui manifestaient leur respect par des offrandes de viande, de fourrure ou d'ambre scintillant, mais leurs hommages ne l'affectaient pas, ne l'altéraient en aucune manière. Il était implacable et inflexible, dans toute l'étendue de son redoutable pouvoir. Un individu s'y rendait une ou deux fois dans son existence, venant en secret offrir ses remerciements pour un enfant en bonne santé ou une saison qui avait apporté de nombreuses naissances dans le troupeau. Les femmes aussi fréquentaient le lieu, il n'en doutait pas, bien qu'il n'eût aucune idée de la nature de leurs prières, de leurs offrandes, ni des événements qui motivaient leur gratitude. Et il ne souhaitait pas le savoir. La terrible cérémonie du bois et du tambour avait été l'unique réunion formelle à laquelle il avait assisté au seite. Sans aucun doute, d'autres étaient venus depuis, appartenant, notamment, à sa tribu. Mais lui n'approchait l'endroit qu'avec réticence. Comme si le seite le savait, il lui opposait sa face glacée.

— Bien, tu es venu jusqu'ici, Kerleu. Et ensuite ?

Ses paroles semblaient rendre un son ténu, leur banalité paraissait déplacée. Le garçon s'était arrêté, son poids avait marqué la terre plus profondément. Et puis, et puis, il avait marché ; ses traces continuaient autour du seite. Il avait stoppé, était parti en courant. Heckram fronça les sourcils. Ce n'était pas le comportement de quelqu'un poursuivi par les loups. Heckram avait d'abord déduit que Kerleu s'était précipité vers le rocher en espérant l'escalader pour échapper à la meute, qui était sur ses talons. Mais si elle n'était pas lancée à sa poursuite, il subsistait un espoir.

Heckram progressa autour de la pierre. Là, Kerleu s'était retourné et adossé à la paroi. Il observa les feuilles et les pétales d'une renoncule écrasée par un pied pesant. Le garçon était resté debout sur la plante, il ne s'était pas contenté de la fouler en passant. Pourquoi ? Qu'est-ce qui avait retenu son attention ?

Quand Heckram recula et leva la tête, il éprouva un soudain vertige. L'empreinte de la paume était rouge, celle de la patte de loup, dessous, noire. Comme le symbole d'une promesse réciproque, d'un accord scellé d'une poignée de main. Il vacilla sur place, souhaitant désespérément que les emblèmes disparaissent. Quelqu'un avait tracé ce signe, dans les temps anciens, et ce souvenir de son enfance lui était revenu dans un rêve étrange. Mais dans son esprit, le doute s'insinuait : qui d'autre que lui avait une telle pogne et aurait pu la poser aussi haut ? Qui d'autre que lui, attiré dans un songe, aurait franchi une impossible distance vers le seite pour y passer un marché avec le loup ? La loyauté d'Heckram envers lui, s'il exerçait sa justice contre le meurtrier d'Ella.

Fasciné, il leva la main sans s'en rendre compte, écarta les doigts, puis la tint devant lui pour la comparer à la marque. Cela correspondait. La trace était à la hauteur de ses yeux, un niveau que la plupart des individus atteignaient difficilement. Comme un insecte attiré par la flamme, il avança de quelques pas pour entrer dans l'ombre du seite. Il approcha sa paume : les contours coïncidaient. En la mettant en contact avec la roche, il éprouva une sensation à la fois glaciale et brûlante. Il la retira avec un cri, et fut étonné de retrouver intacts les lignes et les cals familiers. Cette empreinte était bien la sienne.

Alors, qu'en était-il de celle du loup ?

Il frissonna et, vacillant, s'écarta du seite pour retrouver la lumière de l'aube et la douce brise qui parcourait la toundra. Pendant un long moment, il peina à se réchauffer, et il lui fallut encore plus longtemps pour se souvenir de sa mission. Il reprit son examen du sol et eut l'estomac retourné en observant la multitude de traces animales qui se mêlaient à celles de Kerleu. Ici, il avait été acculé et la meute s'était regroupée autour de lui. Et ensuite ? Le comportement normal des bêtes aurait été de se jeter sur leur proie et de la déchiqueter. Mais il ne voyait aucun signe d'un sinistre festin. Au lieu de cela, la piste lui disait que le groupe s'était rassemblé avant de repartir. Couvrant de ses marques celles des pieds nus d'un jeune garçon.

Heckram laissa échapper un soupir tremblant. Quelle sorte d'enfant pouvait courir avec les loups la nuit, et s'en faire accepter ? Son regard fut de nouveau attiré par les empreintes superposées sur la paroi. La conviction de partager une parenté singulière avec Kerleu le saisit brusquement et le secoua par son intensité. Il partit sur la piste de la meute, certain de retrouver Kerleu vivant et intact. Inutile de s'inquiéter.

Il progressa, avec la sensation du soleil tiède sur son visage et du vent frais qui jouait dans ses cheveux. Et Kerleu était là, se dressant soudain hors d'un creux dans la terre, ébouriffé, mais entier. Ses yeux pâles étaient écarquillés.

— Frère loup, je savais que tu viendrais me chercher !

Son salut glaça Heckram jusqu'à la moelle. Pourtant, il n'éprouva aucun étonnement.

VII

Tillu n'avait pas dormi, mais le matin arriva malgré tout, et avec lui, cette obligation d'observer un semblant de normalité qu'elle avait du mal à supporter. Kari et elle se levèrent et déjeunèrent, puis Lasse vint chercher les harkar. Ils échangèrent peu de mots ; ni Heckram ni Kerleu ne furent évoqués. Ni l'un ni l'autre ne s'étaient montrés. Si Kari et Lasse savaient quelque chose des plans d'Heckram, ils n'en laissaient rien paraître. Le seul indice était que la file de rennes de Ristin avait grossi. Elle passa devant eux en hochant la tête avec solennité. Carp était assis à califourchon sur le dernier animal bâté. Tillu le fixa au passage, irritée par son attitude imperturbable. La mère d'Heckram avait finement manœuvré en installant le chaman en queue de colonne : il était trop loin pour lui parler.

Les harkar chargés étaient partis, le feu n'était plus que braises et elles s'attardaient encore. Les familles, suivies de leurs bêtes, défilaient devant elles à mesure que le camp se disloquait et que la migration reprenait. Tillu errait sans but à l'intérieur du cercle piétiné du

131

talvsit. L'endroit la retenait ; le quitter signifiait renoncer à Kerleu. L'abandonner à la mort.

— Je pensais que tu viendrais me demander des nouvelles de ton fils. Je vois que tu n'es pas aussi inquiète que tu en donnais l'impression.

Des paroles froides et tranchantes. Tillu tourna lentement la tête. Poings sur les hanches, gilet de cuir à moitié ouvert sur sa poitrine velue, Joboam se tenait à la lisière du campement. Les muscles roulaient sous la peau de ses bras nus. Le spectacle rebutait Tillu.

— Je n'ai jamais eu l'idée de t'envoyer à sa recherche, rétorqua-t-elle tranquillement, sans s'embarrasser de manières. Je me suis dit que si tu avais trouvé quoi que ce soit, tu serais venu me prévenir.

— Eh bien, puisque cela t'intéresse, j'ai découvert des os éparpillés, poursuivit-il en haussant les épaules. Ils étaient encore garnis de chair rouge. Autour, j'ai vu les traces d'au moins une douzaine de loups qui avaient piétiné l'endroit.

Tillu sentit sa gorge se serrer, mais la voix de Kari tinta dans l'air frais, aiguë et effilée comme une lame de givre.

— Et ?

— Et j'imagine qu'ils ont dû croiser un veau qui s'était éloigné du troupeau. Quand ils l'ont acculé, il devait être à moitié mort de faim. Dans leur sauvagerie, les prédateurs ont une certaine dose de bonté. Ils s'assurent que l'animal perdu ne souffre pas trop longtemps.

— Et Kerleu ? As-tu retrouvé sa piste ?

Soit la voix de Kari tremblait, soit le bourdonnement

qui emplissait les oreilles de Tillu l'empêchait d'entendre correctement. Sa haine pour Joboam n'avait fait qu'augmenter devant l'horrible petit jeu auquel il prenait tant de plaisir. Il souriait avec tant de gentillesse en prononçant ces paroles meurtrières.

— Le garçon ? Non, je n'ai rien vu. Je l'ai appelé, mais il n'a pas répondu et ne m'a pas rejoint.

Tillu le fixa, incapable de prononcer une parole. Leurs regards se rencontrèrent, et pendant un instant, la colère et la raillerie quittèrent les yeux de Joboam, remplacées par un apitoiement chargé de condescendance.

— Je sais que c'est difficile ; la toundra ne laisse vivre que les plus forts. Mais les crocs de la pitié sont aiguisés et rapides.

— Peut-être. Mais la force n'est pas toujours visible, s'entendit répondre Tillu.

Sa voix était étonnamment ferme et elle leva le menton d'un mouvement plein de défi. Il la toisa et elle vit son désir de la soumettre grandir encore. Qu'avait-il imaginé, la nuit précédente ? Qu'elle viendrait à lui en pleurs, brisée par le chagrin, et qu'il la consolerait et la distrairait de sa peine ? Était-il convaincu que la disparition de Kerleu la pousserait à oublier celui-ci pour l'accepter ?

— Vous feriez mieux de vous mettre en route si vous ne voulez pas vous faire distancer par la caravane aujourd'hui. Capiam serait très en colère s'il devait encore me renvoyer en arrière, pour vous récupérer, cette fois.

Si la formulation indiquait une suggestion, le ton

était sans conteste celui d'un ordre. Kari et Tillu restèrent immobiles, le fixant avec insolence.

— La nuit dernière, Carp m'a dit que si tu continuais à ignorer ses convocations, il ne pourrait pas faire grand-chose pour t'aider.

Une rougeur subite envahit les pommettes de Kari pendant qu'elle lui lançait ces paroles à la tête. Tillu se demanda de quoi elle parlait.

Avec un reniflement de dédain et de colère, Joboam se détourna, et d'un coup sec sur la longe, remit le harke de tête en mouvement. Il entraîna les bêtes dans un trot pesant, se hâtant de remonter la file mouvante jusqu'à une place digne de son statut.

— Je suis curieuse de savoir ce que Carp attend de Joboam, fit Tillu d'une voix distraite.

Kari la fixa un long moment. Les secrets se bousculaient dans ses grands yeux.

— Toute ma vie, Joboam m'a obligée à faire des choses, dit-elle, le regard sombre. Des choses dont je n'avais pas envie. Juste une fois, j'aimerais le pousser à agir contre sa volonté. Quand j'étais petite fille et qu'il me ramenait à Kelta, je hurlais et le griffais. Je lui répétais : « Tu ne peux pas m'obliger, tu ne peux pas m'obliger. » Mais bien sûr, il le pouvait. Et il ne s'en privait pas. Cela fait si longtemps qu'il est le plus fort qu'il pense que cela lui donne le droit de commander. Mon père ne voit rien, mais cela ne m'échappe pas. Joboam est irrité de ne pas être le maître des hardes. Il n'ose pas encore lui disputer son peuple, mais un jour ou l'autre, il y viendra. Entre-temps, il ne supporte aucune opposition. (Elle se tourna vers Tillu avec inquiétude.) Ne le défie pas. Fais mine de lui céder. Et puis au bout d'un moment, quand il aura constaté que tu ne résistes plus, il pensera qu'il t'a dominée. Alors, il te laissera tranquille. C'est la seule manière de s'en sortir, avec lui. Il est plus facile et moins douloureux de céder que de le combattre. On ne peut pas gagner.

— Kari... commença Tillu d'un air étonné.

Mais la jeune fille se contenta de secouer la tête avec irritation et de tourner les talons. Elle saisit sa besace d'un geste brusque et se mit en route le long de la caravane. Tillu suivit silencieusement ; un affreux soupçon commençait à la tourmenter.

Elle tenta de se concentrer sur les plantes. Sa pharmacopée était quasi complète, maintenant. Ces derniers jours de cueillette avaient été consacrés à l'éducation de Kari, et au ramassage de légumes pour agrémenter les repas. Aujourd'hui, toutes les deux se déplaçaient lentement, s'arrêtant souvent pour déterrer des racines. Les groupes passaient les uns après les autres devant elles. Elles prenaient un temps exagéré pour nettoyer leur récolte et découper des morceaux plus faciles à manipuler. La vieille Netta finit par arriver à leur hauteur, soufflant et boitillant, mais trop fière pour laisser son petit-fils mener ses harkar pendant qu'elle en chevaucherait un. Tillu lui avait déjà administré un onguent pour ses articulations raides. La bonne femme ralentit et arrêta ses deux bêtes à la fourrure miteuse.

— Guérisseuse ? dit-elle d'une voix fêlée.

Tillu quitta des yeux les racines posées dans son giron. Les yeux de Netta, dont l'un commençait à se voiler, étaient profondément enfouis dans son visage sillonné de rides. Elle s'exprimait lentement, s'arrêtant souvent pour respirer.

— Navrée pour ce qui est arrivé à ton garçon. Il y a longtemps, j'ai perdu ma fille de cette manière. Elle était toute petite, juste assez âgée pour aller jouer avec les autres gamins. Mais quand ils sont revenus près des feux, elle n'était plus avec eux. On te dit de ne pas avoir de peine, que tu auras d'autres enfants. Et c'est vrai. Mais je sais qu'aucun ne sera comme le fils que tu as perdu, et qu'il te manquera pour toujours. Pleure donc, et sache que je pleure avec toi. Mais ne fais pas ce à quoi tu penses. Ne retourne pas l'appeler sur la piste. Tu n'arriverais qu'à te perdre toi aussi, et si tu découvres quelque chose, tu souhaiteras n'avoir rien trouvé.

Elle se tut, luttant pour reprendre son souffle, à petites inspirations pressées, et Tillu crut qu'elle en avait terminé. Mais Netta se tourna vers elle, les yeux soudain emplis de larmes.

— Je le sais. Ne repars pas en arrière.

Sa bouche ridée se referma et elle se détourna d'elles pour fixer l'horizon. Puis elle reprit sa route. Elle ne menait pas son harke de tête, se contentant de marcher une main posée sur son épaule. Le museau de l'animal était bordé de blanc et l'allure tranquille leur convenait à tous deux. Après leur départ, le silence menaça d'engloutir Tillu, qui les regardait s'éloigner. Elle sursauta quand Kari lui toucha le bras.

— Elle a raison, tu sais. S'il est encore vivant, Heckram le trouvera, tu peux lui faire confiance. Et s'il découvre autre chose... Il agira comme il convient. Et ta présence là-bas ne changerait rien.

Tillu fourra les racines dans sa besace et se releva. En se retournant, elle remarqua que le passage des hommes et des bêtes avait marqué la surface de la toundra d'un large sillage de terre nivelée. Elle le remonta du regard jusqu'à l'horizon. Rien ne bougeait dans son champ de vision. Personne ne suivait la piste. Elle partit d'un pas lourd à la suite de Kari. Pour la première fois depuis des jours, ses jambes recommençaient à la faire souffrir. Les mousses et les herbes de la toundra s'accrochaient à ses chevilles, ralentissant son allure.

Ce soir-là, elles arrivèrent les dernières au camp, après même Netta. De grandes pierres grises usées et des affleurements rocheux parsemaient le site. Dans le long crépuscule, de petits feux commençaient à s'allumer entre les tentes. Les silhouettes des enfants, qui grimpaient et sautaient parmi les rochers, apparaissaient à contre-jour. Tillu se sentait épuisée. Ses tempes battaient douloureusement et son corps tout entier souffrait de la tension prolongée. Elle aurait dû avoir faim, mais la simple idée de nourriture lui donnait des haut-le-cœur. Au moment où elles atteignaient les premières installations, Lasse sortit de derrière une roche. Il guettait leur arrivée.

— Ristin a fait à dîner pour tout le monde et vous invite à vous joindre à elle. Et si vous préférez rester seules, je suis censé vous répondre que c'est aussi son cas. Mais ce ne serait pas bon pour vous. Par ailleurs, puisqu'elle doit déjà partager son foyer avec Carp, elle aimerait autant avoir une autre compagnie.

Kari ne semblait pas savoir quel parti prendre, mais Tillu était trop fatiguée pour résister. Elle suivit Lasse et Kari lui emboîta le pas.

Ristin avait monté sa tente entre deux gros blocs, qui donnaient à son installation un petit air intime au milieu de la toundra. Son feu brûlait bien, crottin de renne et branchettes dégageaient une chaleur agréable. Un ragoût mijotait dans une marmite calée au milieu des braises et des pains plats, fabriqués à partir de lichen, étaient empilés à proximité sur une pierre. Les fourrures étaient étalées sur l'herbe douce entre les deux masses rocheuses et couvertes d'un toit oblique de peaux. Ristin était assise, paupières plissées, ruminant quelque projet. Carp semblait absent.

— Lavez-vous le visage et les mains, leur dit-elle, comme ils commençaient à prendre place. Vous vous sentirez mieux.

Lasse fut le premier à lui obéir, mais il semblait évident qu'elle s'adressait à tous. C'était la première fois que Tillu avait l'occasion de la voir de près depuis la mort d'Ella. Chose étrange, l'événement semblait appartenir à un lointain passé. Cette femme paraissait plus âgée que dans les souvenirs de Tillu. Plus vieille et plus forte. Le chagrin et la sérénité avaient redessiné ses traits, et leur combinaison suggérait la sagesse. Tillu se demanda si sa propre mère aurait eu pareille expression et agi de la même façon, imposant avec calme son autorité à ceux qui appartenaient à la génération de son fils. Kari s'installa près de Tillu. Lasse s'apprêtait à les rejoindre lorsque Ristin prit la parole d'un ton détaché :

— Je suis allée chercher un seau d'eau pour grand-mère, Lasse. Elle m'a dit que cela lui suffirai puisqu'elle prend ses repas seule, ces jours-ci. Je l'a invitée ce soir, mais elle prétend avoir peur de nous ennuyer.

L'expression accablée de Lasse ne fut ni volontaire ni contrôlable. Il les quitta sans un mot.

— C'est un bon garçon, commenta Ristin sans s'adresser à quelqu'un en particulier. Mais parfois, il a besoin de s'entendre rappeler que le fait d'être aimé implique des responsabilités.

Kari se figea. Tillu ne savait pas si ces paroles lui étaient destinées, mais elles avaient manifestement fait mouche.

— Mais si une personne ne souhaite pas être aimée, doit-elle toujours s'y soumettre ?

Ristin observa la jeune fille par-dessus le feu. Tillu avait l'impression de voir ses pensées s'organiser différemment ; elle avait l'air presque étonnée.

— Cette personne peut au moins choisir d'être gentille, suggéra Ristin d'une voix douce. Cela ne coûte pas grand-chose. Mais gardons la conversation pour plus tard et dînons. J'attendais Carp, mais s'il choisit de rester à l'écart, alors il se restaurera après nous.

— Où est-il passé ? demanda Tillu en acceptant un bol de soupe et un morceau de pain tiède.

— Je ne sais pas vraiment. Il a vu Joboam. Ou plutôt, Joboam s'est assuré que nous ne pourrions pas le rater, parce qu'il s'est planté devant mon feu et ma tente d'une manière plutôt impolie. Ensuite, il est parti et Carp s'est levé pour le suivre. Mais ce ne sont que les apparences. Le nadj a pu aller faire une promenade, voir le maître des hardes, ou simplement se soulager. En tout cas, il rentrera quand cela lui conviendra.

— Tu sembles déjà bien le connaître, fit remarquer Tillu avec un rire dépourvu d'humour.

— Mieux que je ne le souhaiterais, admit Ristin.

Cet échange ironique dissipa une partie de la tension. Avec un sourire mal assuré, Kari accepta une nouvelle ration de pain.

— Penses-tu qu'il le retrouvera ?

Tillu avait peine à croire qu'elle avait adressé ces paroles à son aînée. Mais Ristin accepta calmement la question.

— Si quelqu'un en est capable, c'est Heckram. C'est un bon chasseur, mais il est excellent pour la traque. J'ai toujours été convaincue qu'il était meilleur que les autres parce qu'il avait l'habitude de chasser seul. Le solitaire ne peut se permettre la moindre erreur, ni s'en remettre aux autres pour voir ce qu'il a manqué. Je lui fais confiance.

Elle se pencha pour attiser le feu. La lumière des flammes joua sur son visage, et Tillu retrouva les pommettes et les sourcils d'Heckram dans les traits de sa mère. Ristin se redressa et se tourna vers elle.

— Ne t'aveugle pas devant ce que tu sais déjà, Tillu. Chaque heure qui passe augmente les chances pour qu'Heckram ne trouve que le corps de ton enfant. Je sais comment travaille mon fils. Il reviendra à l'endroit où il aura vu Kerleu pour la dernière fois et suivra sa piste à partir de là. Mais à cette époque de l'année, les traces ne durent pas très longtemps. Les mousses se gorgent de rosée et les empreintes de pieds nus se ressemblent. Heckram sera minutieux et ne reviendra pas avant d'avoir découvert quelque chose. Mais ce ne sera peut-être pas ce que nous espérons.

Ristin prit une profonde inspiration et détourna les yeux avant de continuer :

— Le blâmes-tu ?

— Je... Non. Non. J'imagine bien ce qui a pu se passer. Je n'aurais peut-être pas laissé partir Kerleu, mais les hommes sont toujours prêts à aider les garçons à faire leurs preuves. N'importe lequel aurait agi ainsi.

— Bien. Enfin, je veux dire que je suis contente que tu ne lui reproches pas ce qui est arrivé. Il s'en veut déjà assez. Comme pour Ella. Je me suis demandé si, d'une certaine manière, tu ne le rendais pas responsable de sa mort.

Dans les poumons de Tillu, l'air se bloqua et pesa sur son ventre. Elle s'efforça d'empêcher sa voix de trembler en demandant :

— Qu'est-ce qui te fait penser ça ?

Ristin la regarda, mais ne dit rien.

— Tout le monde sait qui a tué Ella.

Tillu et Ristin se tournèrent vers Kari d'un air incrédule. Pieds à plat sur le sol, genoux remontés contre la poitrine, épaules voûtées contre la nuit, ses grands yeux noirs fixant le feu. On aurait pu croire qu'elle voyait la chouette.

— Que dis-tu ? murmura Ristin dans un chuchotement horrifié.

— Le glouton. C'est le glouton qui est coupable. Qui d'autre arrive aussi silencieusement, aussi

141

discrètement ? Tu sais comment il tue, Ristin. Il attend que le renne ait creusé un trou pour dégager la mousse. Puis, quand celui-ci baisse la tête pour manger et ne peut voir autre chose que la neige, il se lance en avant et lui déchire la gorge. C'est ce qui est arrivé à Ella. Quand elle s'est agenouillée pour plonger son seau dans l'eau, le glouton attendait. Il était en colère sans raison particulière, comme souvent, et la pauvre Ella n'avait pas d'esprit gardien pour la protéger. Le glouton a bondi, a saisi son âme, et l'a emportée dans les terres noires, pour y boire son sang. Voilà pourquoi Tillu n'a pas pu la guérir. Si Carp avait été avec nous, il aurait pu chanter, battre le tambour, suivre le prédateur. Il aurait pu le combattre et reprendre l'âme d'Ella. Et en revenant, il aurait ramené un esprit pour garder Ella. Mais nous n'avions pas de nadj, et elle est morte.

— Qui t'a dit de telles choses ? demanda Tillu rompant le silence pesant.

— Carp. Les vieux dorment peu, et la nuit est un moment où la chouette est éveillée. Ce n'est pas ta faute, Tillu. Aucun guérisseur n'aurait pu la sauver. Seulement un nadj.

— Ce n'est pas un glouton qui a attaqué Ella. J'ai déjà vu une femme battue, et Ella l'a été à mort. Par un homme, ajouta Tillu avec emphase.

Elle éprouva un soudain dégoût.

— Et tu n'en as jamais rencontré un avec l'attitude d'un glouton ? lui demanda froidement Kari.

— Joboam.

Ristin laissa tomber le nom, qui fit l'effet d'une grosse pierre ronde lancée dans un étang calme. Les implications submergèrent Tillu et lui donnèrent le vertige. Le comportement d'Heckram trouvait soudain une nouvelle explication.

— Mais si ce fait est connu, pourquoi est-ce que personne ne fait rien ? demanda-t-elle d'une voix mal assurée. Votre peuple ne punit pas ceux qui tuent ?

— Pas de preuve, dit Ristin d'une voix accablée. Mais je ne suis pas la seule à le penser. Il y a Missa, la mère d'Ella. Elle n'ose pas en parler, de peur que Kuoljok ne réagisse mal ; il n'est plus vraiment le même depuis ce qui est arrivé à Ella. Stina et Lasse le soupçonnent aussi, ainsi que Heckram et moi. Mais le maître des hardes est aveugle aux fautes de Joboam et il ne... (Ristin se tut et se tourna vers Kari d'un air peiné.) Je n'ai pas l'intention de critiquer ton père, Kari. J'ai oublié à qui je m'adressais.

— Trop de gens se taisent. Il vaut mieux chuchoter la vérité que l'étouffer. Je ne suis pas offensée, Ristin. Si je pensais que mon père était capable d'entendre quoi que ce soit, c'est moi-même qui la lui hurlerais. Mais ses oreilles sont bouchées.

La voix amère de Kari ne réclamait pas de réponse.

Tillu se taisait, tentant de mettre de l'ordre dans les pensées qui tourbillonnaient dans son esprit. Il semblait plausible que Joboam ait pu battre Ella à mort et que personne n'en ait rien dit. Kari avait semé assez d'indices pour laisser deviner la nature des choses que Joboam l'avait « obligée à faire » quand elle était enfant. Et Carp utilisait son étrange influence sur Kari pour l'éloigner encore plus des sentiers d'une vie normale. Kerleu était sans doute mort, ou du moins c'était ce que pensait Ristin. Et l'ambivalence de sa propre attitude envers Heckram était plus manifeste qu'elle ne le pensait ; la mère du chasseur l'avait ressentie. La nourriture s'était durcie en un bloc dans l'estomac de Tillu, qui sentit l'épuisement l'envahir.

Au milieu du silence, Carp apparut dans la lueur du feu. Il soupira avec bruit et s'installa sur les fourrures, à la fois las et satisfait.

— J'ai faim, annonça-t-il à la cantonade.

Ristin et Tillu échangèrent un regard, mais aucune des deux ne bougea ni ne prononça un mot. Sans faire attention à elles, Kari se leva pour aller chercher du pain et de la soupe pour le chaman. Il les accepta sans un remerciement et se mit à aspirer le liquide avec bruit. Il fit claquer sa langue contre ses gencives et ce qu'il lui restait de dents, puis poussa un nouveau soupir.

— Tout est arrangé, dit-il avec satisfaction.

— Quoi ? demanda Kari en tombant dans le piège.

— Les femmes ! répondit-il en lui lançant un regard noir. Ce que fait un nadj ne te regarde pas, jeune fille. Apporte-moi un peu d'eau.

— Laisse-le se servir lui-même, intervint Tillu avec irritation.

Les manières de Carp lui mettaient les nerfs à vif.

— Écoutez les paroles de cette ingrate. S'inquiète-t-elle pour son fils ? Prend-elle soin de celui qui va lui ramener son enfant sain et sauf ? Oh, elle aime gémir et se lamenter, pour que tous la plaignent à cause de son malheur. Mais quand quelqu'un agit pour retrouver

144

le garçon, le remercie-t-elle ? Non. Elle n'est même pas prête à aller lui chercher un peu d'eau.

Au lieu de provoquer la colère de Tillu, les paroles de Carp augmentèrent, au contraire, sa lassitude. Elle décida de l'ignorer et ne regarda même pas Kari se lever pour servir le chaman, mais se tourna vers Ristin.

— Je te remercie de nous avoir offert l'hospitalité cette nuit. Et aussi de m'avoir permis de comprendre des choses que j'ignorais.

— De quoi parlez-vous ? voulut savoir Carp.

— Oh, des bavardages de femmes, assura Ristin d'un ton détaché. Rien qui puisse intéresser un nadj.

En dépit de son chagrin, Tillu sentit un petit sourire frémir au coin de ses lèvres. Elle appréciait de plus en plus cette Ristin. Elle prit le ballot renfermant les peaux qui lui servaient de couche et l'emporta dans le coin le plus retiré de l'abri, aussi loin de Carp que possible. Elle déroula les fourrures et s'enroula dans l'une d'elles. Les nuits de printemps se réchauffaient. Mais la température était encore trop froide pour un enfant perdu et seul dans l'obscurité. Elle essaya de repousser cette pensée aux confins de son esprit et s'efforça de trouver le sommeil.

VIII

Dans son sommeil, Tillu cheminait dans des endroits glacés, où des gloutons grognaient sur son passage, tapis dans les anfractuosités des éboulis de falaise, pendant qu'elle trébuchait sur des os verts et pourrissants. Elle piétinait dans la boue glacée au fond d'un long ravin dont elle ne pouvait escalader les parois. Le passage était étroit et elle évitait de justesse les fauves qui se jetaient sur elle du fond de leur antre. Elle essayait de courir, mais la peur lui avait fait des jambes en coton. Elle poursuivait sa progression avec acharnement tout en sachant qu'elle ne parviendrait jamais à s'échapper. Dans le lointain, elle entendit appeler son nom.

Puis quelqu'un la prit par l'épaule et la secoua. Enfin libre. À son réveil, elle sentit des mains froides sur ses bras, et Kerleu fut soudain contre elle. Elle l'étreignit en silence. Il avait fallu que la douleur s'apaise pour qu'elle mesure à quel point sa souffrance avait été grande. Le garçon poussait de petits cris et se débattait, mais elle n'en avait cure. Il avait la peau glacée et ses vêtements étaient trempés de rosée.

— Oh, mais il fait chaud, ici ! s'exclama-t-il.

Il s'enfouit dans le nid de fourrures et les ramena autour de lui. Le froid de la nuit saisit Tillu, mais cela ne l'empêcha pas d'éclater de rire. Elle chercha une autre fourrure à tâtons et en sentit une qui la couvrait. Heckram s'agenouilla près d'eux avec effort et borda Kerleu.

— Tu dors déjà ? demanda-t-il à voix basse. (Pas de réponse ; il gloussa doucement.) J'imagine que tout va bien.

Tillu tendit la main et agrippa sa main glacée. Il baissa les yeux et vacilla légèrement.

— Je suis fatigué, dit-il, comme si cette explication devait suffire.

— Et tu es gelé.

Tout en parlant, elle se redressa et passa la peau qui la protégeait autour des épaules d'Heckram. Il s'écroula près de Kerleu.

— Veux-tu boire quelque chose de chaud ?

Il accepta d'un signe de tête, puis se passa les deux mains sur le visage.

— Je n'ai pas dormi depuis la dernière fois que nous nous sommes vus.

Même sa voix sonnait faiblement, témoignant de son épuisement. Les autres ne s'étaient pas réveillés. Tillu alla attiser le feu et ajouta un peu d'eau au reste de soupe au fond de la marmite.

— J'ai remonté la piste de la caravane. D'abord en silence, parce que je ne voulais pas attirer l'attention de Joboam. Pas par crainte, mais parce qu'il n'y avait pas de temps à perdre. J'ai marché longtemps dans le

147

noir aussi discrètement que possible. Je me suis dit que si Kerleu était en vue du camp, il se guiderait sur les feux. Quand les lumières ont disparu, j'ai commencé à l'appeler. Mais je n'ai obtenu aucune réponse et n'ai trouvé aucune trace de lui.

Il s'arrêta, le temps d'un énorme bâillement, et passa la main dans ses cheveux ébouriffés. Tillu remuait la soupe, attendant avec impatience qu'elle soit assez chaude.

— Je suis reparti à l'endroit où nous nous étions séparés, pensant qu'il devait se trouver quelque part entre là-bas et le campement. Mais j'avais tort.

— Quoi ?

— J'ai dû attendre l'aube, mais dès qu'il y a eu assez de lumière, j'ai cherché sa piste. Ce n'était pas facile, à cause du nombre d'empreintes. J'ai décidé de traquer des deux côtés du grand passage les signes de quelqu'un qui se serait écarté. Mais je n'avais pas beaucoup d'espoir. Le pied nu d'un enfant ne laisse qu'une marque légère sur la terre.

La voix d'Heckram s'éteignit. Le silence s'installa.

— Tu dors ?

— Mmh ? Non. Je réfléchissais. J'ai encore trop froid pour m'endormir. La trace de Kerleu était très ténue. Je ne pouvais que tenter de la deviner parmi toutes les autres. Elle semblait les suivre. Puis je suis arrivé à un endroit où un groupe a quitté la caravane pour s'immobiliser à l'écart pendant un instant. Les empreintes des harkar étaient profondément enfoncées dans la terre. Un homme grand et lourd les menait ; lui aussi avait marqué le sol.

— Joboam.

Ce n'était pas une question.

— C'est aussi ce que j'ai pensé. Et Kerleu me l'a confirmé quand je l'ai retrouvé. Il se dépêchait de remonter la colonne quand il est tombé sur Joboam, qui se soulageait. L'autre lui a raconté que s'il te cherchait, il se trompait de chemin. Il a prétendu que Kari et toi ramassiez des plantes en dehors de la piste. Kerleu a suivi la direction de son bras et est parti par là. Vers nulle part.

Tillu sentit soudain la morsure du froid.

— Mais il nous avait peut-être réellement vues à l'écart. Kari et moi marchions d'un côté ou de l'autre pour recueillir des plantes qui n'ont pas été broutées ou écrasées.

Elle se tut et regarda Heckram. Allongé sur le côté, il la fixait. Ses paupières étaient rouges.

— Toi aussi, dit-il avec une nuance de reproche. Je ne sais pas pourquoi tout le monde refuse d'affronter la vérité sur Joboam. Il a essayé de tuer ton fils, Tillu. Aussi sûrement que s'il l'avait battu à mort.

Elle plongea une cuillère dans la soupe pour en vérifier la température. C'était assez chaud. Elle en servit un bol, qu'elle rapporta en passant avec précaution parmi les dormeurs. Heckram se redressa sur un coude pour le lui prendre. Il referma ses doigts glacés autour du récipient, heureux de retrouver un peu de chaleur, et le vida en une fois, comme si son contenu était simplement tiède. Après l'avoir reposé sur les peaux étendues au sol, il se tourna vers Tillu. Elle s'agenouilla entre Kerleu et lui, une main posée sur son fils

149

endormi. C'était si bon de pouvoir le toucher, de le savoir là, indemne. Heckram frissonna soudain. Sans réfléchir, Tillu prit une fourrure et l'en couvrit, le bordant étroitement. Puis elle s'assit entre les deux, la main sur Kerleu, le regard fixé sur Heckram.

— Peut-être avons-nous tous peur de croire ces choses sur Joboam, car dans ce cas, il faudra agir contre lui. Et alors, nos actes nous rendraient aussi mauvais que lui.

— C'est Capiam qui devrait prendre des décisions, marmonna Heckram. Nous l'appelons maître des hardes. Pourquoi n'agit-il pas comme un chef ?

— Peut-être refuse-t-il de croire qu'un tel individu fasse partie de son peuple ?

— Qu'il veuille le croire ou pas, c'est la réalité. Je lui en ai parlé quand Ella a été tuée. Au lieu de regarder la vérité en face, il s'est fâché. Comme si c'était ma faute. Joboam n'a pas supporté qu'Ella me choisisse à sa place. Il a estropié Bruk. Il a frappé Ella. Et maintenant, il a essayé de se débarrasser de Kerleu. Que faudra-t-il pour convaincre Capiam ?

Tillu resta silencieux. Malgré la colère, Heckram peinait à garder les yeux ouverts.

— Je suis tellement fatigué, marmonna-t-il. Je voulais arriver au plus vite. Quand Kerleu s'est écroulé, je l'ai porté jusqu'à ce qu'il puisse de nouveau marcher. Ton petit homme est vaillant. Il ne s'est plaint ni de la faim ni du froid.

Maintenant, il avait les paupières closes, et les mots sortaient si déformés de sa bouche que Tillu avait du mal à les comprendre.

— Quand je l'ai trouvé, il était accroupi dans un creux, comme un oisillon abandonné. (Elle se pencha vers lui pour mieux entendre.) Il ne cherchait pas la piste, ne pleurait pas, ne criait pas. Il était simplement assis, jambes et bras croisés, tremblant de froid. Il a levé la tête, m'a vu et a dit : « Frère loup, je savais que tu viendrais me chercher. » Il n'avait absolument pas l'air surpris.

— Merci.

Les mots semblaient dérisoires. Tillu aurait aimé en dire plus, sans savoir ce qu'il fallait ajouter. De toute façon, il dormait maintenant, n'est-ce pas ?

— Heckram ?

Il n'ouvrit pas les yeux, mais souleva le bord de la couverture. Elle hésita. Il ne broncha pas, se contentant d'attendre, immobile. Tous muscles tendus, elle se glissa près de lui. Le bras d'Heckram se posa sur son corps et l'amena contre lui. Il sembla ne pas remarquer sa tension.

— J'ai eu tellement froid, dit-il. (Sa barbe caressait le front de Tillu.) J'ai cru que je n'aurais plus jamais chaud.

Elle prit une grande inspiration et se rendit compte qu'elle pouvait se détendre. Il sentait la sueur, le renne, l'odeur de la vie.

— Moi aussi, confia-t-elle avec sérénité.

Elle se nicha contre lui et posa la main sur sa poitrine, attentive aux mouvements réguliers de sa respiration. Derrière elle, Kerleu marmonna dans son sommeil et s'enfonça plus profondément sous les fourrures. Il était sain et sauf, elle pouvait enfin se reposer.

151

Ils étaient là tous les deux. Ses paupières s'alourdissaient et elle ne lutta pas. Contre elle, Heckram dormait.

Tillu s'éveilla au son d'une pluie de printemps qui battait le toit de l'abri. Quelqu'un la tenait par le bras. Pirtsi la secouait tel un chien avec un lapin. Elle se dégagea d'un geste brusque et se redressa, encore endormie. De fait, elle n'avait aucune envie de se réveiller. Le sommeil était un endroit tiède, confortable, où les problèmes n'existaient pas. Elle se sentait bien, il était encore tôt. Il restait du temps pour se reposer, savourer la chaleur du corps d'Heckram contre le sien, apprécier la paisible idée de savoir Kerleu à l'abri.

— Kelta est malade ! chuchota Pirtsi, paniqué. Tu dois me suivre. Tout de suite !

Tillu se frotta le visage, avec l'impression que sa peau revenait à la vie. Elle regarda autour d'elle d'un air assoupi. Tout le monde dormait encore. Pourquoi venait-il la déranger ? Pirtsi restait accroupi près d'elle. Son regard inquisiteur allait de Kerleu à Heckram, mais sa curiosité cédait devant l'urgence de sa mission.

— Kelta est malade, se contenta-t-il de répéter.

Le sens de ces paroles finit par pénétrer l'esprit de la jeune femme.

— Je viens, chuchota-t-elle.

L'aube n'était pas encore là, le ciel avait la couleur gris pâle de la longue fausse aurore de l'été et du printemps. Heckram frémit en perdant la chaleur du corps de Tillu et marmonna en ressentant le froid. Elle replaça étroitement la fourrure autour de lui et toucha

Kerleu au passage. Il ne broncha pas, inconscient de son geste.

— Dépêche-toi ! grinça Pirtsi à voix basse.

— Du calme, recommanda Tillu. Et dis-moi de quoi souffre Kelta, pour que je prenne le nécessaire.

— Capiam m'a réveillé. Les gémissements de Kelta l'avaient tiré du sommeil. Elle a la peau brûlante, mais se plaint d'avoir froid, malgré toutes les couvertures. Elle dit qu'elle a mal à la tête, elle pleure de douleur, et crie si nous faisons le moindre bruit.

Tillu se passa de l'eau sur les mains et le visage, puis lissa ses cheveux humides.

— A-t-elle vomi ? Est-ce que son ventre est souple ?

— Non... Je ne crois pas... Je ne sais pas ! Je suis venu te chercher aussi vite que j'ai pu.

— J'aurai besoin d'un seau d'eau fraîche. Va en puiser un et rejoins-moi à la tente de Capiam.

Elle ne s'attarda pas à le regarder s'éloigner. En proie à la peur, le garçon semblait avoir plus d'humanité qu'elle ne lui en avait jamais vu. Mais tout en sélectionnant ses remèdes – écorce et racine de saule et de bardane tirées d'un stock récolté l'automne précédent qui allait en s'amenuisant, herbes séchées, verge d'or, achillée mille-feuille et longues racines de pissenlit encore fraîches et craquantes –, elle s'interrogeait sur la cécité de Capiam. Comment pouvait-il voir en ce garçon un compagnon possible pour sa fille ? Kari aurait tout aussi bien pu prendre un chien. Tillu secoua la tête et soupira en se levant. La moitié des problèmes qu'elle traitait était due à la bêtise des victimes. Kelta avait probablement trop mangé ou consommé de

153

la viande avariée. L'écorce de saule et, peut-être, un peu de celle de l'épinette noire – elle fouilla dans ses provisions – prendraient soin de la fièvre et des maux de tête. Un tonique à base de plantes l'aiderait à rejeter ce qui la dérangeait. Du moins, c'est ce qu'espérait Tillu.

Elle atteignit le campement de Capiam en même temps que Pirtsi, dont les mollets étaient éclaboussés d'eau. Haletant, il la suivit à l'intérieur.

La tente en forme de dôme semblait ne pas avoir été déplacée. Les mêmes fourrures garnissaient le sol, les outils et les fromages étaient suspendus aux supports incurvés de l'abri. La température était déjà tiède, mais Capiam rechargeait le feu. Dans un coin sombre, Rolke dormait, inconscient de la détresse de sa mère. Quant à Tillu, elle n'avait aucun doute sur la réalité de son malaise. Une odeur de sueur emplissait l'atmosphère et chaque respiration arrachait un petit gémissement à la malade. Des couvertures étaient accumulées sur elle de telle sorte qu'elle était à peine discernable. À l'entrée de Tillu, Capiam se leva et recula hâtivement pour lui laisser la place de s'agenouiller près de Kelta.

— Depuis combien de temps est-elle ainsi ? demanda-t-elle d'un ton pressant en laissant tomber son sac.

— Je... (Capiam eut un geste d'impuissance.) Cela a commencé hier soir, au moment du coucher. Elle trouvait qu'il faisait froid. Je l'ai couverte avec une fourrure supplémentaire. Mais son corps dégageait une telle chaleur que je n'ai pas pu m'endormir près d'elle. Et elle ne cessait de dire qu'elle gelait. Elle a dormi pendant la plus grande partie de la nuit. Moi, je me suis réveillé quand elle a commencé à gémir, il n'y a pas très longtemps. Sa peau était encore plus chaude, mais elle ne cessait pas de frissonner...

Il se tut, ne sachant plus comment exprimer son impuissance, et fixa Tillu d'un air suppliant. Elle se tourna vers Kelta, et posa sa main glacée sur la peau sèche et brûlante de son front. Kelta ouvrit les yeux.

— J'ai mal à la tête, dit-elle d'une voix plaintive.

— Mets un peu d'eau à chauffer, ordonna Tillu à Pirtsi par-dessus son épaule. (Elle se tourna vers Kelta et lui pressa fermement les tempes.) Est-ce que ça te soulage ? demanda-t-elle.

— Ah, oui. Un peu. Mais j'ai toujours aussi froid.

Elle ouvrit de nouveau les yeux, reconnut Tillu, et une expression de compassion recouvrit un instant le masque de souffrance.

— Je suis navrée pour ton fils. Vraiment.

— Ne t'inquiète plus. Il a été retrouvé. Il est arrivé au camp tard cette nuit. Pour l'instant, il dort sous la tente de Ristin.

Le simple fait de partager la nouvelle ramena le sourire sur les lèvres de Tillu. Elle appuya du bout des doigts sur le front de Kelta et observa son visage, où la crispation s'apaisait. Il suffisait parfois de toucher le patient au bon endroit pour soulager la douleur à défaut de la faire disparaître.

— As-tu mal au ventre ? demanda doucement Tillu en continuant son léger massage. As-tu la nausée ?

— Un peu... répondit Kelta d'une voix entrecoupée. J'ai surtout froid. (Elle ouvrit de nouveau les yeux.)

155

Kerleu va bien. Contente... pour toi. (Son sourire vacillant fut emporté par un élancement.) Peux-tu m'aider ? termina-t-elle d'une voix pitoyable.

— Dans un instant. Dès que l'eau sera chaude. Encore un tout petit moment de patience.

En regardant par-dessus son épaule, Tillu croisa le regard inquiet du maître des hardes.

— Capiam, peux-tu me remplacer ? Masse-lui les tempes pendant que je prépare de quoi la soigner. Tu pourras le faire ? Cela apaise. Appuie avec délicatesse et ensuite, remonte sur son front. Comme ça.

Capiam s'agenouilla avec maladresse et posa les mains sur le visage de sa femme. Mais Kelta frémit au toucher rude des doigts calleux sur sa peau desséchée et sensible.

— J'aurais dû y penser plus tôt, dit soudain Tillu, s'étonnant de son manque de présence d'esprit. J'aurais dû réveiller Kari et lui demander de m'accompagner. Pirtsi ! Va la chercher. Dis-lui que j'ai besoin d'elle immédiatement.

Le garçon la regarda, ébahi. Il ne fit aucun geste pour lui obéir, mais tourna un regard interrogateur vers Capiam. Et ce fut le maître des hardes qui posa la question :

— Pourquoi veux-tu envoyer chercher Kari ?

— Pour m'aider ! s'exclama Tillu avec impatience. Crois-tu que je peux broyer et mélanger les plantes, tout en massant la figure de Kelta ? Si Kari veut devenir guérisseuse, c'est le moment ou jamais de commencer. Elle a les connaissances nécessaires. Il est temps qu'elle passe à la pratique.

— Non, intervint Capiam d'une voix ferme. Je ne veux pas que ma fille devienne encore plus étrange qu'elle ne l'est déjà. Tu es la guérisseuse. Tu soigneras Kelta.

— Plus étrange ? répéta Tillu, incrédule. En quoi le fait d'être une guérisseuse la rendrait-il plus étrange ?

Mal à l'aise, Capiam haussa les épaules, comme un renne harcelé par les moucherons.

— Elle a besoin d'autre chose. Si elle devient guérisseuse, elle se servira de sa fonction comme d'un prétexte pour rester seule, traîner loin de tout le monde, s'asseoir et regarder dans le vague, agir bizarrement. Il n'en est pas question. Ce n'est pas la vie qui convient à une jeune fille. Quand nous arriverons au Cataclysme cette année, elle prendra Pirtsi pour mari. C'est ce qu'il lui faut, et un enfant. Une femme mariée ne peut pas passer son temps à vagabonder avec un air insolite, ni à raconter des choses absurdes et se montrer impolie devant n'importe qui. Elle apprendra à coudre, à cuisiner et à filer. Elle se rendra utile, et sera heureuse.

Bien trop tard, Tillu se souvint de la promesse faite à Kari de ne pas mentionner son apprentissage. Maintenant, elle comprenait mieux les raisons de sa réticence.

— Comment pourrait-elle être heureuse en menant une existence qu'elle n'a pas choisie, avec un homme qu'elle n'aime pas ? lança-t-elle inconsidérément.

— Choisi ? répéta Capiam d'une voix froide. N'as-tu pas vécu avec elle ? Comment peux-tu parler de choix ? Elle ne réfléchit pas, fait ce qui lui passe par la tête comme une enfant, elle n'a pas de fierté, pas d'ambition, aucun des espoirs qu'une jeune fille devrait avoir. Si on la laissait faire, elle opterait pour le ridicule et la pauvreté. Alors, je décide pour elle. Je choisis Pirtsi, qui en fera une femme et une mère. Elle apprendra le bonheur.

Il se détourna du visage incrédule de Tillu et eut un geste d'impatience.

— Je ne veux rien entendre de plus. Ne m'interroge pas sur ce que tu ne peux pas comprendre. C'est ma fille, et je ne la laisserai pas gâcher sa vie.

— Assez, assez ! sanglota Kelta en se tenant les tempes.

Tillu eut l'impression que ce n'était pas le mal physique qui avait augmenté, mais une douleur qui lui tenaillait le cœur. Elle se détourna, disposa son assortiment de plantes et ses outils pour les broyer, et puisa une mesure d'eau bouillante. Elle ne parla plus de Kari. Comment ses parents pouvaient-ils être aussi aveugles ? Jamais Kari ne serait bien avec Pirtsi. Tout en découpant des racines et en émiettant des feuilles sèches dans l'eau, Tillu essayait d'imaginer la jeune femme avec des enfants quémandant son attention. Nourrirait-elle un bébé à son sein marqué de la griffe de la chouette ? Tillu secoua la tête en continuant à mesurer et à mélanger. Ils devraient laisser Kari tranquille, la laisser devenir ce qu'elle voulait. Elle n'était pas un animal qu'on pouvait dompter et harnacher.

Quand les ingrédients infusés eurent relâché leurs principes actifs, Tillu prit une dose de tonique.

— Aide-la à se redresser, dit-elle à Capiam.

Sans un mot, il passa le bras sous les épaules de

Kelta et la souleva avec effort. Elle gémit lorsque les couvertures glissèrent de son corps fiévreux.

— Allons, avale ça. C'est pour te soulager, l'encouragea Tillu.

Kelta but une gorgée du tonique et Capiam la recoucha doucement.

— Apporte un seau vide, au cas où l'on en aurait besoin.

À peine le lui avait-il remis que la nécessité s'en fit sentir. Kelta toussa, eut un haut-le-cœur et roula brusquement sur les genoux. Tillu posa le récipient devant elle juste à temps pour recueillir le premier jet de vomi. Vague après vague, l'estomac de Kelta se vida... Les larmes roulaient sur ses joues, témoignant de la force des spasmes qui la secouaient. La sueur lui inondait le front et ruisselait le long de ses tempes. Une courte période de répit lui permit de reprendre son souffle à grandes inspirations tremblantes, puis la nausée la reprit. Cette fois, son estomac se contracta longtemps après qu'il fut vide. Avec une poignée de mousse trempée dans l'eau, Tillu éponges le visage de Kelta.

Elle l'aida à s'allonger. Le nez froncé de dégoût, Pirtsi emporta le seau à l'extérieur. Tillu toucha la figure de Kelta. Ses yeux étaient fermés et sa respiration s'apaisait. La fièvre baissait. Peu de temps après, elle repoussa les fourrures avec irritation. Tillu en enleva quelques-unes. Il ne fallut pas très longtemps à Kelta pour s'endormir ; ses lèvres bougeaient à chaque respiration.

— Elle va se reposer, dit Tillu à Capiam. Si elle se réveille brûlante, envoie-moi chercher, je viendrai tout

159

de suite. Mais je pense qu'elle ira bien, maintenant. Peut-être a-t-elle mangé un aliment avarié ? Sais-tu si elle a avalé quelque chose que personne d'autre n'a goûté ?

Capiam secoua la tête, déconcerté. Son regard allait de la guérisseuse à sa femme, paisiblement assoupie.

— Rien. Rien à ma connaissance. Elle a fait cuire des canards que Pirtsi a apportés et nous les avons mangés. Plus tard, Joboam nous a donné un plat de légumes et de viande hachée que nous avons aussi partagé. Je n'y tenais guère, mais tout le monde en a eu, ainsi que du fromage et du juobmo. Parfois, il lui arrive de grignoter plus tard, mais je ne me rappelle pas si elle l'a fait la nuit dernière. Elle va se remettre ?

— Il lui faut du repos, répondit Tillu en haussant les épaules. Ce qui l'a empoisonnée a été éliminé. Je te laisserai des plantes. À son réveil, tu les feras infuser. Cela lui nettoiera le corps et renouvellera sa force. Et laisse-la dormir aussi longtemps qu'elle voudra. Toute la journée, au besoin.

— Le camp ne va pas tarder à se réveiller, répondit Capiam en secouant lentement la tête. Nous devons nous préparer pour repartir.

— Nous ne pouvons pas rester une journée de plus au même endroit ? Quel problème pourrait créer un jour de retard ?

Elle lui tendit les végétaux promis et il les prit machinalement. Il secoua de nouveau la tête, pour affirmer sa décision.

— Les moucherons ne vont pas tarder. Je suis même surpris qu'ils ne soient pas encore arrivés. Ils viennent par nuées, piquent les rennes et les rendent fous. De nombreuses bêtes vont mourir, ou s'enfuir et se perdre avant que nous n'arrivions au Cataclysme. Nous ne pouvons pas traîner, même pas un seul jour. (Il se radoucit.) Penses-tu qu'après avoir refusé d'attendre ton fils égaré, j'arrêterais la caravane parce que ma femme est malade ? Je sais que certains se plaignent de moi, mais personne ne pourra dire que je suis un aussi mauvais maître des hardes que cela.

Il se tourna vers Kelta et l'inquiétude creusa son visage.

— Si elle ne doit pas marcher, je lui ferai faire un traîneau, dit-il en s'adressant à lui-même plus qu'à Tillu. Le voyage ne sera pas très agréable, mais au moins nous ne l'abandonnerons pas derrière nous.

Tillu ne voyait rien à ajouter. Elle hocha la tête avec gravité, traversa la tente et souleva le rabat. Au moment où elle se baissait pour sortir, la voix de Capiam l'arrêta.

— Encore une chose à propos de Kari.

Tillu se redressa et tourna vers lui un visage à l'expression neutre.

— Je suis heureux qu'elle ait passé ce temps avec toi. Ce que tu lui as appris ne sera pas perdu. Mais comprends que tu ne peux pas la connaître mieux que son propre père. Mon attitude te semble cruelle, mais ce n'est pas le cas. Ce serait bien plus abominable de la laisser continuer comme elle est. Je mourrai avant elle, et je ne veux pas disparaître en sachant qu'elle vieillira seule. Kari aura toujours besoin d'une famille pour prendre soin d'elle. À défaut d'un père et d'une mère,

161

elle aura un mari et des enfants. Dans une dizaine d'années, elle ne se rappellera pas qu'il existe une autre vie. Elle sera heureuse !

Il s'exprimait avec tant d'ardeur que Tillu n'osa pas le contredire. Elle baissa les yeux sur l'herbe piétinée qui se faufilait entre les fourrures tapissant le sol. Elle l'entendit pousser un soupir.

— Et je suis content que Kerleu ait été retrouvé. Tu pourras dire à Heckram qu'un chef plus jeune que moi se serait fâché de voir quelqu'un défier son autorité comme il l'a fait. Mais je ne suis pas en colère.

Juste comme Capiam commençait à trouver grâce dans le cœur de Tillu, il ajouta :

— Cependant, je considère son entêtement comme un avertissement. Ce n'est pas ce genre d'action sournoise qui va restaurer ma confiance en lui. Cela m'amènerait plutôt à me demander si je n'ai pas fait preuve de trop d'indulgence envers lui dans le passé. Désormais, je dois me méfier de lui. Je le regrette, car j'aurais remis ma vie entre les mains de son père.

Tillu leva les yeux et le fixa en silence un instant. Finalement, elle prit une profonde inspiration.

— Je n'ai pas connu cet homme. Mais je placerais ma vie et celle de mon garçon entre les mains de son fils.

Elle laissa retomber le rabat derrière elle.

Dehors, le monde vacillait sur la crête de l'aube dans l'air frais et calme. La bruine s'installait. Blottis les uns contre les autres, les abris et les tentes du peuple des hardes évoquaient l'intimité, par contraste avec le vaste firmament gris. Au-delà des limites toutes proches du village provisoire, la toundra s'étalait comme une impitoyable vague de terre plate. Une tache grise et basse marquait la lisière du ciel – un banc de nuages, peut-être. Tillu fixa l'horizon lointain ; le bord du monde se dérobait à son regard. Les collines et les forêts de l'hiver s'étaient fondues en une mince ligne vert sombre, qui soulignait le point de jonction du ciel et de la terre. L'univers se déployait autour d'un point dont elle était le centre. Si elle choisissait de quitter la tribu maintenant, elle se retrouverait seule dans cette immensité. En essayant de s'imaginer avec Kerleu progressant à travers cette étendue, elle voyait deux minuscules puces d'eau à la surface d'un grand étang. Elle frissonna.

Machinalement, elle s'étreignit pour essayer de résister au froid et saisit un mouvement du coin de l'œil. Elle crispa les bras et se dépêcha de s'éloigner de la tente de Capiam. Sans regarder en arrière, elle se demanda pourquoi Joboam rôdait par là de si bon matin. Avait-il entendu parler de la maladie de Kelta ? Pourquoi, alors, n'était-il pas entré prendre de ses nouvelles ? Elle haussa les épaules et se hâta à travers l'herbe humide. Elle devait s'estimer heureuse qu'il n'ait pas profité de l'occasion pour la harceler. La pluie redoubla et Tillu frissonna à son contact glacé.

Au campement de Ristin, Heckram et Kerleu dormaient toujours. Aucun signe de Carp et Kari, hormis leurs couches défaites. Tillu pensa avec dégoût qu'ils étaient peut-être ensemble. Si c'était le cas, elle n'y pouvait pas grand-chose. Assise près du feu, Ristin attisait les braises, d'où un filet de fumée blanche montait dans l'air humide. Elle leva la tête au pas léger de Tillu. Leurs regards se rencontrèrent, deux mères dont le fils était revenu du froid et de l'obscurité. Le sentiment qu'elles partageaient ne pouvait se satisfaire d'un échange de sourires et Tillu lâcha sa sacoche pour étreindre Ristin. En se séparant, elles tournèrent la tête d'un même mouvement vers l'endroit où dormaient leurs deux garçons. La profondeur de leur sommeil était presque tangible. Tillu aurait aimé s'agenouiller près d'eux et les toucher pour s'assurer de la réalité de leur présence. Elle chassa cette impulsion d'un soupir ; la moindre minute de repos qu'ils pourraient grappiller leur serait utile.

— Trouve-nous donc un peu de combustible, suggéra Ristin. Je vais préparer un bon repas.

— Bonne idée, convint Tillu en partant.

La toundra n'offrait pas d'arbres. En revanche, les brindilles, poignées de mousse et d'herbe sèche ou boulettes de crottin de renne abondaient. Pendant que la jeune femme s'occupait du foyer, Ristin fouillait dans ses provisions. Elle posa six œufs d'oie dans une marmite d'eau sur le feu.

— Hier, j'ai trouvé un nid près du lac, expliqua-t-elle. Et il n'y a rien que j'aime plus que les œufs frais.

Elle ajouta au menu des petits pains de mousse qu'elle mit à tiédir sur une pierre plate.

— Où étais-tu partie de si bon matin ? demanda-t-elle d'un ton détaché.

— Kelta était malade. Sans doute de la nourriture avariée. Elle a vomi et je pense qu'elle devrait aller

164

mieux. Mais elle a eu une forte fièvre. Capiam serait bien avisé de la laisser au calme au moins une journée.

— Il ne peut pas, expliqua Ristin en écrasant un insecte qui s'était posé sur son visage. Dans un jour ou deux, nous serons au Cataclysme. Là-bas, elle se reposera autant qu'elle le désire, jusqu'à la fin de l'été si cela lui chante. Mais si nous nous arrêtons ici, nous le regretterons tous sans tarder.

— C'est ce qu'a dit Capiam, admit Tillu. Mais je croyais que c'était par entêtement.

— Il y a beaucoup de choses que je n'aime pas chez lui, dit Ristin sans prendre de gants. Mais il n'agit pas sans raison. Et la plupart du temps, elles sont bonnes.

— Mais c'est quoi, ce Cataclysme, dont tout le monde parle ?

Ristin sursauta et la regarda avec incrédulité, puis elle laissa échapper un rire bref.

— C'est étrange de penser que quelqu'un puisse ne pas connaître le Cataclysme. Mais bien sûr, c'est ta première fois. Viens. Viens près de moi, et regarde. Un peu plus à l'est. Là... Tu vois ?

Tillu regarda dans la direction que lui désignait Ristin et acquiesça d'un air incertain. La pluie lui criblait le visage et s'accrochait à ses cils. Une ombre bleuâtre, aux contours brouillés par l'eau, posée sur l'horizon, voilà tout ce qu'elle distinguait.

— C'est ça. Le Cataclysme. Cela ne ressemble pas à grand-chose vu d'ici. Mais quand nous nous rapprocherons, tu seras étonnée. C'est comme si les géants de la terre avaient froissé un endroit de la toundra et entassé les débris. Comme si une peau lisse avait été chiffonnée en son milieu. (Ristin appuyait son propos de gestes vagues, guettant une lueur de compréhension sur le visage de Tillu.) Imagine la glace d'un ruisseau au moment du dégel ; elle se brise et descend le courant pour s'empiler en morceaux effilés.

— C'est gelé, là-bas ?

— Oui. Pour une partie. Il y a de grands champs de neige emprisonnés dans le relief. Les rennes y vont pour échapper aux insectes. Mais ce n'est pas tout. On y trouve des falaises escarpées de pierre nue gris et blanc, aussi hautes que le ciel. Des fragments du monde dressés sur un côté... (Ristin acheva sa phrase par un geste d'impuissance.) Tu verras toi-même. Aucun autre endroit ne ressemble au Cataclysme. Et c'est aussi un lieu de pouvoir, tous les nadjs l'ont toujours dit. Un site bien choisi pour les commencements et les fins. C'est une chance de naître dans son ombre, ou pour un vieux d'y abandonner la vie. On s'y marie aussi.

Elle se tut brusquement et se pencha en avant pour tisonner le feu.

— Capiam a dit que Kari et Pirtsi devaient y être unis.

— C'est vrai. J'avais presque oublié. Il faut dire qu'ils n'agissent guère comme un couple pressé de s'établir.

— En effet. En tout cas, pas Kari, convint Tillu à voix basse.

Ristin contempla les flammes en silence pendant un long moment. Puis elle se leva en soupirant, retira la

166

marmite du feu et la posa sur une pierre plate pour que la cuisson s'achève en douceur.

— Par amour, nous infligeons des choses terribles à nos enfants. (Elle leva les yeux vers Tillu.) On n'y peut rien. Si tu tentes d'intervenir, cela ne fera qu'aggraver les choses. Pirtsi ira jusqu'au bout, il tient à devenir le mari de la fille du maître des hardes. Leur union sera célébrée, il partagera sa tente pendant un moment. Peut-être le temps de devenir père. Mais il n'a pas la force de lui résister longtemps. Elle le mettra dehors. Ce qui se passera ensuite, je l'ignore.

Tillu hocha lentement la tête. Ristin ôta les œufs de l'eau et les mit à refroidir sur un lit de mousse. Elle ne prêtait pas la moindre attention à la bruine. Elle éloigna les pains du feu avant qu'ils ne soient carbonisés et tourna brusquement la tête vers Tillu.

— Comme toutes les mères, nous sommes si désireuses de savoir nos enfants en sécurité que nous oublions de regarder ce qui risque de les mettre vraiment en danger. Un mauvais partenaire peut se révéler aussi dangereux pour quelqu'un qu'un glouton acculé.

Tillu avait la désagréable impression qu'il n'était plus question de Kari.

— Parfois, nous devrions leur permettre de faire leur choix, continua Ristin avec maladresse. Et aussi accueillir celui ou celle qu'ils ont préféré. Aussi étranges que puissent nous paraître leurs désirs.

Elle se détourna d'un mouvement brusque, tâta du bout du doigt une des coquilles et, satisfaite, passa un œuf à Tillu.

Elle était en train de l'écaler lorsque Carp et Kari regagnèrent le campement.

— Apporte-moi deux œufs et deux pains, ordonna Carp à Kari alors qu'ils passaient près du feu.

Il se réfugia sous l'abri pour échapper à la pluie. Il s'installa confortablement, une couverture sur ses jambes croisées, une autre sur les épaules. Kari se hâta de le servir, sans remarquer la moue pincée de Ristin, assise silencieusement près du foyer. Pour les rejoindre, la jeune femme attendit que Carp soit occupé à retirer les coquilles, qu'il laissait tomber sur les fourrures. Elle avait les joues colorées par l'excitation et ses jambières, trempées jusqu'aux genoux, ne semblaient pas la préoccuper. Elle accepta le pain, mais refusa l'œuf que lui tendait Ristin.

— Il se pourrait bien que je n'en mange plus, dit-elle en rougissant de fierté.

Tillu et Ristin échangèrent un regard étonné. Leur mine interloquée mit Kari en joie ; elle laissa échapper un éclat de rire enjoué et se pencha pour serrer l'épaule de Tillu dans un geste plein d'affection.

— Je te dirais tout, si je le pouvais. J'aimerais tellement partager cet événement, mais c'est interdit. Je t'avoue au moins que je suis heureuse, et enfin complète. Et tu dois éprouver le même sentiment, car Kerleu est revenu d'un voyage dangereux, n'est-ce pas ?

— C'est vrai, reconnut Tillu.

Elle regarda son fils et ne put retenir un sourire. Mais en tournant la tête vers Kari, son expression réjouie s'altéra.

— Je ne sais pas ce qui t'a apporté tant de bonheur,

dit-elle en choisissant ses mots avec soin. J'espère seulement que cela est destiné à durer plus longtemps qu'un jour ou deux.

— Pour toujours ! promit Kari, avec un sourire éclatant. Pour toujours.

— C'est bien long, dit Ristin d'un ton pragmatique. Quant à moi, tout ce qui m'intéresse, c'est aujourd'hui, et demain. Mais il faut d'abord commencer cette journée. Je déteste devoir les réveiller, mais il le faut, si nous ne voulons pas être les derniers de la caravane.

Elle jeta les coquilles dans le feu et se leva avec raideur. Tillu s'empressa de la suivre. C'est avec un sentiment qui n'était pas éloigné de la timidité qu'elle s'agenouilla auprès de Kerleu et le secoua doucement. Il s'agita et se plaignit, puis ouvrit les yeux. Pendant un moment, il la fixa, ensommeillé, ses longs cils soyeux voilant ses yeux profondément enfoncés dans les orbites. On aurait dit un bébé étonné. Enfin, son regard s'éclaira ; il se redressa et jeta ses bras minces autour du cou de sa mère. Les larmes aux yeux, elle le serra contre elle, encore plus émue qu'auparavant par sa stature frêle et la chaleur de son petit corps à travers la tunique légère. Elle était passée si près de ne plus jamais connaître cette sensation. Son fils. Il lui lâcha le cou et elle le libéra de son étreinte. Elle recula pour le regarder. Comme Kari, il éclatait d'un émerveillement réprimé.

— Mère, j'ai vu tellement de choses ! J'en sais tellement plus maintenant, j'ai été si loin ! Et je suis revenu vivant ! Il a dit que je le ferais, et c'est arrivé !

Carp, où est Carp ? J'ai tant à lui dire. Et il a beaucoup à m'expliquer.

Et en un instant déchirant, il s'arracha d'elle et se précipita vers le vieil homme avec des cris ravis. Avec l'impression d'avoir reçu un coup dans l'estomac, Tillu le regarda traverser à quatre pattes les fourrures de l'abri. La main veinée du chaman tapotait le dos de Kerleu, qui s'était jeté dans ses bras. Puis il s'assit près de Carp, accepta la nourriture que lui offrait Kari et l'enfourna sans hésitation, sans prendre la peine de la remercier. La bouche pleine, il parlait à Carp, sans s'inquiéter du fait que ses mots étaient étouffés. Tillu ne pouvait déchiffrer ses chuchotements excités ni les grands gestes de ses longues mains, qui agitaient pain et œuf en soulignant ses paroles. Les yeux de Kerleu ne quittaient pas le visage du nadj.

Mais le regard de Carp était ailleurs. Par-dessus la tête de son apprenti, il fixait Tillu avec une lueur de triomphe vindicative. Elle recula comme s'il l'avait frappée. Pendant un bref instant, elle avait tenu son fils dans ses bras. Et maintenant, il était parti. Elle pouvait le voir, le toucher, mais ils ne marchaient plus sous le même ciel. Il appartenait à Carp. Elle ne parvenait pas à détacher de lui son regard affamé, incapable de se détourner, même si elle savait que le chaman jouissait de son succès. Et voir Kari, assise à portée de sa voix, mais assez loin pour ne pas le gêner avec son élève, n'avait rien de réconfortant.

De grandes mains se posèrent sur les épaules de Tillu et la remirent sur pied. Heckram lui souleva légèrement le menton. Elle leva la tête pour croiser son regard et y lut le même sentiment de perte que celui qui lui broyait le cœur.

— Veux-tu marcher avec moi, aujourd'hui ? lui proposa-t-il tranquillement.

Elle acquiesça sans mot dire.

IX

Kari menait le harke que chevauchait Carp. Tillu les regardait prendre place dans la colonne, écoutant les salutations des gens de la tribu sur leur passage.

— Alors, le jeune apprenti a fini par te retrouver ! La chance est avec nous !

— J'avais dit à sa mère qu'il ne fallait pas s'inquiéter, n'est-ce pas ? Heureux de voir que ton élève est sain et sauf.

— Regardez, le garçon du nadj est rentré.

Carp répondait d'un signe de tête, assorti d'un large sourire qui dévoilait ses gencives à moitié édentées, pendant que Kerleu trottinait à hauteur de son genou, inconscient d'être l'objet de l'attention générale. La bruine s'accrochait aux cils de Tillu, interposant une brume irisée entre elle et le monde, qui semblait l'enfermer encore dans son chagrin.

Elle marchait en compagnie d'Heckram, cherchant l'apaisement dans le craquement des harnais de cuir et le roulement apaisant de sa voix grave. Les gouttes qui lui trempaient le visage imbibaient aussi ses vêtements, les rendant de plus en plus pesants. Tillu se disait qu'elle devait chanceler tel un animal éviscéré. Mais le plus étrange, c'était que personne ne remarquait le changement. Carp avait pris son fils, lui avait arraché Kerleu comme elle l'avait parfois fait avec une dent gâtée sur la mâchoire d'un homme. Il l'avait prévenue, lui avait affirmé que Kerleu serait à lui dès que la migration du peuple des hardes aurait commencé, mais elle ne l'avait pas réellement cru. Pendant tout le voyage, elle s'était bercée d'illusions en pensant que Kerleu lui appartenait encore, simplement parce qu'elle pouvait le voir et lui parler. Mais c'était une erreur. Elle essaya de se dire qu'il n'y avait aucune différence entre aujourd'hui et les jours précédents, lorsque Kerleu marchait avec Carp plutôt qu'avec elle, tout en sachant que c'était faux. Elle devait admettre ce que les autres avaient compris depuis longtemps. Kerleu était à Carp. Il était le garçon du nadj, et non plus le fils de la guérisseuse. Il ne reviendrait pas la voir ce soir, ni aucun autre.

Le soleil fit son apparition, tissant de légères volutes entre la terre et le ciel. Les moucherons s'élevèrent avec la brume. Ils planaient au-dessus de la tête de Tillu, qui avançait de l'autre côté du harke que menait Heckram, et formaient un véritable nuage autour des yeux de l'animal. Leur bourdonnement aigu grésillait sans relâche aux oreilles de la jeune femme, mais la gêne n'était pas suffisante pour l'amener à détourner ses pensées de Kerleu. Par-dessus l'échine du renne, elle entendait le murmure paisible de la voix de basse, lui indiquant le nom que le peuple des hardes donnait aux plantes et aux herbes qu'ils croisaient. Grâce à

173

Kari, elle les connaissait déjà, mais elle le laissait dire. Son propre esprit dérivait sur le flot serein des paroles d'Heckram.

En montant dans le ciel, le soleil dissipa brume et insectes.

— Les bestioles reviendront ce soir. Nous jetterons de la mousse fraîche dans le feu, cette nuit, pour les tenir à distance. Leur bruit peut faire perdre la tête à un homme, et encore plus vite à une bête. Je suis heureux que nous soyons en vue du Cataclysme. Regarde bien demain, tu le verras s'élever contre le ciel. Et la nuit prochaine, nous dormirons au pied des premiers rochers.

Elle hocha la tête, incapable de fixer son attention sur ce qu'il venait de dire. Quelque part devant eux, Kari menait le harke de Carp et Kerleu marchait à côté. Tillu aurait donné cher pour savoir ce qui était arrivé à Kari. Le changement était évident aux yeux de tous. Nombreux étaient ceux qui s'étaient retournés sur son passage quand elle avait pris sa place à la constitution de la caravane. Même Kelta, emmitouflée sur une civière tirée par deux harkar, avait relevé la tête et examiné sa fille, perplexe. Tillu avait soutenu le regard flamboyant de Capiam avec sérénité. Cette histoire ne la concernait pas. Qu'il s'adresse à Carp s'il désapprouvait quoi que ce soit. Le plus étrange, dans tout cela, était l'attitude de Joboam, dont l'expression affichait une neutralité appuyée. Il avait accueilli le retour de Kerleu avec indifférence et ne paraissait pas remarquer que Kari prenait maintenant soin de Carp. Il passa devant Tillu et Heckram en silence, sans même leur jeter un regard, et s'engagea dans la file derrière Capiam. Les épaules d'Heckram se détendirent lentement alors qu'il regardait s'éloigner le dos de Joboam. Lui aussi s'était attendu à une confrontation. Il interrogea Tillu du regard et elle ne put que hausser les épaules. Elle ne comprenait rien aux événements de la journée, hormis qu'elle avait mal. Sa souffrance était telle qu'elle avait l'impression qu'on lui avait arraché son fils du corps, laissant une surface à vif. Après l'avoir cru perdu, ne le retrouver que pour se le voir enlever lui infligeait une douleur qui s'ajoutait au premier chagrin, pas encore tout à fait surmonté. Elle se déplaçait comme dans un rêve.

Parfois, elle posait la main sur l'encolure chaude du harke. Le mouvement régulier des muscles qui roulaient sous sa paume lui transmettait un peu de son énergie. Par moments, les fragrances de la terre tiédie arrivaient jusqu'à sa conscience. Par deux fois, des cris d'oiseaux, en pleine querelle territoriale dans les airs, lui firent lever la tête. Mais son attention retombait quelques secondes plus tard et elle replongeait dans le marasme de l'abandon. Consciente de la présence d'Heckram, elle percevait le flux tranquille de ses paroles, mais ne trouvait rien à lui dire. Les pensées se bousculaient dans son esprit. Le départ de Kerleu, la métamorphose de Kari, l'état de Kelta sur sa litière. L'air satisfait de Carp, l'indifférence affichée de Joboam. En tentant de trouver un sens à ces éléments disparates, elle avait ralenti le pas de manière insensible, et Heckram avait modéré l'allure de ses rennes plutôt que de les presser. D'autres équipages et des marcheurs les dépassèrent, sans qu'elle y prête attention. Elle ne se souciait même pas de la direction qu'ils empruntaient, se contentant de marcher, le regard lointain, comme entraînée par les muscles mouvants du harke.

— Je voudrais te montrer quelque chose, entendit-elle.

Elle se rendit compte qu'ils déviaient peu à peu du chemin de la caravane. Faute d'avoir été damé par le passage du groupe, le sol devenait inégal sous leurs pieds. Des buissons et des rameaux lui griffaient les chevilles. Puis le relief s'accentua. Ils progressaient à travers des plaques de terrain soulevées et brisées par l'alternance du gel et du dégel. Là, d'énormes rochers aux arêtes vives étaient restés prisonniers de la terre malmenée ; plus loin, de grandes dépressions avaient été creusées par l'eau qui s'y était attardée. Depuis qu'ils s'étaient engagés dans la toundra, c'était le relief le plus tourmenté que Tillu ait rencontré. Après l'immensité plate, si vaste qu'elle semblait éternelle, et l'horizon fuyant de la plaine, l'irrégularité semblait reposante. Le reste de la tribu contournait cette anomalie, mais Tillu était ravie qu'Heckram ait choisi de les conduire vers ce paysage accidenté.

Autour d'eux, le terrain s'élevait progressivement. Ils voyageaient entre les parois irrégulières d'un ravin. À l'abri des levées de terre et de roc, les buissons poussaient hardiment, s'élevant plus haut que ceux de la plaine. Dans la chaleur prisonnière des creux, les fleurs atteignaient une taille inhabituelle et leur fragrance embaumait l'air tranquille. Le dégel et les eaux courantes avaient raviné le sol avant de s'écouler ailleurs. Sur les pentes, mousses et végétaux, suspendus, poussaient à foison. Des boutons-d'argent d'un blanc éclatant dégringolaient le long d'une crevasse. De petites anémones s'épanouissaient dans les coins protégés et de minuscules myosotis parsemaient le site.

— Arrêtons-nous, dit Tillu à voix basse.

Heckram chuchota un ordre et les bêtes s'immobilisèrent, tendant leurs ridicules petites oreilles.

— Quel calme, soupira-t-elle.

Les parois de la faille dissimulaient la caravane et étouffaient le bruit de sa progression. Le bruissement perpétuel du vent restait cantonné derrière ces barrières naturelles, permettant à la chaleur du soleil de s'installer, de s'établir. Tillu vacilla sur place, envahie par la lassitude. Ici, dans cette cuvette, le ciel avait repris sa teinte bleue et respectait une certaine distance ; rien à voir avec le couvercle étouffant qui pesait sur la toundra. L'univers avait retrouvé des dimensions raisonnables, il semblait plus sûr, plus confortable. Elle se laissa tomber sur l'herbe et s'adossa à un rocher couvert de mousse qui émergeait. En silence, elle regarda Heckram progresser le long de sa ligne pour défaire les longes. Une fois libres, les rennes s'égayèrent pour paître. Tillu tendit l'oreille au bruit apaisant de leurs dents arrachant et mastiquant les végétaux.

— Nous pouvons nous reposer ici quelque temps, annonça-t-il.

L'environnement clos étouffait sa voix. Elle hocha la tête. Il se rapprocha et elle ressentit une légère appréhension. Après tout, il lui avait ramené son fils, n'est-ce pas ? Elle lui devait quelque chose. Le sentiment qu'elle éprouvait n'était pas de la réticence, il fallait bien l'admettre. Mieux encore, elle accueillerait avec plaisir l'intimité, le contact. À moins que... Elle éprouvait des sensations de chaud et de froid au creux de l'estomac. Elle tentait de ne pas imaginer le poids suffocant sur elle, son corps, impuissant, prisonnier de l'autre. Il ne se montrerait sans doute pas brutal. Cependant... Les dents serrées, elle le regarda s'asseoir à côté d'elle. Et s'allonger.

— Je sais que j'ai dormi la nuit dernière, mais c'est comme si j'avais veillé jusqu'au matin. (Tout en parlant, il luttait pour garder les yeux ouverts.) Nous pourrons rejoindre les autres cet après-midi. Ils passent au large de ces ravins, mais je connais un raccourci. Je n'étais qu'un gamin quand je l'ai trouvé.

Ses paroles devenaient indistinctes, mais il continuait à parler.

— Ils ne s'apercevront même pas de notre escapade.

Il s'étira au soleil. Tillu s'assit à une longueur de bras et observa son visage détendu. Il se tourna vers elle, ses paupières s'entrouvrirent.

— C'est le début, tu sais. Le Cataclysme commence ici.

Puis il referma les yeux et son souffle s'apaisa, devint plus profond. Elle s'efforça d'ignorer l'absurde frisson d'appréhension qui avait suivi les paroles d'Heckram et s'étendit. La lumière éclatante continuait à passer à travers ses paupières fermées. Roulant sur le côté, elle nicha sa tête sur son bras replié, face à Heckram. La chaleur et la douce odeur de la terre l'entouraient, comme un cocon. Le sommeil avait lissé le front d'Heckram, sa barbe paraissait plus rougeâtre que ses cheveux. Cette sieste impromptue éveillait en Tillu un sentiment fugace, qu'elle s'efforça de définir, se mordillant la lèvre... De la contrariété.

Sa découverte lui arracha un sourire. Alors, il ne s'agissait plus d'une simple dette à honorer ? Elle aurait voulu qu'il fasse les premiers pas, qu'il ait prévu cet intermède pour rester seul en sa compagnie. Mais il avait simplement envisagé une sieste. La séparation d'avec Kerleu avait créé un manque, fait naître le besoin d'un contact chaleureux, de la certitude que quelqu'un tenait à elle. Retenue par une certaine réticence, elle s'en était remise à lui pour exprimer le désir. Mais la chaleur du soleil sur son corps et sa solitude avaient fait disparaître ses ultimes réserves. Elle aspirait à la ferveur pour adoucir la douleur de son âme, comme un emplâtre qui soulagerait une articulation tordue. En revanche, elle était prête à le laisser dormir. Pour l'instant.

Il atteignit lentement l'état de conscience, tel un nageur remontant à la surface d'un étang chaud et profond. Un corps tiède était allongé contre le sien, et au bout d'un moment, il comprit que c'était le souffle de Tillu contre son cou qui l'avait réveillé. Elle se tenait sur son coude dressé et ses yeux grands ouverts se trouvaient à quelques centimètres de son visage. Il allongea le bras, l'attira plus près, et elle se coula contre lui. Le désir de Tillu fit naître le sien, mais il hésita. *Doucement*, se dit-il. *Doucement*. Il se força à rester calme et la fixa.

— Tillu ?

Ses doigts le bâillonnèrent délicatement. Elle secoua la tête et prit une brève inspiration, comme un plongeur sur le point d'affronter une eau froide et profonde. Malgré la proximité, et l'abandon de ses défenses, une lueur farouche brillait encore au fond de son regard. Une renarde ombrageuse. Heckram leva la main et la posa en coupe sur sa joue, s'attendant presque à se faire mordre. Mais il ne se passa rien de tel. Au contraire, elle s'attarda sous sa caresse et ses paupières voilèrent à moitié ses yeux.

Son expression demeurait indéchiffrable. Mais il en ressortait une certaine réserve. Bien sûr, tout comme ce jour dans la tente, il savait que la situation ne la rebutait pas. Pourtant, il était certain qu'au moindre faux mouvement de sa part, elle se mettrait hors de portée et disparaîtrait. L'acte si simple de l'accouplement devenait un jeu compliqué dont il ignorait les règles. Il optait pour la prudence. Elle prendrait les décisions.

Il l'enlaça, puis s'immobilisa. Le contact tiède de son flanc était une torture exquise. Elle frotta doucement son visage contre le sien, sa bouche traversa sa barbe pour atteindre ses lèvres. Il les entrouvrit, sentit son hésitation, puis sa langue qui darda brièvement contre la sienne. Ils échangèrent un baiser. Il lui caressa le dos ; en réaction, elle se pressa fiévreusement contre lui et son souffle se fit plus ardent. Enhardi, il la serra soudain contre lui et laissa sa bouche exprimer l'étendue de son désir.

Et il la sentit s'immobiliser dans ses bras.

Il la laissa immédiatement s'échapper, et elle roula loin de lui, avant de s'asseoir. Il croisa son regard, où se mêlaient le désir et la peur.

— Tillu ?

— Je suis désolée, l'interrompit-elle en s'éloignant.

Il chercha fébrilement à trouver une explication à son attitude. En vain. La mère de Kerleu ne pouvait pas être une jeune fille effarouchée. Et sa réticence comportait une part de colère, comme si son propre comportement l'irritait. C'était incompréhensible, mais le mystère contribuait à renforcer son ardeur. Il voulait avoir cette femme, et il y réussirait.

Tillu l'entendit se lever. Elle ne pouvait pas l'affronter, les mots lui manquaient pour s'expliquer. Son désir surpassait tout ce qu'elle avait jamais ressenti pour un homme, car c'était bien lui qu'elle voulait, non une étreinte anonyme ou plaisante. Pourtant, sa taille la terrifiait, et quand il avait refermé les bras autour d'elle, le souvenir d'étreintes plus violentes s'était interposé. Les pillards qui avaient envahi son village étaient des gaillards rudes et impitoyables. Ses hurlements d'effroi les avaient fait rire quand, debout en cercle autour des femmes capturées, ils observaient la scène, attendant leur tour. Il y avait si longtemps. Mais ils étaient toujours là, guettant, constamment à l'affût, dissimulés dans l'ombre de chacun des individus qui l'approchaient, attendant de lui infliger douleur et

181

humiliation. Elle posa le front sur ses genoux et se balança, déchirée entre son envie et sa peur de la satisfaire.

— Tillu.

Le désir adoucissait sa voix. Mais elle secoua la tête, refusant de lever les yeux.

— Tillu, viens près de moi.

Ce n'était ni une prière ni un ordre. Elle était incapable de donner un nom à ce qu'elle avait entendu dans son intonation, mais cette nuance particulière avait éveillé des échos en elle, qui finirent par lui donner le courage de le regarder.

À côté de ses vêtements roulés en boule, entre mousse verte et ciel bleu, Heckram se tenait nu. Elle le fixait comme si elle n'avait jamais vu un corps masculin déshabillé. Ce qui était d'ailleurs le cas. Au cours des rapides accouplements dans la pénombre d'une tente ou dans l'ombre, à l'écart du feu, elle n'avait pas eu l'occasion de le découvrir ; pas plus que lorsqu'elle avait affaire aux blessés qui se dévêtaient en partie pour se faire soigner en se tortillant de douleur. Rien, dans sa vie, ne l'avait préparée à vivre ce moment. Un homme dans son plus simple appareil, debout dans la lumière éclatante du soleil. Son visage et ses bras étaient bronzés, son torse et ses cuisses pâles, là où le soleil les touchait à peine. Il était plus mince qu'elle ne s'y était attendue, et plus musclé, avec la poitrine plus profonde, les jambes longues et droites. Sa virilité... Elle détourna les yeux de cette saillante interpellation et commit l'erreur de rencontrer son regard sombre.

Il était aussi nu que sa chair. Il la désirait, mais était

prêt à patienter, à la laisser venir à lui. Elle sut en ce moment qu'elle pouvait tourner les talons et s'en aller sans crainte. Il ne la contraindrait pas, lui permettrait de colporter cette histoire autour des feux de l'arrotak, d'en rire avec Kari. Cet homme grand et fort avait abaissé toutes ses défenses. Il se présentait à elle vulnérable, comme elle l'avait autrefois été. Elle en eut le cœur brisé et les larmes affleurèrent. Comme pouvait-il prendre un tel risque ? Croyait-il en elle à ce point ?

Elle avança lentement vers lui, son cœur battant de plus en plus fort à chaque pas. Il était si viril. Le soleil accentuait le relief de ses bras musclés, modelait son ventre plat, accrochait des reflets scintillants sur les poils de son torse. C'était trop. Trop. Impensable de continuer, impossible de s'arrêter. Une odeur mâle et musquée l'environnait, la chaleur du corps d'Heckram traversait le petit espace qui les séparait en une vague presque tangible.

— Je suis là, dit-elle d'une voix douce.

Avec bonheur, elle posa les mains sur la peau tiède des flancs d'Heckram pendant que ses grandes mains s'affairaient à délacer sa tunique. Il lui enleva ses vêtements, laissant le soleil toucher sa peau aussi chaleureusement que le faisait son regard d'homme. Puis il s'agenouilla lentement et le doux frottement de la barbe contre ses seins fut plus qu'elle n'en put supporter. Un son animal franchit ses lèvres et elle se serra contre lui. Puis elle le guida entre ses jambes, pendant que son bassin basculait à la rencontre de sa paume. Ils glissèrent ensemble sur le tapis de mousse tendre. La pression du corps masculin sur le sien était force, mais aussi douceur. Tillu oublia sa méfiance. Et quand la vague de la passion enfla pour les engloutir tous les deux, elle attira Heckram et l'entraîna avec elle dans les profondeurs.

Au second réveil d'Heckram, le soleil de l'après-midi avait perdu de sa chaleur. Il fut immédiatement alerte, sachant avec exactitude où il se trouvait. Le poids tiède du bras et de la jambe de Tillu, jetés par-dessus les siens, en un geste possessif, lui sembla merveilleusement approprié. Il caressa son dos et ses épaules, écrasant au passage les moustiques qui s'étaient attaqués à la peau fragile. La chaleur de la journée s'échappait de la terre. Il fut secoué d'un délicieux frisson et essaya d'atteindre sa tunique sans la réveiller. Mais quand il bougea, elle ouvrit aussitôt les yeux et le fixa en silence.

— Il est tard, dit-elle.

Et elle tendit le bras pour récupérer sa propre chemise. Le mouvement n'avait pas été désinvolte, mais au contraire très maîtrisé. Elle refermait la parenthèse des heures précédentes, les confinant dans le passé. Il sentit qu'elle n'aimerait pas recevoir des mots d'amour ou des compliments. Cette légitimation placide de leur relation le conduisait à se demander si, d'une certaine manière, il n'avait pas été joué. Tout en se vêtant, elle gardait le contact entre eux, mais il avait l'impression que leur intimité n'était pas plus profonde. Dix ans plus tôt, il aurait mal réagi à semblable situation. Il aurait sans doute boudé, se serait posé mille questions sur le degré de satisfaction, ou l'opinion de sa partenaire. Mais aujourd'hui... Il haussa mentalement les épaules en démêlant sa tunique des jambières de Tillu. Le moment venu, elle lui ferait savoir exactement ce qu'elle attendait de lui. Quand elle y serait prête. Il secoua les deux vêtements pour les séparer, lui tendit le sien et s'habilla.

— Il est tard. Nous devrons nous dépêcher pour avoir une chance de rattraper la queue de la caravane. J'ai l'impression d'avoir suffisamment attiré l'attention sur moi en ce moment.

— C'est à peu près ce qu'a dit Capiam la nuit où je suis allée soigner Kelta...

Elle s'interrompit, embarrassée à l'idée de répéter les paroles sévères du maître des hardes.

— Encore cette phrase à propos de mon père ? compléta Heckram à sa place. Je l'ai souvent entendue, et les premières fois, cela m'a touché. Parfois, je suis certain qu'il supporte mal de ne pas avoir un contrôle total. À d'autres moments, je comprends que ma façon d'être constitue un danger pour son autorité.

— Je crois qu'il préférerait que tu aspires à le remplacer, comme Joboam, plutôt que tu te contentes de l'ignorer, comme tu le fais, remarqua Tillu.

Heckram fut surpris par sa perspicacité ; elle ne se déplaçait pas à l'aveuglette parmi le peuple des rennes. Comment réagirait Capiam s'il savait avec quelle facilité elle avait déchiffré son caractère ? Il la regarda remettre de l'ordre dans sa chevelure, si différente des tresses épaisses des femmes des hardes. Pendant un bref instant, lui revint la sensation soyeuse de sa caresse sur son visage. Machinalement, il porta la main à sa tête : ils avaient presque la même texture de cheveux.

Il l'observait pendant qu'elle rassemblait les harkar épars. Était-ce vraiment elle qui, quelques jours auparavant, semblait pleine d'appréhension à l'idée de mener un renne ? Elle parlait doucement à l'un, pendant qu'elle en agrippait un autre, qui passait à portée de sa main, par la barbiche rêche prolongeant sa mâchoire inférieure. Elle aurait fait une bonne femme des hardes. Cette idée ne lui plaisait guère. Il ne voulait pas qu'elle se fonde dans son peuple et perde ses manières à elle. Elle n'était pas destinée à rentrer dans un moule, pour devenir semblable aux autres. Il finit d'enfiler ses bottes et se leva pour l'aider.

Ils attachèrent les rennes et quittèrent la gorge. Les ombres s'allongeaient, rendant l'endroit bien différent du creux baigné de soleil qui les avait accueillis quelques heures plus tôt. Tillu s'attarda à récolter de l'oseille, arrachant la plante entière. Il savait, grâce à sa mère, qu'on en faisait un thé rafraîchissant.

— Et ça, c'est pourquoi ? demanda-t-il en la voyant s'intéresser à des renoncules.

Cette fois, elle rejeta le feuillage et les fleurs, puis enveloppa les racines dans de la mousse avant de les mettre dans sa besace.

— Pour les saignements de nez. Certains utilisent les racines pour nettoyer la peau. Ils prétendent que cela assouplit les muscles. Mais je crois... (Elle s'arrêta un long moment et reprit la parole à voix basse.) Kari me manque. Elle était si avide d'apprendre. Partager mon savoir avec elle me donnait l'impression qu'il était vaste. Je ne comprends pas pourquoi Capiam refuse qu'elle devienne une guérisseuse.

186

— Tu l'as dit toi-même tout à l'heure, répondit Heckram. Cela la rendrait moins vulnérable à son autorité. De plus, d'autres écouteraient, suivraient ses conseils. Il aime trop le contrôle.

Tillu n'ajouta rien. Heckram menait les harkar le long d'un chemin qui sinuait entre rochers et ravins. Ici, un épaulement de terre avait été irrésistiblement soulevé, là un écoulement d'eau avait dénudé une zone de gravillons. Dans la fraîcheur de la fin de journée et les ombres qui s'étiraient, Heckram pressait les bêtes. Le ciel se couvrait peu à peu, apportant la promesse d'une nouvelle nuit de pluie. Avec les nuages, le vent s'était levé, s'insinuait à travers la terre brisée et leur soufflait inopinément au visage selon les caprices du paysage. Et lorsqu'une élévation du terrain rendait à l'air sa tranquillité, les moucherons et les moustiques les harcelaient. Les rennes agitaient leurs oreilles de clown avec agacement et bougeaient brusquement la tête en réaction à une piqûre plus aiguë que les autres. Tillu s'arrêta pour ramasser quelques anémones, qu'elle fourra entières dans son sac. Puis elle courut pour le rattraper, sa besace rebondissant contre la hanche. Sa course se déroulait avec aisance, comme si le mouvement lui était plus naturel que l'action de porter des fardeaux. Voilà qu'il recommençait à la comparer avec les femmes des hardes ! Elle avait les os plus longs et plus fins, et sa chevelure flottait légèrement au vent. La même différence qu'entre les renards et les ours, se dit-il. La vitesse et la grâce, contre la force et la résistance. Il plissa les yeux pour mieux l'observer.

En le rejoignant, elle ne passa pas de l'autre côté du

harke de tête, mais vint se poster à sa hauteur. Elle marchait près de lui, doublant le pas pour s'accorder à ses longues enjambées. Il baissa les yeux et lui sourit, mais ne dit rien. Au lieu de cela, il donnait libre cours à son imagination. Tillu et lui voyageant seuls dans la toundra, suivis par leur propre harde. Ils se déplaçaient non en direction du Cataclysme ou du talvsit, mais vers les terres qui se trouvaient au-delà, aux endroits où les gens étaient plus grands, plus minces, et menaient une vie sédentaire. Vers des lieux où l'on parlait une langue différente et... Sa rêverie s'arrêta là. Que ferait-il parmi un tel peuple ? Et encore autre chose. Kerleu. Le garçon les accompagnerait, bien sûr. Histoire d'être au complet. C'est à ce moment qu'il comprit qu'il voulait les deux. La femme et l'enfant, comme si à eux deux ils composaient un nouvel univers qui lui était réservé.

Pendant qu'il conduisait les animaux à travers le paysage tourmenté vers la platitude de la toundra, les étoiles commençaient à apparaître dans les plages de ciel bleu au-dessus d'eux. Les feux du camp brillaient contre la voûte céleste plus sombre de la plaine, semblables à des astres tombés au sol.

— Inutile de nous dépêcher, marmonna-t-il. Nous arrivons en retard et nous n'échapperons pas aux bavardages.

Ils ralentirent le pas, empruntant une allure plus confortable. Ils cheminaient sans se regarder, les yeux fixés sur les lumières. Tillu rompit soudain le silence :

— Et Ella ?

La question resta suspendue dans l'air comme de la fumée s'élevant d'un feu de mousse. En prononçant ce nom, elle semblait s'être écartée de lui, sans pour autant changer physiquement de position. Il n'avait aucune idée de ce qu'elle voulait l'entendre dire, mais le silence s'étira jusqu'à ce qu'il se sente obligé de répondre. À quoi s'attendait-elle ? La respiration d'Heckram se fit laborieuse à travers sa gorge soudain serrée. Était-il censé avouer qu'il comprenait les raisons qui l'avaient poussée à administrer à Ella cette potion qui l'avait fait glisser du sommeil dans la mort ? Voulait-elle son pardon ? Ou se demandait-elle comment il pouvait s'étendre auprès d'elle si tôt après ce deuil ?

— Ella était mon amie... commença-t-il lentement.

Il s'interrompit. Les sanglots arrivèrent brusquement, suivis de larmes. Il posa la main sur l'encolure du harke. L'intensité et la soudaineté de son chagrin le laissaient sans défense pour y faire face. Appuyé sur le renne, il continuait à marcher d'un pas mal assuré, et ses paroles coulaient avec autant d'abondance que ses pleurs.

— Je ne sais pas... À quoi cela sert-il, maintenant ? Je ne sais même pas pourquoi je réagis ainsi. Je ne me suis pas lamenté sur le moment. C'était impossible. Puisque je n'avais pas tué Joboam pour l'avoir assassinée, je n'avais pas le droit de porter son deuil. Tu comprends ? En plus, je l'ai regrettée comme un ami, pas comme un époux, alors... Ce n'était pas à moi de la pleurer. La nuit de sa mort, quand je dormais à côté d'elle en lui tenant la main, j'ai rêvé d'elle. Non comme « Ella, ma femme », mais comme mon amie. J'étais sur une colline et je la regardais partir pour la chasse, avec

189

son arc sur son dos et ses cheveux qui volaient dans le vent. J'étais heureux de la voir s'en aller, parce qu'elle aimait cette activité et y excellait. Je n'ai pas couru pour la rattraper, je ne l'ai pas appelée. Je l'ai laissée disparaître. (Il déglutit avec effort et s'essuya les yeux d'un revers de main.) Je n'en ai jamais parlé à personne, dit-il d'une voix étranglée. Je ne l'ai pas retenue.

— Chut. (Il sentit la main de Tillu effleurer son avant-bras avant de se glisser autour de sa taille.) Tu ne voulais pas sa mort, tu cherchais simplement à la libérer.

Elle s'exprimait avec un soupçon d'hésitation dans la voix, comme si elle aussi devait se convaincre de la justesse de ses paroles.

Dans l'esprit d'Heckram, la colère prit brusquement le pas sur la tristesse.

— J'aurais dû éliminer Joboam. Je n'ai pas besoin de l'avoir vu pour savoir qu'il est le seul capable d'un tel acte. Il a tranché les tendons de Bruk, il a tué Ella, il a essayé de perdre Kerleu pour qu'il meure dans la toundra. Pourquoi ne l'ai-je pas déjà tué ?

La note d'étonnement était sincère.

La voix de Tillu s'éleva dans la pénombre, calme et tranquille.

— Cela arrive souvent que les vôtres s'entre-tuent ?

— Non. (Une telle idée était révoltante.) Cela a pu se produire dans le passé, par accident. Une fois, quand j'étais enfant, Nes a tiré une flèche sur ce qu'il a pris pour un ours rôdant près de ses vaja et ses veaux. C'était Oso, dans son manteau d'ours. Nes était désolé, mais Oso était mort.

190

— Ils ne se battent pas à mort ? À cause des femmes ou du statut dans la tribu ?

Dans la lumière grise du crépuscule, Heckram se tourna vers elle. Son expression était indéchiffrable. Il haussa les épaules.

— Les autres peuples agissent vraiment ainsi ? J'ai entendu parler de ces choses, mais... Pourquoi s'affronter à propos d'une fille ? Elle prend celui qui lui plaît. Un autre sera peut-être déçu ou fâché par son choix. Mais seul le plus grand imbécile le montrera. Et la place d'un homme est celle de sa naissance. Capiam est le chef, et Rolke le sera après lui. À moins que sa descendance ne disparaisse et qu'il ne soit nécessaire de confier la position à un autre. Si le maître des hardes n'a pas d'enfant pour prendre sa suite, les anciens en choisissent un nouveau. Mais nul ne peut dire : « Maintenant, je dirige. » Les partisans se choisissent un chef, pas l'inverse.

— Certains le désignent cependant de cette manière. Le plus grand, le plus fort, celui qui peut battre tous les autres.

— Pas mon peuple.

— Mais ta tribu...

— Ma tribu... répéta-t-il.

Il poussa un rire bref nuancé d'amertume.

— Eh bien ?

— Parfois, j'ai l'impression de ne pas appartenir à ce groupe. Mon sang est plus fort que mon éducation. Comme un renardeau élevé avec des chiots, je peux courir avec eux et essayer d'aboyer, mais je ne relève pas pour autant de la meute. Pas plus que Joboam, d'ailleurs. À mon avis, ils devraient se débarrasser de lui, il n'est pas des leurs, il leur fait du mal. Mais que devrais-je dire ? Que penser d'un homme qui ressent du plaisir en imaginant de tuer Joboam. A-t-il le droit de revendiquer un lien avec le peuple des hardes ?

— Ton cœur est ici.

Il garda le silence. Ses longues enjambées avalaient la piste.

— J'en ai parfois l'impression. J'aime le temps du vêlage, mettre ma marque sur un nouvel animal, regarder paître mon troupeau et le protéger des gloutons. Mais quand je rêve...

— Cela t'arrive ? demanda Tillu en rompant le silence qui menaçait de s'établir.

— Je pense au peuple de mon grand-père. Je me souviens du voyage que j'ai fait avec mon père. Je me remémore ses outils de bronze étincelant et ses étranges récits sur ceux qui vivent encore plus au sud. Et j'ai l'impression d'être un de ces oiseaux des marais à l'approche de l'automne. Les plus jeunes se dressent sur les rochers, tendent le cou et battent des ailes comme s'ils aspiraient à autre chose. Et quand l'appel se fait trop fort, tous s'envolent et s'en vont. Cette sensation est très forte en moi, Tillu. Ce serait peut-être une bonne solution. Partir avant de tuer Joboam et de déshonorer ma mère.

Tillu acquiesça avec réticence, et la conversation s'arrêta là. La nuit se refermait lentement autour d'eux, pendant que les dernières couleurs se fondaient dans l'obscurité. Les moucherons avaient recommencé leur sarabande bourdonnante et les sabots des rennes cliquetaient sur leur rythme sempiternel. Heckram se sentait vidé, corps et âme. Il n'y avait aucune part de lui que Tillu n'ait exploré aujourd'hui. Elle le connaissait, maintenant. En revanche, il était troublé d'en avoir appris si peu sur elle. Mais le temps finirait par abaisser ses défenses – ou la douleur. Si elle n'avait pas autant souffert, elle ne l'aurait peut-être pas laissé approcher. Mais comment se passerait la nuit prochaine ?

Il décida de monter son abri près de celui de Ristin. Ainsi, Tillu pourrait choisir l'endroit où elle dormirait. Où Kari avait-elle monté sa tente pour Carp ? Et Kerleu regrettait-il déjà l'absence de sa mère ? Manifestement, il n'était pas conscient de son chagrin. Mais s'il le connaissait, la situation serait-elle différente ? Kerleu regretterait sans doute de lui faire de la peine, ça au moins, Heckram en était certain. En revanche, le remords serait-il suffisant pour l'amener à renoncer à la voie qu'il s'était choisie ? Peu probable.

Tillu gardait le silence. Les mêmes pensées se pressaient-elles dans son esprit ? Plus tôt, il lui avait posé une main sur l'épaule et l'avait pressée brièvement contre lui. C'était un geste instinctif, il n'avait pas pris le temps de se demander si elle risquait de mal réagir. Cela n'avait pas été le cas. Au contraire, elle avait resserré l'étreinte du bras passé autour de sa taille et ils avaient marché l'un contre l'autre pendant quelques pas. Puis elle s'était dégagée d'un mouvement léger et ils avaient continué côte à côte, mais sans se toucher.

La nuit était maintenant complètement installée. Le vent qui faisait glisser des nuages devant les étoiles chassait également les insectes.

— Il apporte la pluie, signala Heckram à voix basse.

Il ne la vit pas hocher la tête, mais sentit son acquiescement.

— J'espère que nous aurons le temps d'installer le campement avant que cela commence, dit-elle.

La petite tension qui arquait les épaules d'Heckram disparut. Ils seraient ensemble cette nuit. Les doigts frais de Tillu frôlèrent brièvement sa main. Il sourit sans la regarder et continua à progresser vers les lumières du talvsit.

Au moment où elles devinrent des feux et où les ombres tapies se révélèrent des tentes, une silhouette se dressa soudain sur le bord de la piste et leur barra la route, masquant la clarté. L'apparition, velue, affectait une forme humaine, mais était bien trop grande pour être un homme. Heckram entendit le hoquet de surprise de Tillu et, instinctivement, étendit le bras pour la mettre à l'abri derrière lui. La créature parla :

— Si la femme et le fils du maître des hardes meurent, il ne sera pas nécessaire de chercher bien loin pour savoir qui en porte la responsabilité.

— Joboam, laissa échapper Heckram d'une voix sifflante.

— Ouais, c'est ça, Joboam, répondit l'autre, dont la voix s'ourla d'une satisfaction sournoise.

Il avait passé une fourrure autour de ses épaules pour résister au froid de la nuit. Avec sa taille et sa corpulence, cela lui donnait cette étrange allure. Traversé par une vague de répulsion, Heckram se dit pour la première fois qu'il aurait peut-être raison de tuer cet homme. Ce ne serait pas comme chasser un animal, où le défi résidait dans la traque et la satisfaction dans la proie rapportée. Non. Ici, l'enjeu était d'égaler la force de l'adversaire, et l'accomplissement viendrait quand il laverait le sang de Joboam de ses mains. Un frisson courut le long de sa colonne vertébrale et de ses épaules. Il était prêt.

Joboam perçut-il l'imminence de l'attaque ? Il leva la main pour lui faire signe d'attendre.

— Je ne suis pas venu te défier, Heckram. Même si nous savons tous les deux que ce moment arrivera tôt ou tard. J'ai entendu ce que tu dis de moi, et tu en répondras. Mais pas là. Capiam m'a envoyé à la recherche de la guérisseuse, qu'il a généreusement nourrie et entretenue. Où est-elle, maintenant qu'il arrive quelque chose de plus grave à soigner qu'une écharde enfoncée dans un doigt ou des rougeurs sur la peau ? Quand la femme et le fils du maître des hardes sont en proie aux vomissements, aux frissons de douleur et de fièvre ? N'a-t-il pas respecté sa part du marché, en acceptant même son demeuré de fils et ce nadj fauteur de trouble qui est son maître ? Tillu devra répondre sur quelques points. Et toi aussi, Heckram. Capiam s'interroge à propos d'un homme qui ne se sent pas lié à la parole de son chef ou aux coutumes de son peuple.

— Il aura les réponses, rétorqua Heckram d'un ton uni. Si la guérisseuse est en retard, la faute ne lui en incombe pas. Je m'en expliquerai. Ainsi que de toutes les autres questions qu'il souhaitera me poser. Mais seulement si elles viennent de sa bouche, et non de celle d'un chien qui rampe devant sa porte.

Joboam gronda de colère et arrondit les épaules. Heckram attendit calmement l'assaut. Mais Tillu s'interposa, le poussant de côté.

— Et Capiam ne se demandera pas ce qui a retenu la guérisseuse une fois qu'elle a été retrouvée ? Déchirez-vous à votre guise. Ce soir, je n'aurai pas le temps de faire des pansements. Continuons notre chemin, Kelta est malade.

Joboam se redressa lentement.

— Oui, dit-il en hochant la tête avec satisfaction. Hâte-toi. Ou tu risques d'arriver trop tard.

Une de ses intonations déclencha la fureur d'Heckram. Il se jeta en avant et lorsque son poing percuta le centre de la poitrine de Joboam, ce fut avec toute la force de son élan. Ce n'était pas l'endroit idéal pour frapper un homme. Même Heckram l'avait appris pendant sa période bagarreuse. Un coup au visage aurait été bien plus efficace. Mais il avait tapé avec tant de force que Joboam se retrouva brutalement assis sur le sol de mousse mêlée de boue. Heckram se prépara à la riposte. Mais au lieu de se lever et de l'attaquer, l'autre restait à terre, tête baissée, essayant de retrouver l'usage de ses poumons. Heckram le fixa, médusé, quand il comprit qu'il n'allait pas se relever. C'était terminé. Fini.

— C'était complètement idiot !

La voix de Tillu grésilla comme de la neige répandue sur des braises. Elle commença à s'accroupir près de Joboam. Heckram fut le premier surpris quand il la prit par le coude pour la relever.

— Il n'est pas blessé, et tu n'as pas le temps. Cours

vers les feux. J'arrive aussi vite que je peux. Attends.
(Il se retourna et fouilla dans le chargement d'un des
harkar.) Tiens, ta sacoche de guérisseuse ! As-tu besoin
de quelque chose d'autre ?

Elle secoua la tête, sans le quitter du regard, avec
une expression où se mêlaient la colère et l'admiration.
Il eut un demi-sourire.

— Bien, dépêche-toi. Et quand tu auras terminé, tu
me trouveras près de la tente de Ristin. Je prendrai des
nouvelles de Kerleu en arrivant. Quant à toi, file chez
Capiam et vois ce que tu peux faire. Allez, vite.

Elle fit quelques pas et se retourna.

— Dépêche-toi !

Tillu fit demi-tour et partit à toutes jambes. Heckram
reprit la longe du harke de tête et se mit en mouvement.
En passant, il baissa les yeux sur Joboam, qui avait
réussi à se redresser sur un genou et tentait de se lever.
La haine qu'il éprouvait pour lui depuis si longtemps
avait soudain disparu. Il se souvenait du loup, de ce qui
avait peut-être été un rêve, et d'un accord. C'était une
autre tâche qui l'attendait ce soir, et qui n'avait aucun
rapport avec Joboam. Spontanément, il formula sa pensée à haute voix.

— Je n'ai aucune raison de me soucier de toi. Tu es
la proie du loup.

Joboam le regarda, yeux écarquillés. Les sentiments
se bousculaient sur son visage. Incrédulité, colère. Et
dans un recoin éloigné de son âme, la peur tissait ses
fils. Heckram détourna la tête, fixant les feux et la
petite silhouette aux cheveux flottants. Il continua son
chemin.

X

Tillu remonta d'un pas déterminé la rangée d'abris et de feux de camp. À son approche, les conversations s'éteignaient, pour reprendre ensuite sous forme de murmures. Mais que s'était-il passé de si terrible ? Heckram et elle étaient arrivés en retard, voilà tout.

Une grande flambée brûlait devant la tente de Capiam, autour de laquelle étaient rassemblés les anciens de la tribu. Tous se tournèrent vers elle quand elle entra dans le cercle de lumière. Acor la fixait d'un air accusateur et les yeux noirs de Ristor l'observaient du fond de leur nid de rides. Pirtsi, accroupi devant le feu, l'attisait à gestes nerveux. Il se leva en la voyant arriver. Elle croisa son regard, mais il se détourna rapidement, souleva une brassée de mousse et la laissa tomber dans les flammes. La fumée tourbillonna et les moucherons, attirés par la clarté, se dispersèrent. Tillu s'approcha, encore pantelante de sa course.

— Est-elle enfin arrivée ?

La voix de Capiam le précéda. Il passa la tête et les épaules par l'ouverture de la tente et balaya l'extérieur d'un œil furibond. Personne n'osa lui répondre. Quand

il découvrit Tillu, son expression s'éclaira, moitié soulagement, moitié colère.

— Dépêche-toi d'entrer ! ordonna-t-il sèchement.

Il disparut brutalement à l'intérieur et elle le suivit
avec appréhension.

Un feu ronflant entretenait une atmosphère suffocante. Enfouie sous un monceau de couvertures, Kelta
était allongée sur sa couche. Elle roulait fébrilement la
tête, marmottant dans son inconfort. Non loin, Rolke
gémissait dans un cocon de fourrures. Il ne bougeait
pas. Le visage creusé par l'inquiétude, Capiam la fou-
droyait du regard.

— Quand la fièvre de Kelta est revenue, j'ai envoyé
quelqu'un te chercher, mais personne ne savait où tu
étais. Donc nous avons forcé l'allure pour arriver à
l'étape, et l'on a encore essayé de te trouver. Entre-
temps, Rolke est tombé malade aussi.

— Qu'avez-vous fait jusqu'à présent ? l'interrompit
Tillu.

Elle laissa tomber sa besace et s'agenouilla près de
Kelta, qui dégageait une odeur rance, sueur, fièvre et
urine mêlées. Tillu posa doucement la main sur son
visage et sentit le feu intérieur qui la consumait.

— Ibb s'est rappelé que la vieille guérisseuse Kila
avait l'habitude d'utiliser les flammes pour lutter
contre la fièvre. L'une des chaleurs faisait reculer
l'autre. Alors nous avons fait du feu et nous les avons
posés à côté, roulés dans des couvertures. Où étais-tu ?

— Avec Heckram.

La réponse de Tillu était empreinte de tension. En
levant les yeux, elle découvrit l'ampleur de la colère

de Capiam et fut tentée de s'arrêter là. Mais son mutisme aurait pour seule conséquence de concentrer la fureur du maître des hardes sur Heckram. Elle ravala sa contrariété et poursuivit ses explications.

— J'étais très fatiguée après m'être levée si tôt pour soigner Kelta. Heckram l'a remarqué, a conduit les harkar à l'écart et s'est arrêté pour me permettre de me reposer. J'ai dormi plus longtemps que je n'aurais dû. Ont-ils bu ?

— Non. J'ai pensé que cela contrarierait l'action du feu. Quant à Heckram, il sait pertinemment qu'on ne doit pas quitter la piste. C'est la seconde fois qu'il défie les règles. Croit-il que je vais supporter longtemps son attitude insultante sans réagir ?

— Je ne partage pas ses pensées.

La chaleur donnait un début de mal de tête à Tillu. Elle pinça la chair flasque de Kelta.

— Ils doivent boire. Autant qu'ils pourront. Les flammes chassent peut-être la fièvre, c'est vrai. Mais j'ai eu plus de chance avec l'eau pour évacuer la maladie du corps.

Elle quitta sa patiente des yeux et se tourna vers Capiam.

— Et bien que je ne sache pas ce que pense Heckram, j'estime être l'unique responsable de mes actes. Si je ne m'étais pas reposée, penses-tu que j'aurais eu la force de m'occuper de Kelta et Rolke, maintenant ? Je ne veux pas te parler. Mon attitude a peut-être été inconséquente, mais pour l'instant je dois me consacrer entièrement à ces deux-là.

Il aurait pu discuter, mais à ce moment, Kelta laissa

échapper un long gémissement tremblé. Capiam s'avança jusqu'à la sortie de la tente et ordonna à Pirtsi de rapporter de l'eau. Tillu repoussa ses cheveux en arrière et prit quelques secondes de réflexion. Ce n'était plus un simple cas d'entrailles douloureuses pour cause d'indigestion. Elle ne reconnaissait pas la maladie. Comment se répandait-elle ? À moins que Kelta et Rolke n'aient été les seuls à absorber un aliment ou une boisson qui les avait empoisonnés. Elle quitta la mère pour aller ausculter le garçon. En soulevant un coin des couvertures, elle découvrit qu'il était aussi en proie à la fièvre. Pis, les lèvres enflées et brillantes, il ne bougeait pas, ne marmonnait pas, mais émettait une lamentation intermittente. La peau de ses mains avait pris l'aspect sec et friable de l'écorce de bouleau. Comme Tillu s'apprêtait à remettre le bras de Rolke sous les couvertures, elle sentit une boule à la saignée du coude. Elle la tâta en douceur. Il tressaillit et laissa échapper une plainte plus forte. Repoussant les fourrures, elle l'examina de plus près.

Il était déshabillé. Son étroite poitrine imberbe était encore celle d'un enfant. Des grosseurs se pressaient au creux des bras et des aisselles. Elle les toucha doucement et il poussa un cri de douleur semblable au croassement rauque d'un corbeau.

— Comme un furoncle, marmonna-t-elle. Ou un kyste. Mais je ne me risquerais pas à les percer.

Elle replaça les couvertures. Un bruit matérialisa la présence de Pirtsi. L'eau clapotant dans les seaux.

— Où l'as-tu puisée ? demanda Tillu en prélevant

une mesure du liquide jaunâtre pour la verser dans une marmite.

— Pas très loin d'ici, dans un étang au fond d'un creux, répondit-il d'une voix contrainte.

Son regard papillonnait d'un point à l'autre et son visage était crispé en une expression de dégoût. Comme beaucoup, la maladie le mettait mal à l'aise.

— Cela ira. Mais il vaut toujours mieux utiliser de l'eau courante. Il y a un ruisseau par ici ? (Pirtsi acquiesça d'un air malheureux et elle lui tendit un des deux récipients.) Vide celui-ci et va le remplir là-bas. Dépêche-toi.

Il repartit de mauvaise grâce. Elle laissa tomber de l'écorce de bouleau et quelques feuilles d'achillée dans l'eau qui chauffait. Puis elle préleva de l'oseille dans sa besace, sectionna deux racines fanées et en ôta la boue. Elle les coupa en morceaux dans le fond d'un pot, y ajouta un peu d'eau et posa le mélange sur les braises. La chaleur était étouffante. Elle s'accroupit quelques instants sur les talons et se frotta les yeux. En levant la tête, elle découvrit le regard de Capiam sur elle. Il s'était tenu si tranquille qu'elle l'avait tout à fait oublié.

Assis sur un des coffres de voyage, le dos voûté, il avait planté son menton dans sa main. Il releva lentement la tête sans cesser de la fixer...

— Eh bien ? demanda-t-il après un instant de silence.

— Tu n'as pas l'air d'aller beaucoup mieux qu'eux. As-tu de la fièvre ?

Elle s'avança vers lui et leva les mains vers son

visage, sans prêter attention à l'agacement qu'il manifestait.

— Non, grogna-t-il en la repoussant. Seulement mal à la tête. N'importe quel homme souffrirait s'il avait dû faire face aux mêmes problèmes que moi.

Tillu ignora ses protestations et fit courir ses doigts sous l'angle de sa mâchoire. Pas de gonflement par là, mais il avait peut-être un début de fièvre ? Dans la chaleur suffocante de la tente, c'était difficile à déterminer.

— Laisse-moi tranquille, et occupe-toi plutôt de ceux qui sont malades !

— Comme tu veux, mais quand ce tonique sera prêt, je veux que tu en boives une tasse. Cela ne te fera pas de mal et te protégera peut-être.

Elle se rapprocha du feu et remua le contenu des deux marmites. Elle ajouta un trait d'eau aux racines d'oseille. Elle voulait les faire réduire pour s'en servir comme d'un emplâtre à poser sur les grosseurs de Rolke. Une idée soudaine la jeta près de Kelta, sourcils froncés. Elle s'agenouilla, souleva les couvertures et l'examina. Malgré l'épaisse couche de graisse, les boules se repéraient aisément aux aisselles et à la saignée du bras. Capiam vint se poster près d'elles et Tillu leva les yeux vers lui.

— As-tu des indurations comme celles-ci ?

Capiam secoua lentement la tête.

— Je te l'ai dit, seulement un mal de tête. Mon dos et mes épaules me font aussi souffrir. Mais cela n'a rien de nouveau pour un homme de mon âge. Où est donc Heckram ? Il devrait être ici, maintenant. Et le nadj ? Cela fait longtemps que je l'ai envoyé chercher.

— Heckram s'occupe probablement de ses bêtes et de monter sa tente avant de venir. Quant à Carp... (Tillu haussa les épaules) Il ne tient aucun compte de ce que veulent les autres. Qu'attends-tu de lui ?

Capiam la gratifia d'un regard incrédule.

— Quand les gens sont aussi malades, et sans raison, il est temps d'appeler le nadj. L'ancien serait déjà là, avec son tambour et ses chants. Sa voix suffisait parfois à apporter le soulagement et le repos.

Sa voix s'éteignit et Tillu comprit à quel point son impuissance lui pesait. Cet homme aimait contrôler les choses. Il tenterait n'importe quoi pour maîtriser la situation.

Le rabat fut repoussé sur le côté et Pirtsi entra en trébuchant, chargé d'un seau ruisselant. Il le posa près du feu, s'essuya le front d'un revers de manche et jeta un regard incertain à Capiam.

— Maître des hardes... commença-t-il.

Celui-ci lui adressa un signe de tête, pendant que Tillu plongeait une louche dans l'eau claire. Elle signifia son approbation d'un grognement de satisfaction.

— Soulève Kelta pour qu'elle ne s'étrangle pas, lui indiqua-t-elle.

Pirtsi fit le tour de la patiente et s'agenouilla près d'elle. Ses mains s'agitaient avec nervosité, dessinant son impuissance, pendant que des gouttes tombaient. Il ne voulait pas toucher Kelta.

— Pousse-toi, gamin, dit Capiam avec mépris. Je m'en occupe. Va à la rencontre du nadj et amène-le ici au plus vite. Et trouve-moi aussi Heckram, j'ai à lui parler.

Le garçon s'esquiva avec soulagement et Capiam prit sa place au côté de son épouse. Il glissa un bras sous ses épaules, lui murmurant des paroles de réconfort. La tête de Kelta ballottait sur ses épaules. Tillu la redressa et appliqua la louche contre sa bouche. Le liquide froid mouilla ses lèvres gercées.

— Bois, lui demanda Tillu d'une voix basse et pressante.

Comme si les mots l'avaient réveillée, Kelta réagit au contact de l'ustensile.

— Doucement, ne t'étrangle pas.

Lorsqu'elle eut avalé la première louchée, Tillu lui en fit boire une seconde, puis fit signe à Capiam de la reposer.

— Cela suffira pour le moment. Nous ne devons pas exagérer, car son estomac est vide. (Une question soudaine lui traversa l'esprit.) Rolke et Kelta ont mangé quelque chose de spécial aujourd'hui ?

Il remonta les fourrures autour de la malade.

— Ibb leur a fait un ragoût de lapin.

— Et toi ? En as-tu pris ?

— Oui, répondit-il avec un geste d'impatience. Joboam et Pirtsi ont fait la cuisine plus tôt et j'y ai goûté. Je ne suis pas malade.

— Pas encore, admit Tillu avec acidité.

Elle remua les mixtures, puis puisa de l'eau.

— Rolke, dit-elle en le désignant d'un signe de tête.

Capiam vint soulever la tête et les épaules du garçon. Mais au moment où elle approchait la louche de la bouche de Rolke, une boule froide naquit soudain au creux de son ventre. Cette sensation la trompait rarement. Elle ne savait ce qui l'avait alertée, les yeux profondément enfoncés dans leurs orbites soulignées de cernes sombres, ou le détachement qu'évoquait la respiration légère. Elle pencha l'ustensile et le liquide alla mouiller les lèvres sèches.

— Rolke, dit-elle doucement. Il faut que tu boives. Tu te sentiras mieux. (Il ne bougea pas.) Tu dois avoir soif. Bois.

Capiam étudia intensément le visage de son fils. De sa main libre, Tillu écarta les lèvres du garçon et y versa de l'eau. Il en aspira un peu, toussa légèrement, et le reste coula au coin de sa bouche. Sans un mot, Capiam l'allongea de nouveau et le couvrit, bordant soigneusement les fourrures autour de lui. Puis il reprit sa place sur le coffre de voyage et contempla longuement les parois de la tente. Tillu ne voulut pas lui mentir.

L'oseille broyée avait formé une pâte épaisse, qu'elle enleva du feu pour la laisser refroidir. La tisane de bouleau et d'achillée mille-feuille était prête. Elle y ajouta juste assez d'eau froide pour qu'elle ne soit pas brûlante et la répartit dans trois tasses. Elle porta la première à Capiam en lui disant doucement :

— Bois.

Le regard noir du maître des hardes était vide. Il prit le récipient en silence et le vida en quelques gorgées. Puis il aida Tillu avec Kelta, qui avala le liquide tiède avec avidité. Et aussi pour le tour de force qui consista à en faire pénétrer suffisamment dans la bouche molle de Rolke. En silence, Capiam la regarda étaler l'emplâtre sur les grosseurs des malades. Elle s'employait

206

à traiter celles de Kelta, quand le rabat de la tente s'ouvrit de nouveau.

Pirtsi entra avec prudence. Heckram le suivait. Ensuite, venait Carp, avec Kerleu sur les talons, les yeux écarquillés d'excitation. Il serrait un petit tambour en peau contre lui et posait sur chaque chose un regard brillant d'intérêt. Il était le seul qui paraissait content d'être là. Heckram semblait à la fois las et buté, pendant que Carp affichait une expression résignée. Capiam prit son temps pour les examiner l'un après l'autre.

— Pirtsi, tu peux partir. Rentre dans ta tente, retourne près de ton feu. Je te remercie de m'avoir apporté ton aide cette nuit. Carp, en rejoignant le peuple des hardes, tu as dit que tu serais notre nadj. Jusqu'à présent, je ne t'ai pas beaucoup demandé. Mais aujourd'hui, je te prie de parler au monde des esprits au nom de mon fils et de ma femme. Quant à toi, Heckram, tu m'as offensé, et aussi déçu. Tu sembles penser que mon autorité...

— J'aurai besoin du foie d'un renne fraîchement abattu, intervint Carp, sans se soucier de l'interrompre. Il me faudra aussi le sang de la bête et des os à moelle, de la graisse d'ours, et la chair fumée d'un poisson de rivière.

Pendant quelques instants, Capiam resta bouche bée, abasourdi et furieux. Puis son regard se durcit et il lança :

— Que veux-tu en faire ?

Carp poussa un soupir théâtral.

— Cela fait longtemps qu'il n'y a pas eu un nadj

parmi vous, n'est-ce-pas, maître des hardes ? Les esprits ne sont pas des chiens qui accourent à mon appel en remuant la queue. Je dois les inviter, et les honorer comme des hôtes de marque. Pendant que je chante pour eux et leur demande d'honorer ton peuple de leur présence, ta fille, Kari, devra faire cuire le foie et préparer le poisson. Quand mes gardiens viendront, mon apprenti et moi mangerons la nourriture pour leur montrer à quel point le repas est délicieux, et de quelle manière tu traites leurs amis. Puis je frapperai mon tambour et je chanterai en les exhortant à découvrir ce qui dérange Kelta et Rolke.

Capiam observa un long moment de silence. Il fronça les sourcils et les lignes de son visage se creusèrent. Son regard allait de Carp, avec son masque de sincérité, à Kerleu.

— Dis à Pirtsi de te donner mon harke à la queue rayée, fit-il lentement, d'un ton lourd. Il sait duquel je parle...

Carp secoua tristement la tête.

— Non, Capiam. Ce n'est pas ainsi. Les esprits doivent savoir que cela vient de toi. Il te faut mener l'animal jusqu'à l'endroit du sacrifice, le tuer et prélever toi-même le foie, le sang et l'os à moelle. Laisse le reste, puis apporte les trophées près du feu de Kari, où je serai en train d'invoquer l'autre monde au son du tambour.

— Mais... Kelta. Mon fils. Je ne peux pas les laisser seuls, acheva Capiam avec un geste d'impuissance.

— La guérisseuse est là, fit remarquer implacablement Carp. Et elle peut t'envoyer Heckram si l'on a besoin de toi. À quoi peux-tu être utile ici ? Que fais-tu d'autre que regarder une femme faire bouillir des plantes, ton épouse gémir et s'agiter ? Non, Capiam. Ton temps serait mieux employé à tuer un harke. Ou préfères-tu rester assis à les contempler se faire dépouiller de leur âme ?

Capiam secoua la tête comme un renne harcelé par les moucherons. Il regarda vers Kerleu, puis détourna les yeux, sans chercher à cacher son dégoût.

— J'y vais, dit-il d'une voix éteinte.

Il se tourna vers Tillu et Heckram. Toute lueur d'autorité avait disparu de son regard.

— Vous les veillerez ? demanda-t-il d'une voix mal assurée. Et tu viendras me chercher si nécessaire ?

Tillu acquiesça d'un air solennel. Il lui déplaisait de voir Capiam humilié de cette manière.

— J'ai toujours été prêt à faire ce dont le maître des hardes a besoin, et ce qu'il me demande, précisa Heckram.

Capiam ne répondit pas. Il se déplaçait comme un vieil homme. Il poussa le rabat et s'éloigna dans la pénombre du camp. Carp le suivit, et Kerleu, serrant toujours l'instrument, leur emboîta le pas.

— Kerleu ? dit doucement Tillu alors que son fils passait devant elle. (Leurs regards se rencontrèrent.) Tu as passé une bonne journée ? Carp et Kari se sont bien occupés de toi ?

— Oui.

Il leva une main et se gratta la nuque, puis fixa soudain le tambour qu'il tenait de l'autre.

— As-tu... commença-t-elle.

Carp passa la tête à l'intérieur de la tente, l'interrompant.

— Kerleu ! appela-t-il, le visage plissé de colère. Vas-tu continuer à faire attendre ton maître et le maître des hardes ? Tu n'as rien de plus important à faire que bavarder avec une femme ? Dépêche-toi !

— J'ai des choses importantes à faire, renchérit Kerleu.

Aucune inflexion d'excuse ou de regret n'était venue nuancer cette réflexion. Il s'empressa de suivre le chaman.

Un épais silence accompagna la bouffée de fumée qui s'était engouffrée dans l'abri. Tillu contempla longuement le rabat de cuir, dans le fol espoir de le voir se soulever devant son fils, qui viendrait lui parler, lui adresser ne serait-ce qu'un mot. Mais il n'en fit rien. Seuls les gémissements de Kelta et le léger bruissement du souffle de Rolke rompaient le silence.

— Je n'ai jamais connu d'individu comme lui, fit remarquer Heckram d'une voix tranquille.

— Il a toujours été étrange, dit Tillu, s'exprimant avec effort à cause de sa gorge serrée. Ce n'est pas sa faute. Ce n'est qu'un enfant, et à certains moments un bébé. Il a tendance à répéter la dernière chose qu'il a entendue.

Elle s'agenouilla près de Kelta.

— Je ne voulais pas parler de Kerleu, mais de Carp. Personne n'a jamais parlé ainsi à Capiam. Pourtant, celui-ci lui a obéi avec docilité. Je ne comprends pas le pouvoir de Carp sur les hommes. Tu sais ce que j'ai trouvé en allant prendre des nouvelles de Kerleu, ce soir ?

Tillu ne manifestait aucun signe d'intérêt, mais Heckram poursuivit.

— Kari faisait cuire une pleine marmite de viande. Fraîche, pas séchée, avec de gros morceaux de gras blanc qui flottaient dans le bouillon. J'ai dû avoir l'air surpris, parce qu'elle m'a souri en disant : « As-tu vu à quel point Joboam a appris à se montrer généreux avec le nouveau nadj ? Bientôt, tous commenceront à le respecter. » Cela me dépasse. Je croyais que Joboam détestait Carp et Kerleu.

— La haine et la peur, voilà les meilleurs outils de Carp. Parmi le peuple de Bénu, nul n'osait lui refuser quoi que ce soit. Si quelqu'un avait la chance de faire une trouvaille, Carp lui en demandait une partie en guise de remerciement. Si la tragédie frappait, il était là pour dépouiller la victime de ce qu'il lui restait, pour la protéger soi-disant d'une plus grande catastrophe. Aucune honte secrète ne lui échappait, aucun trésor caché dont il ne prenait sa part. Sa magie est construite sur la souffrance et l'avidité. Tu as vu de quelle manière il a dominé Capiam. Je me demande comment il tient Joboam. Personne ne le saura, à moins que Joboam ne s'attire son mécontentement. Alors Carp le ruinera, sans éprouver le moindre remords. Par de nombreux aspects, il ressemble à Capiam. Il ne peut pas tolérer que quelqu'un ne le craigne pas, ou ne se soumette pas devant lui.

— Comme toi, par exemple, dit doucement Heckram. (Avec douceur et gravité, il fixait Tillu par-

dessus le feu.) Que te veut-il ? Que devras-tu lui donner pour reprendre Kerleu ?

— Plus que je ne le pourrais, répondit-elle en
secouant lentement la tête.

— Des peaux ? De la viande ? Des rennes ? insista-
t-il. Je ne suis pas riche, mais j'ai...

— Non. (La voix de Tillu exprimait une lassitude
qui le réduisit au silence.) C'est trop tard. Je connais
Carp. Il n'abandonnera jamais Kerleu. Et il ne cessera
pas de chercher un moyen de me contraindre. (Elle leva
les mains et se frotta vigoureusement le visage.) Je l'ai
toujours su. Il n'y a aucun moyen de reprendre mon
fils.

Heckram traversa la tente et s'assit près d'elle, sans
la toucher. Elle semblait trop tendue. Au moindre
contact, elle paraissait prête à se briser.

— Et si tu partais avec ton garçon ?

— Il nous poursuivrait encore, dit-elle d'une voix
lugubre. D'ailleurs, maintenant qu'ils sont toujours
ensemble, Kerleu ne voudra jamais le quitter. Je l'ai
perdu. J'ai perdu mon enfant. Carp le façonnera à son
image, fourbe et vicieux.

Sa souffrance brisa le cœur d'Heckram. Il tendit la
main vers elle, puis retint son geste.

— N'abandonne pas, murmura-t-il. Laisse-moi y
réfléchir. Mais n'abandonne pas si tôt.

Elle le regarda avec attention et discerna l'étendue
de sa compassion. Une petite boule de résistance, dont
elle ignorait l'existence, se forma peu à peu en elle.
Heckram décela la trace de cette transformation sur son

212

visage et osa lui adresser un sourire. Elle en esquissa un du coin des lèvres. Puis elle se secoua et se releva.

— Peux-tu m'aider à donner de l'eau à Kelta? demanda-t-elle.

Il acquiesça.

Tillu ouvrit péniblement ses paupières rougies. Une aube grise s'infiltra dans la tente et mit un terme bienvenu à la nuit. Levant la tête, elle sentit un nœud de bois contre sa nuque. Le sommeil l'avait surprise, le dos appuyé à un coffre sculpté. Elle se redressa trop vite et le sol sembla se dérober sous ses pieds. Une main posée sur le meuble pour assurer son équilibre, elle regarda autour d'elle.

Kelta et Rolke gisaient dans la position où elle les avait laissés. Il faudrait de nouveau les examiner. Dans un moment. Elle se frotta le visage. Capiam s'était endormi tout habillé, sous une simple couverture. Une profonde ride verticale séparait ses sourcils et son teint trahissait la fièvre qu'il refusait d'admettre. Heckram n'était plus là. Elle ne parvint pas à se rappeler le moment où il était parti. En revanche, elle retrouva le souvenir d'un bol de soupe et d'un morceau de fromage, qu'il avait apportés du foyer de Ristin. Il avait attendu qu'elle ait fini son repas, puis avait dit quelque chose à propos de la surveillance de Carp et Kerleu. C'est alors qu'il avait dû quitter la tente. Elle se massa les yeux et le front. Si seulement ce martèlement sourd dans sa tête voulait bien cesser.

Toute la nuit, elle avait fait le va-et-vient entre Kelta et Rolke, désaltérant régulièrement la mère, et tentant de faire absorber de l'eau et de la tisane au fils. La puanteur de la maladie alourdissait l'atmosphère. L'acidité de la sueur et de l'urine se mêlait à l'arôme des potions médicinales. Tillu s'en sentait imprégnée. Les incantations et le tambour de Carp ne l'aidaient pas à surmonter son malaise. Cela avait commencé peu après le départ de Capiam. Les rythmes complexes avaient résonné tard dans la nuit et Tillu avait fini par les percevoir à l'intérieur de son crâne, contre ses tempes douloureuses. Le chant lui parvenait plus étouffé, d'abord la voix vacillante de Carp, relayée par le ténor incertain de Kerleu. Puis Heckram s'était absenté, et était revenu avec de la nourriture pour elle, et des nouvelles des efforts du chaman.

« Kari s'est passé de la suie sur le visage, en laissant deux grands ovales autour des yeux. Elle fait cuire la viande des offrandes, pendant que Carp est assis sur des fourrures souples et frappe sur son instrument. Il porte des vêtements de renard blanc, et de nombreux colliers d'ambre et d'os. Kerleu est à côté de lui et répète chaque chant après lui », avait-il murmuré doucement.

Leurs têtes étaient proches l'une de l'autre. Heckram soutenait Rolke pendant que Tillu glissait des cuillerées de tisane entre ses lèvres brillantes.

« Où est Capiam ? avait demandé Tillu.

— Là-bas, près du feu de Kari, comme presque toute la tribu. Ceux qui ne se sont pas installés pour regarder trouvent une excuse pour passer par là et jeter un coup d'œil. Capiam est assis en face de Carp, de l'autre côté du foyer, et l'observe en silence. Je crois que c'est ce que le nadj lui a conseillé s'il voulait que sa requête soit présentée dans le monde des esprits.

— Le monde des esprits ! »

Tillu avait craché ces paroles avec mépris et Heckram l'avait regardée avec surprise. Il avait vu la colère la saisir.

« Pour Carp, c'est un prétexte pour prendre ce dont il a envie. Il frappera son tambour, chantera, et exigera une nourriture raffinée, les meilleures boissons, et des fourrures épaisses pour y dormir. Si Kelta et Rolke vivent, il proclamera que c'est grâce à lui et réclamera sa récompense. S'ils meurent, il décrétera que c'est la faute de Capiam, qui ne se sera pas montré assez généreux. Il vit comme une grosse tique noire gorgée de sang. Et c'est cela qu'il veut apprendre à mon fils. »

Heckram avait tendu la main par-dessus Rolke et lui avait serré l'épaule un bref instant. Elle n'avait pas su résister au désir de croiser son regard.

« Tu ne crois pas du tout aux esprits ? s'était-il enquis avec gravité. Je sais que tu n'as pas foi en Carp. Mais en va-t-il de même avec ton fils ? Tu n'envisages jamais que Kerleu puisse être un vrai nadj, susceptible d'aider le peuple des hardes à honorer les gardiens de la terre ?

— Kerleu gobe tout ce que lui dit Carp, avait-elle répondu à contrecœur. Pour lui, tous ces chants et ces rêves sont aptes à changer le monde dans lequel il vit. (Elle avait fermé étroitement les paupières pendant un bref instant.) Carp ne pouvait pas espérer un meilleur outil. Ce garçon n'a jamais été accepté par les autres, et il lui raconte que c'est parce qu'il est particulier.

Qu'il est destiné à être un chaman avec des pouvoirs magiques... »

Elle s'était tue un bref instant, submergée par l'impuissance.

« Que puis-je lui offrir de mieux ? Je lui dis qu'il doit travailler plus dur, s'acharner. Et peu importent ses efforts, on le verra toujours comme quelqu'un de différent. Il y en aura toujours un pour le tourmenter et l'humilier.

— Pas s'il est nadj, avait dit Heckram d'une voix douce. Personne n'osera s'en prendre à lui !

— Mais ce n'est pas ce que je veux pour lui !

— Mais c'est peut-être ce qu'il a choisi... »

C'est à ce moment qu'il avait dû décider de se rendre près du feu de Kari, pour veiller sur Kerleu. Bien sûr, il n'avait pas pu faire grand-chose, se dit Tillu. Elle s'étira et un voile noir passa brièvement devant ses yeux. C'était la première fois qu'elle se sentait aussi épuisée par une nuit de veille.

La respiration de Kelta n'était pas encombrée. Quand Tillu lui offrit de l'eau, elle ouvrit les yeux un court instant et murmura un remerciement. Tillu la couvrit de nouveau. Avec du temps et du repos, Kelta se rétablirait. Quand elle se releva, ses genoux craquèrent sous l'effort. Au tour de Rolke. Elle se pencha sur lui et le sinistre pressentiment la saisit une fois de plus. Pourtant, la poitrine du garçon continuait à se soulever et retomber au rythme de sa respiration précipitée. Elle l'extirpa sans peine de son nid de fourrures et inclina la louche contre sa bouche. Il avala un peu de liquide et le reste coula au coin de ses lèvres. Elle soupira et

216

le reposa. Après avoir trempé ses mains dans l'eau fraîche, elle lui aspergea le visage et le torse. Il avait la peau chaude et sèche, et les grosseurs à la saignée de ses coudes étaient enflammées. Elle le borda avec soin.

Soudain, l'atmosphère lui parut insupportable ; les odeurs produites par ses décoctions de plantes et de racines la prenaient à la gorge. Elle gagna la sortie d'un pas mal assuré, pressée de respirer l'air frais du matin. Le reste du talvsit était déjà éveillé. On observait un silence particulier autour de la tente du maître des hardes, mais partout ailleurs le camp était en plein démontage et l'on commençait à charger les harkar. À l'idée du trajet qui les attendait, une vague de nausée saisit Tillu. Elle se laissa tomber sur les peaux épaisses qui garnissaient le seuil et inspira profondément. Elle avisa un seau plein d'eau froide, y plongea le visage et les mains. Le contact glacé lui procura un plaisir douloureux. Elle but quelques gorgées dans ses paumes réunies en coupe, chassant le goût fade de la nuit. En lissant ses cheveux, elle acheva de se réveiller et regarda autour d'elle.

Le Cataclysme se dressa soudain, emplissant l'horizon. La vision lui arracha un cri étouffé. Aucune description n'aurait pu la préparer à un tel spectacle. Après la longue course à travers la toundra, ce gigantesque soulèvement ne pouvait que frapper les sens. La lumière claire du matin semblait le rapprocher encore du groupe épars de tentes, au milieu duquel s'affairaient hommes et animaux. Tillu détailla les arêtes déchiquetées des rochers, les schistes hérissés et les étendues de terre. Couche après couche, la plaine s'était rompue au cours d'une confrontation colossale, s'élevant en deux remparts de pierre géants. De grands pans de glace et de neige bleuâtres miroitaient au creux de certaines dépressions, tranchant sur le gris brut et le noir de la roche, ou le verdoiement de la végétation. Elle devina que les points mouvants qui parsemaient les champs de glace en altitude étaient tout ce qu'on pouvait distinguer des rennes du troupeau sauvage.

— Ce soir, nous serons dans l'ombre du Cataclysme.

Comme à l'accoutumée, l'intonation de Joboam suait la satisfaction et l'arrogance. Tillu se tourna vers lui, tentant de dissimuler son malaise. Ce salut jovial de la part d'un homme qui s'était fait frapper par Heckram, la veille, était plutôt étrange. Le corps en alerte, elle était prête à s'écarter de lui d'un bond au moindre signe de menace.

Il la toisa et lui adressa un signe qui n'avait rien d'amical. Il lui faisait simplement savoir qu'elle était à sa merci. Elle en conçut à la fois du dégoût et de la colère, mais s'abstint de répondre, se contentant de le fixer avec méfiance.

Il avança jusqu'à l'entrée de la tente et passa la tête par l'ouverture.

— Capiam ! Veux-tu que je t'amène tes harkar ?

— Chhhut ! chuchota furieusement Tillu.

Capiam bougeait déjà. Peu de temps après, il vacillait sur le seuil de son abri. Une main agrippée au rabat, il frottait ses yeux rouges. Les années pesaient sur ses épaules comme un vêtement mal ajusté.

L'odeur acide de la maladie l'environnait. Et Joboam, plein de vitalité et de santé, lui sourit en annonçant :

— Tout le monde est prêt à partir, maître des hardes. Je me suis dit qu'avec Rolke et Kelta malades, tu aurais besoin d'aide pour démonter ta tente et charger tes bêtes.

Le regard de Capiam passa au-delà de Joboam, pour se fixer sur le Cataclysme. Après un long moment, il acquiesça d'un geste mal assuré.

— Oui... dit-il d'une voix embarrassée. Défais l'installation, et rassemble les peaux et les piquets. Je dois emmener Kelta et Rolke au Cataclysme. Nous nous sentirons mieux dans les vents frais des poches de glace. (Il tourna ses yeux bouffis vers Tillu.) Toutes les tribus du peuple des hardes se retrouvent au Cataclysme. Le savais-tu ?

Tillu secoua la tête d'un air hébété. Joboam prit la suite d'une voix allègre.

— Eh oui, guérisseuse. Elles se massent au Cataclysme, à la suite de leurs troupeaux. Il y aura des chants et des danses, et de nombreuses unions y seront célébrées. Tu verras à quel point Kelta aime s'amuser aux mariages. Et cette année, une jeune fille capturera peut-être le cœur de Rolke. Une qui aura de longues tresses noires, et un bonnet coloré posé par-dessus. On marquera les veaux, des sarva seront transformés en harkar, les garçons et les filles des divers groupes échangeront des sourires. C'est une belle saison, Tillu. Cela te plaira, conclut-il avec un sourire froid.

— Rolke a besoin de repos. (Elle s'adressait à

Capiam.) Et Kelta, aussi. Permets-moi de rester ici avec eux. Nous vous rejoindrons plus tard.

Le maître des hardes lui tourna le dos et regagna la tente en vacillant. Des larmes de frustration brûlèrent les yeux de Tillu. Il risquait de tuer son fils. En sentant une main se poser sur son avant-bras, elle se retourna furieusement, prête à griffer Joboam au visage. Mais il se mit aisément hors de portée et lui lança un sourire railleur.

— Je voulais seulement savoir si tu avais entendu ce que Carp a dit ? Je suis persuadé que ce que font le nadj et son garçon t'intéresse ?

— Son... garçon. (Les mots la frappèrent comme un coup et elle s'écarta instinctivement de celui qui les avait prononcés.) Laisse-moi tranquille.

— Attends, guérisseuse ! Je voulais juste te dire ce que les esprits ont révélé au nadj la nuit dernière. Ils n'ont pas été satisfaits du cadeau de Capiam. Le harke était trop vieux, et la viande coriace. Mais Carp a quand même chanté et frappé son tambour. Et il a appris que dans l'ombre du Cataclysme, Kelta et Rolke seraient libérés de leur maladie. Pourquoi penses-tu que Capiam soit si pressé d'y arriver ?

Tilly détourna le visage, écœurée par l'avidité sans scrupule de Carp, honteuse que son fils soit associé à un tel homme.

— Je suis certaine qu'il a conseillé à Capiam de faire une nouvelle offrande cette nuit ?

— Bien sûr. Les esprits demandent à Capiam ce qu'il a de meilleur. Ce soir, Carp viendra avec son instrument et ses incantations dans la tente du maître des hardes, pour chasser le mal qui absorbe la vie de son épouse et de son fils.

— Où est le nadj ?

La voix de Tillu était restée égale, mais envahie par la fureur.

— Tu le trouveras à la tente de Kari. Il n'y sera plus pour très longtemps. Les esprits aimeraient qu'il ait son propre abri. Il faut qu'il soit vaste, pour qu'il puisse y faire brûler des herbes odorantes, pour les réjouir et se livrer à ses rites loin du regard des hommes ordinaires.

Tillu n'attendit pas d'en entendre plus. Elle fit demi-tour et se hâta à travers le talvsit en cours de démontage, les tempes douloureuses, les yeux blessés par la lumière franche du matin. Où Kari avait-elle pu s'installer la nuit précédente ? Autour d'elle, les enfants finissaient rapidement leur déjeuner, les adultes défaisaient les tentes, enroulaient les peaux et sanglaient les ballots sur les harkar, patients. Bror l'arrêta au passage pour lui montrer l'ampoule infectée qu'il avait au pouce. Elle la perça rapidement, lui recommanda de se laver plus souvent et continua son chemin, poursuivie par les grommellements du bonhomme et le caquètement triomphant de sa femme.

Mais elle ne trouva Kari nulle part, pas plus que Carp, ni Kerleu. Irritée et frustrée, elle repartit au campement de Capiam. Là-bas, au moins, elle pourrait s'assurer que Kelta et Rolke seraient déplacés avec précaution.

En arrivant à l'endroit où s'était dressée la tente, elle trouva les bêtes déjà chargées. Agenouillé près d'un traîneau fabriqué à partir de peaux et de piquets, les yeux bouffis, le maître des hardes parlait doucement à Kelta, qui y était allongée. À quelques pas, Rolke reposait sur un système similaire, inerte. Non loin de là, Kari affichait une mine à la fois inquiète et morose. Carp trônait à califourchon sur le renne de tête, Kerleu à son genou. Tillu n'avait plus le temps d'échanger quelques mots avec son fils. Elle le regarda attentivement. Il avait le regard vide, presque hébété. Pas étonnant, après avoir passé la moitié de la nuit à chanter et à battre du tambour, alors qu'il aurait dû dormir. Pourvu qu'il ne soit pas malade. Heckram restait à quelque distance derrière eux, observant les allées et venues avec flegme. Joboam se tenait derrière Capiam, comme s'il supervisait ses actes. Ses manières affables renforçaient encore l'agacement de Tillu.

Kelta acquiesça d'un geste faible. Le maître des hardes se redressa avec un soupir et regarda autour de lui. Il fit signe à Tillu.

— Ah, te voilà, guérisseuse ! On dirait que tu disparais chaque fois que j'ai besoin de toi. Seras-tu capable de conduire le harke qui traîne Kelta ? (La question était de pure forme ; manifestement, il s'agissait d'un ordre.) Elle est d'accord. Je guiderai le renne de Rolke. Et Kari... Kari dirigera mes bêtes.

Le regard de la jeune femme flamboya. Manifestement, le problème avait déjà été débattu avec son père. Toutefois, elle fit avancer ses deux harkar et prit la longe de l'animal de tête de Capiam. Mais celui-ci manifesta son désaccord. Habitué à mener, il refusa d'être attaché derrière un autre. Il secoua la tête avec vigueur, brandissant les moignons de ses bois renaissants. Plus Kari insistait, plus il résistait, tant et si bien que le premier des rennes de la jeune fille fit un écart, préférant placer sa croupe à l'écart du front du vieux mâle irascible. Des rires étouffés accueillirent les efforts de Kari, dont le visage vira au pourpre. Joboam s'interposa.

— Tu peux tenir les bêtes de ton père, Kari, proposa-t-il d'un ton mielleux. Cela ne gênera pas les miennes de suivre les tiennes. Et j'aurai, ainsi, le plaisir de conduire le nadj pour la journée.

La proposition laissa Tillu bouche bée. Kari fixa Joboam un instant, incrédule. Puis elle rougit sous l'outrage et son indignation perça aussi dans sa réponse.

— Mais je crois que le nadj préférera ma compagnie, Joboam. C'est moi qui...

— Joboam est plus agréable, intervint sèchement Carp. Et je serai ravi d'aller avec lui. Il est temps que nous fassions mieux connaissance, lui et moi. Mes oreilles sont lasses du bavardage des femmes.

S'il avait frappé Kari publiquement, l'impact n'aurait pas été plus grand. La tribu rassemblée était trop abasourdie pour échanger des murmures ou prendre parti. Kari laissa tomber la longe comme si elle était brûlante. Pendant un instant, elle resta immobile, contemplant Carp d'un regard débordant d'angoisse. Le visage de ce dernier était impassible ; il semblait inconscient de l'affront qu'il venait de lui infliger. À son genou, Kerleu cillait en silence. Même Capiam fixa le sol. Kari parcourut lentement la foule des yeux, puis elle les baissa et s'avança en silence vers son second harke, dont elle défit prestement le lien. Elle

223

abandonna celui sur lequel était monté le chaman et attacha celui qui transportait ses possessions derrière ceux de son père. Son attitude était marquée de résignation, mais aussi de dignité, et Tillu entendit des murmures d'approbation. Avec les autres, elle observa Kari remonter la ligne jusqu'au renne de tête. La jeune fille s'appliquait à ne dévisager personne et Tillu ne parvint pas à croiser son regard. En revanche, elle tourna la tête juste à temps pour voir Joboam démarrer. Kerleu suivait sur ses talons.

— Kerleu ! appela-t-elle.

Maintenant, son fils quitterait certainement le nadj. Il refuserait de se mettre sous la coupe de Joboam. Il se retourna vers elle, mais Carp lui dit quelque chose par-dessus son épaule. Kerleu observa sa mère, puis s'en désintéressa et trottina hâtivement à la suite de Carp. Tillu était clouée sur place. Il l'avait fixée comme si elle lui était étrangère, ou une chose inanimée, tel un arbre. Poussée par son instinct, elle avança d'un pas.

— Tillu !

Capiam la rappela à l'ordre. Kari était déjà partie et le maître des hardes s'était mis en marche derrière elle. L'espace s'élargissait entre la civière de Rolke et le harke que Tillu devait mener. Mais elle ne pouvait détacher son attention de Kerleu. Elle vit aussi Heckram s'engager derrière eux, suivant le garçon comme un fantôme silencieux. Leurs regards se croisèrent. Celui du chasseur était plein d'une assurance tranquille et elle y puisa un réconfort presque tangible. Laissant échapper un soupir, elle tira doucement sur la longe du renne, qui s'ébranla, traînant Kelta sans effort. En quelques pas, il rattrapa le retard. Tillu jeta un coup d'œil par-dessus son épaule. La caravane se formait derrière elle. Les familles et les animaux prenaient leur place, à l'allure tranquille que Capiam avait imprimée. Tillu trébucha et regarda devant elle.

Le Cataclysme se dressait, gigantesque. Loin devant, les bêtes se déplaçaient d'un pas régulier vers ce soulèvement de terre et de roc. Dans le lointain, Tillu aperçut d'autres formes mouvantes. Elle compta trois troupeaux différents et deux caravanes, qui semblaient converger vers le Cataclysme. Elle tenta, sans succès, d'imaginer tout ce monde rassemblé en un seul endroit.

À mesure que la journée avançait, le but se rapprochait. À plusieurs reprises, Kelta avait soulevé la tête pour adresser un sourire à Tillu. Celle-ci en profitait pour lui donner de l'eau. Chaque fois, elle poussait le harke pour regarder le visage grisâtre de Rolke. Il restait sans réaction. Tillu lui humectait régulièrement le visage et les lèvres. Son souffle rauque émettait une sorte de gargouillement.

— Je lui ferai inhaler des vapeurs d'aiguilles de pin et de cônes de bouleau. Cela l'aidera peut-être à mieux respirer, dit-elle à Capiam.

Il acquiesça faiblement. Sa propre respiration était râpeuse et son visage trop rouge, compte tenu de la température fraîche de la journée. Tillu pinça les lèvres sans rien dire. Inutile de discuter, pour l'instant, il ne prendrait pas de repos avant d'avoir atteint le Cataclysme. Ensuite, il agirait peut-être plus raisonnablement. Elle fit tomber une tique accrochée à son bras et laissa le renne reprendre sa place dans la file. Elle partageait l'impatience des autres à se retrouver dans la fraîcheur du Cataclysme ; il y aurait enfin moins d'insectes. Devant elle, le petit dos de Kari était bien droit, comme il convenait à la personne en tête du groupe. Finalement, la jeune fille se révélait digne de son père, tenant son rang, après avoir fait la preuve de son courage en conservant sa dignité après l'insulte de Carp. Tout cela avait sans doute échappé à Capiam, trop préoccupé par la maladie qui frappait le reste de sa famille et dont il était lui-même atteint pour remarquer celle qui résistait. Mais la détermination de Kari avait frappé Tillu. Ce soir, elles auraient peut-être une chance d'échanger quelques mots. Avec Kerleu. Et aussi Heckram.

Elle murmura son nom comme une formule magique, libérant, sans l'analyser, l'étrange sentiment qu'elle éprouvait à son égard. Pendant un instant, elle le vit de nouveau nu dans le soleil, et trébucha légèrement, s'attirant un grognement du harke. Elle lui tapota l'encolure et continua sa route. Pendant de nombreuses années, les autres avaient eu besoin d'elle et trouvé le réconfort dans ses talents de guérisseuse. Elle n'avait pas eu l'occasion d'apprendre que le désir pouvait être aussi implacable que la douleur. Une souffrance exquise.

XI

Deux jours après son arrivée au Cataclysme, Tillu ne s'était toujours pas accoutumée au flot incessant de gens et au bruit permanent. C'était comme camper près des rapides d'une rivière. Les rennes se regroupaient sur les flancs du vaste soulèvement de roc et de terre, sous la garde des jeunes filles et des garçons ; chacun savait qu'il ne s'agissait pas seulement de garder les bêtes, là-haut. Des unions qui duraient toute une vie avaient débuté par des rendez-vous innocents sur les pentes des pâturages d'hiver.

En bas, l'activité était tout aussi intense. On préparait la célébration de nombreux mariages. Les femmes cousaient et tissaient, comparant les vêtements, échangeant potins et galons de noces, spéculant sur les couples de l'année suivante. D'autres recensaient les troupeaux, les leurs et ceux des autres. Dans un enclos aux barrières de rochers et de buissons, on séparait les vaja de leurs veaux. Le propriétaire de chaque jeune animal s'avançait ensuite pour le marquer à l'oreille. Le lambeau de peau découpé était enfilé sur un collier d'inventaire pour tenir le compte. La majorité des

227

mâles subissaient une castration. Un des éleveurs maintenait la bête à terre, pendant qu'un autre prenait le scrotum dans sa bouche. Deux brefs coups de dent suffisaient à sectionner, à l'intérieur de leur enveloppe, les liens qui rattachaient les testicules au reste du système génital, sans verser une goutte de sang. Après un rapide massage du sac contenant les bourses, le sarva se relevait harke ; il courait retrouver sa mère, en proie à une folle inquiétude.

On troquait et l'on comparait animaux et objets ; les enfants hurlaient, s'amusaient et se chamaillaient. Les gens se rendaient de fréquentes visites. Le bruit des voix faisait penser au murmure incessant de la pluie. Ce tourbillon d'activité forçait l'esprit de Tillu, la détournant de ses pensées. Un mur de sons et de mouvements l'isolait de ses problèmes.

Elle avait peu vu Heckram, et Kerleu encore moins. Maintenant, son activité de guérisseuse occupait la plus grande part de ses journées. Elle ne pouvait être Tillu qu'à des moments inopinés. Sa vie et ses soucis semblaient avoir été écartés, comme un ouvrage en cours à reprendre plus tard. Cependant, elle était vaguement consciente qu'il en allait différemment. Kerleu, Heckram et Kari continuaient leur chemin sans son intervention. Mais sous la tente du maître des hardes, le fil d'autres existences était entre ses mains. Elle devait les garder intactes, ne pas les laisser échapper malgré l'intensité du chagrin qui la taraudait.

Si elle n'était pas encore guérie, Kelta se sentait mieux, bien que quelques pas lui suffisent à s'essouffler. En revanche, Rolke n'était pas sorti de l'inconscience, gémissant de temps à autre, sans donner d'autre signe de vie. Les os de ses mains et de ses pieds commençaient à saillir et sa peau brûlait sous les paumes de Tillu. Capiam refusait toujours d'admettre qu'il était contaminé, mais à la moindre occasion, Tillu rajoutait de l'écorce de saule et des racines de bouleau broyées dans les tisanes qui lui étaient destinées. Elle ne quittait que rarement sa tente, s'occupant constamment de Rolke, même si elle ne pouvait que peu de chose pour améliorer son état : faire couler régulièrement du thé ou un peu de bouillon dans sa bouche molle, et frotter d'eau et d'huile sa peau parcheminée. Elle endurait les prédictions de Kelta, qui annonçait que d'un moment à l'autre, son fils se sentirait mieux. N'était-ce pas ce qu'avait dit le nadj ? Le garçon n'avait besoin que de repos.

Du repos. Tillu y aspirait elle-même. Mais il y avait toujours un événement qui réclamait une nouvelle dépense d'énergie. Le nadj et la guérisseuse de Capiam étaient devenus la grande attraction du camp d'été. Des membres d'une autre tribu lui amenèrent un garçonnet au bras cassé. Elle le soigna, déclenchant un flot ininterrompu de visiteurs sous la tente de Capiam. La plupart souffraient d'affections mineures, mais dents gâtées, coupures infectées ou blessures après une anicroche dans les enclos des rennes se succédaient. Avec l'augmentation de la température, elle vit aussi apparaître des piqûres de tique, dont certaines s'infectaient ou tournaient à l'abcès. D'aucuns se plaignaient de fièvre et de migraine intermittente. Leurs symptômes étaient bien trop semblables à ceux de Kelta et de Rolke pour la tranquillité de Tillu. Elle traitait tous les cas, se demandant à quel moment elle pourrait enfin dormir. En dépit de son état de santé défaillant, Capiam semblait accueillir avec plaisir l'attention que lui valait sa nouvelle guérisseuse. Même Kelta s'installait près du feu pour bavarder avec les patients.

Le soir, le nadj se postait devant l'abri du maître des hardes, avec le battement incessant de son tambour et ses chants. Les gens s'approchaient alors par groupes de trois ou quatre pour l'observer avec avidité et échangeaient des anecdotes bien connues sur les nadjs du passé. On construisait un feu pour Carp et de savoureuses offrandes étaient disposées sur des plateaux de bois. Un tapis de fourrures l'attendait là où il s'installait et un espace dégagé avait été balayé pour lui permettre d'y danser. Tillu en profitait pour regarder son fils. Il était accroupi près du genou osseux de Carp, oscillant au rythme du petit instrument dont il accompagnait les incantations de son maître. Celui-ci se pavanait dans les meilleures tuniques de Joboam, son cou et ses poignets ployaient sous le poids des colliers d'ambre et d'ivoire. De temps à autre, il sortait de sa bourse des objets étranges et sinistres auxquels il chuchotait des paroles incompréhensibles, ou il faisait des passes mystérieuses au-dessus du feu, dont les flammes bondissaient à sa demande ou lâchaient des nuages de fumée jaune dans la nuit. Alors, l'assemblée était parcourue de murmures fiévreux, fascinée par celui qui chantait pour le fils de Capiam.

Tillu ne regardait que Kerleu. Il était nu, exception faite d'une bande de cuir qui lui ceignait les reins. Ses cheveux avaient poussé en une masse broussailleuse et pendaient sur ses épaules étroites. Ses yeux marron pâle semblaient trop grands dans son visage décharné. Ses côtes étaient visibles, ses coudes et ses genoux saillaient, en un contraste douloureux avec ses membres grêles. Tillu avait tenté une fois de lui parler. Profitant d'un moment de calme où Carp marmottait, tête baissée sur un assemblage de dents et de plumes, pendant que les doigts de Kerleu râpaient doucement la peau du tambour, elle s'était glissée jusqu'à son fils, avait tendu la main vers son dos ; du bout des doigts, elle avait effleuré les vertèbres proéminentes de sa colonne et senti la chaleur de son corps.

« Kerleu. » Son murmure n'avait pas échappé à Carp, qui s'était précipité sur elle en lui agitant son talisman sous le nez ; le chant qu'il chuchotait précédemment s'était transformé en un hurlement rageur. Un homme qui appartenait à une autre tribu avait saisi Tillu sans ménagement et l'avait ramenée dans la foule, mais pendant un long moment, Carp avait continué sa danse de colère en brandissant le charme vers les spectateurs frappés d'une crainte respectueuse. Kerleu n'avait pas fait attention à elle. Elle s'était glissée dans la tente de Capiam, noyant ses propres pensées dans le bavardage des femmes attroupées autour du feu de Kelta, qui buvaient du thé en cousant. Plus tard, Capiam lui avait fait remarquer : « Un garçon de l'âge de Kerleu n'est plus un enfant. Les parents doivent savoir quand laisser la liberté à leur progéniture. » Tillu s'était contentée de le fixer d'un air dur, en silence.

Elle aurait pu lui retourner sa critique, demander pourquoi Kelta et lui s'obstinaient à vouloir marier

Kari. Mais elle avait préféré s'abstenir, de crainte d'aggraver la situation de la jeune fille. À leur arrivée au Cataclysme, Capiam avait ordonné qu'elle revienne vivre sous la tente familiale. Tillu s'était attendue à des protestations, mais Kari avait obéi avec une docilité qui ne lui ressemblait pas. Toute vie avait disparu de son regard depuis le jour où Carp était parti avec Joboam. Rien ne semblait plus la captiver. Elle passait le plus clair de son temps à fixer les flammes. Les efforts de Tillu pour l'animer se heurtaient à un mur ; elle ne s'intéressait plus aux plantes ni aux soins. Elle rappelait à Tillu une mère qui aurait perdu un enfant nouveau-né. Avec cette expression qui parlait d'espoirs déçus et de vie brisée. Quelles promesses avait pu lui faire Carp, avant de les oublier ? Une seule fois, Tillu osa parler à Capiam du silence dans lequel sa fille s'était murée. Il la dévisagea avec étonnement.

— Mais Kari a toujours été ainsi. Calme, oisive, rêveuse. C'est pour ces raisons que Kelta et moi avons décidé que le mariage était la meilleure solution. Quand elle aura son foyer et un homme, il lui faudra bien parler, prendre soin des choses. Elle deviendra une femme différente.

Tillu en doutait. Il y avait peu de chances pour qu'une union accomplisse l'évolution que souhaitaient Capiam et Kelta. Quand elle ne regardait pas dans le feu, Kari faisait de la couture. Elle avait acquis des paniers entiers de rémiges noires, que rang après rang, elle fixait sur un manteau de cuir de veau. Kelta semblait fière de ces nouveaux talents domestiques, mais restait réservée quant au vêtement proprement dit. À

232

l'entendre, la cape dégagerait une odeur horrible dès la première pluie. Kari ne répondait pas, se contentant de pencher la tête encore plus près de son ouvrage, repoussant les paroles de sa mère à petits coups d'aiguille précis et réguliers.

Les jours passaient ainsi, l'un après l'autre, comme des perles péniblement sculptées dans l'os. L'état de Rolke ne s'améliorait pas, Kerleu maigrissait à vue d'œil et ses yeux paraissaient de plus en plus vides. Tillu échangeait quelques mots avec Heckram à la porte de la tente, des entrevues empreintes de culpabilité, sous le regard lourd de Capiam, comme si la guérisseuse se devait de consacrer chaque instant à Rolke. Heckram apportait des nouvelles rares et peu réconfortantes. Kerleu vivait sous la tente du nadj et devait être bien nourri, car Joboam fournissait chaque jour de la viande fraîche à Carp. Heckram et Ristin se portaient bien, la compagnie de Tillu leur manquait. Parfois, il se risquait à lui effleurer la main, lui communiquant chaleur et énergie avant de la laisser repartir près de son malade.

Le temps s'égrenait sans que Tillu en prenne réellement conscience. Puis vint un soir où l'abri se remplit de femmes groupées autour de Kelta, qui dirigeait travaux de couture et bavardages. Rolke était toujours inconscient et Capiam absent. Assise à l'écart, un tas de plumes dans son giron, Kari était penchée sur sa tâche interminable. Laissant son patient, Tillu se glissa discrètement près d'elle. Le regard triste de la jeune fille était à moitié masqué par ses paupières ourlées de rouge, irritées par son travail minutieux. La guérisseuse caressa l'assemblage réalisé du bout des doigts.

— C'est du beau travail, dit-elle avec gentillesse.

Kari leva lentement la tête.

— Cela ne servira à rien, répondit-elle d'un ton morne. Il me refusera. Il ne voudra pas me prendre.

Puis elle se leva abruptement, laissant son ouvrage glisser au sol, alla s'étendre sur sa couche et tira ses fourrures par-dessus sa tête. Son attitude glaça Tillu. Au fond des yeux de Kari, elle avait reconnu l'ombre de la mort.

Kelta avait suivi la scène de loin.

— Ne t'inquiète pas, lança-t-elle à Tillu d'une voix joviale. Elle est nerveuse et se pose des questions, comme toutes les filles à la veille de leurs noces. Viens plutôt nous aider.

L'éclat de rire général, teinté de commisération, qui réunit toutes les femmes présentes frappa Tillu au cœur. Comment pouvaient-elles être aussi aveugles ?

— Non. Je crois que je vais prendre un peu d'air frais. Appelez-moi si Rolke se réveille, dit-elle d'une voix qui lui parut bien mal assurée.

— Laisse-le se reposer, pépia joyeusement Kelta. Il ne va pas tarder à aller mieux. Le nadj l'a dit.

Tillu se mordit la langue et sortit de l'atmosphère suffocante. Dehors, la lumière douce du crépuscule et la fraîcheur qui tombait des flancs du Cataclysme l'apaisèrent quelque peu. Il fallait profiter de cet instant de tranquillité. Carp arriverait bientôt, avec ses fumées âcres et son vacarme monotone. Elle se laissa tomber sur les peaux et tenta d'oublier ses préoccupations.

234

Puisque Kari s'inquiétait d'un éventuel refus de Pirtsi, elle avait certainement changé d'opinion à propos de son mariage. Alors d'où venait cette inquiétude qui taraudait Tillu ? Ne pouvait-elle pas, tout simplement, se réjouir de voir la jeune fille se décider enfin à prendre un homme ?

Quand Heckram émergea de la pénombre et se dressa devant elle, son cœur sauta de joie. Sa force tranquille l'attirait telles la chaleur et la lumière qui émanaient d'un feu. Elle lui prit la main et l'amena près d'elle.

— Je ne peux pas rester longtemps, prévint-il immédiatement.

— Oh, pourquoi ?

La déception était amère. Il hésita à répondre, puis se décida.

— J'ai beaucoup à faire, ces jours-ci. Je suis resté aux enclos toute la journée. Mes veaux et ceux de Lasse sont marqués et castrés. Mais je dois encore m'occuper de ceux de Ristin, de Missa, et de Kuoljok, continua-t-il avec un petit rire dépourvu d'humour. Parfois, j'ai l'impression d'avoir la charge de la moitié du troupeau et je ne sais plus combien de jeunes portent la marque de mes dents.

— Quant à moi, il me semble avoir soigné la moitié des tribus du peuple des rennes. Et chaque jour, il y en a encore plus. La plupart des gens ont des piqûres de tique infectées. Il y a aussi cette fièvre capricieuse qui va et vient, disparaît et revient.

Tillu se tut, de peur de prononcer le mot qui la hantait en secret : épidémie.

— Je rencontre une empreinte de sabot par-ci, par-là. Je n'ai jamais vu autant d'os brisés et d'articulations tordues.

Heckram leva sa main libre avec l'ombre d'un sourire. Trois de ses doigts étaient bandés ensemble.

— Je ne voulais pas en parler, mais...

Tillu lui saisit le poignet avec une exclamation étouffée et l'attira vers elle. Après avoir enlevé le bandage rudimentaire, elle tâta et manipula chaque phalange avec douceur.

— Il n'y a rien de cassé, dit-elle. (Il tressaillit et retira sa main ; elle la reprit et commença un massage léger.) Tu feras chauffer de l'eau, ce soir ; il faut qu'elle soit aussi chaude que possible. Tu y feras tremper ta main. Si Ristin a de l'écorce d'aulne ou de l'achillée mille-feuille, réduis-en un peu en poudre et ajoutes-en à l'eau. Demain, refais-toi un bandage avant de commencer le travail.

Heckram l'écouta d'un air grave, mais une lueur d'amusement dansait dans son regard.

— Je suis venu voir Tillu, pas la guérisseuse, précisa-t-il de sa voix tranquille.

Elle éclata de rire, sans cesser pour autant de le masser.

— En ce moment, j'ai du mal à être autre chose que cela. (Son sourire se flétrit d'un seul coup.) À moins que je ne souhaite participer à la confection de la tenue de mariage de Kari. On ne parle que de la cérémonie de demain, dans la tente. J'ai beau répéter à Kelta de s'étendre, et demander à toutes de baisser le ton pour laisser Rolke en paix, il n'y a rien à faire. Je serai

236

presque contente quand tout cela sera fini. La mère de la mariée pourra enfin se reposer pour guérir complètement.

— Comment va Rolke?

Le visage de Tillu s'assombrit.

— Je ne sais pas. Il est vivant, mais son état ne semble pas s'améliorer. Kelta pâlit chaque fois qu'elle le regarde. Capiam refuse d'en discuter avec moi. Il ne dit qu'une chose : le nadj a prédit que Rolke irait mieux au Cataclysme. Maintenant, à moi de faire le nécessaire pour assurer sa guérison. Ensuite, Kelta retourne à ses préparatifs et Capiam s'en va compter le bétail ou apporter un autre cadeau à Carp. Personne ne m'écoute.

— C'est la manière d'être des gens des hardes. Et de Capiam entre tous. Il ne s'inquiète pas de ce qu'il ne peut modifier. Il agit dans les domaines où il en a la possibilité. Il marque ses veaux, mais aussi ceux de Kelta, de Rolke, et même de Kari, qui devrait s'en occuper elle-même. Il accroît le prestige de sa tribu en laissant tout le monde savoir combien sa guérisseuse est efficace. Il capture des poissons pour les faire sécher en prévision des longs mois d'hiver. Il fait ce qui incombe à un homme pour assurer la subsistance de sa famille. Si la mort frappe, il sera temps de pleurer. Mais il ne commencera pas avant.

Après quelques instants de réflexion silencieuse, Tillu acquiesça lentement.

— Je comprends... Après tout, je procède de la même manière, sans en avoir conscience. (Elle tourna

237

vers lui un regard implorant.) Je n'ai pas vu Kerleu, aujourd'hui. Comment va-t-il ?

— Moi non plus, avoua Heckram, soudain mal à l'aise. Mais il avait l'air bien, la dernière fois. Il m'a semblé plus mince, mais il est peut-être en train de grandir.

— Il mange, au moins ? demanda-t-elle d'un air anxieux.

— Je... J'imagine. La nourriture ne manque jamais sous la tente de Joboam. (Elle le fixa en silence. Il soupira.) Je ne peux pas grand-chose, Tillu. Je n'aime pas le savoir là-bas, mais il habite au même endroit que le nadj, qui partage le foyer de Joboam. Capiam lui a donné des peaux et a payé des femmes pour lui fabriquer une belle tente. Elle est installée, mais Carp préfère rester avec Joboam. Il n'a pas besoin de s'inquiéter de faire du feu, ou la cuisine. Joboam s'occupe de tout, pas aussi volontiers qu'aux premiers jours, il est vrai. Chez lui, Carp mange à satiété, il dispose de belles fourrures pour sa couche et reçoit de nombreux présents. D'ailleurs, je m'interroge quand je vois tout ce que lui a donné Joboam. Hier, il portait un pendentif de bronze qui était un des préférés de son hôte. Il se vêt aussi de ses meilleures tuniques, même si elles traînent par terre. Pirtsi a abattu un de ses veaux parce que Carp souhaitait manger la langue et le cœur. Je ne peux pas entrer chez Joboam et exiger de repartir avec Kerleu. Il ne quittera jamais son nadj, et Joboam ferait un esclandre. Mais je ne crois pas que Carp lui permettrait de maltraiter le garçon.

Tillu avait écouté sans intervenir.

238

— Je comprends. Pour l'instant, nous sommes coincés. Quand Rolke ira mieux, je trouverai un moyen de parler à mon fils. (Elle leva soudain les yeux vers Heckram.) Il me faudra peut-être m'enfuir avec lui, chuchota-t-elle.

Elle se tut un bref instant, le temps de discipliner les mots qui se bousculaient dans sa bouche, pressés d'exprimer l'étendue de sa détermination.

— Je refuse qu'il apprenne ce que Carp est en train de lui enseigner. Que le meilleur ami est celui qui vous donne le plus. Regarde ce qui est arrivé à la pauvre Kari, comment elle a été récompensée de son hospitalité, et de tous les soins dont elle l'a entouré. Depuis que le chaman l'a rejetée, elle souffre tel un enfant au cœur brisé. Elle ne parle presque plus. Demain Capiam la donnera à Pirtsi, comme si c'était un chiot de sa meilleure chienne. Personne ne lui a demandé ce qu'elle voulait porter à la cérémonie, ni ce qu'elle souhaiterait manger, et encore moins si elle aimait son fiancé. Tout se passe sans elle. (L'indignation l'interrompit quelques secondes.) Ses parents ne connaissent même pas son véritable caractère. Comment peuvent-ils décider de ce qui est le mieux pour elle ?

— Ils en ont le droit, lui rappela doucement Heckram.

— Ils ne la voient pas telle qu'elle est.

— C'est peut-être le destin des parents de ne pas voir leur enfant grandir. Tu ne voulais pas donner Kerleu à Carp. Tu aurais choisi une voie différente pour lui. Mais il a décidé lui-même de ce qui le rendrait le plus heureux. Je sais que Carp ne te plaît pas, et à moi non plus. Mais il enseigne à Kerleu ce qu'il souhaite le plus apprendre. Je suis persuadé que, le moment venu, ton fils sera un nadj très puissant.

L'expression de Tillu se fit distante. Elle lâcha la main d'Heckram.

— Sans doute. Il excellera à prendre leur nourriture, leurs vêtements et leur abri aux autres, à les menacer de ses pouvoirs. Il arrachera les tuniques de leur dos, détournera les aliments de la bouche de leurs enfants. Que penses-tu que Carp soit en train de faire ? Il a trouvé une faiblesse chez Joboam, et l'exploitera jusqu'à ce qu'il se soit emparé de tout ce qui l'intéresse. Ou jusqu'à ce qu'il déniche une victime plus riche. Il a déjà beaucoup tiré de Capiam. Carp est un parasite, Heckram. Tu t'étonnes vraiment que je ne veuille pas laisser Kerleu devenir comme lui ?

Le chasseur battit en retraite devant la brusquerie du ton.

— Tillu, je ne voulais pas dire...

— Guérisseuse ! appela une des femmes qui avait passé la tête à l'extérieur de la tente. Kelta te prie de venir. Kari essaie ses vêtements pour demain.

— Tillu...

— Il faut que j'aille voir Rolke, l'interrompit-elle. Fais attention à tes doigts, soigne-les comme je t'ai indiqué.

Elle se leva et rentra sous l'abri, le dos droit, la nuque rigide.

— Je reviendrai demain, dit-il au pan de cuir qui se rabattait.

À l'intérieur, Kari se tenait les bras écartés, au milieu

du cercle des commères, aussi animée qu'une peau mise à sécher sur un râtelier. Elle portait une veste de cuir souple, dont les manches découvraient une partie de ses avant-bras. Le vêtement était festonné de perles d'ambre et de galons colorés sortis du métier à tisser de Kelta. L'ourlet de sa jupe de laine, qui s'arrêtait à hauteur du genou, était souligné d'un galon décoratif. Des bracelets de bronze lui ceignaient les bras. Des peignes d'os sculpté retenaient ses cheveux lisses. En revanche, son visage avait l'aspect raide et jaunâtre d'un cuir mal curé.

— Elle n'a jamais été aussi belle, n'est-ce pas ?

Tillu était incapable de répondre à Kelta, mais son silence passa inaperçu dans le concert de louanges qui suivit.

— Je dois m'occuper de Rolke.

Tillu se glissa discrètement au fond de la tente, où reposait le garçon. Elle se pencha vers lui et fit couler un peu de tisane dans sa bouche inerte. Les femmes réunies autour de Kari lui enlevaient ses atours, au milieu des bavardages sur la cérémonie du lendemain. La guérisseuse s'efforça de les oublier. Son patient n'allait pas mieux, il se cramponnait à la vie, mais s'affaiblissait chaque jour.

— Rolke ? dit-elle doucement.

Ses paupières frémirent, mais il ne les ouvrit pas. La fièvre le dévorait comme une flamme brûle l'huile et il se consumait sous ses yeux. Sa propre couche n'était pas loin de la sienne et elle s'y étendit, se demandant si elle parviendrait enfin à aider réellement quelqu'un.

La tente était plongée dans l'obscurité depuis

longtemps, les chants et le tambour s'étaient tus depuis des heures quand Kari la secoua.

— Réveille-toi, supplia la jeune fille d'une voix noyée par les larmes. S'il te plaît, il faut que tu m'aides.

Tillu eut à peine le temps de s'asseoir que Kari la prenait par le bras, la forçant à se lever, et l'entraînait à l'extérieur. Le rabat retomba derrière elles, et la guérisseuse se frotta les yeux dans le crépuscule sans fin de la nuit d'été. Le soleil était suspendu très bas sur l'horizon, faisant du moment une pâle parodie du jour. Autour d'elles, le camp était plongé dans le silence.

— Voici le couteau, dit Kari en poussant une lame dans son étui entre les mains de Tillu encore à moitié endormie. Auras-tu besoin de plus de lumière ?

— Quoi ?

Tillu avait la sensation d'être aux prises avec un rêve décousu, où les événements n'avaient aucune suite logique.

— Mon nez, reprit Kari. Rappelle-toi, tu étais d'accord pour m'aider à entailler mes oreilles et mes narines, pour que Pirtsi refuse de m'épouser. Dépêche-toi.

Tillu ne répondit pas immédiatement, incapable de surmonter sa confusion.

— Kari... Je ne peux pas, je suis une guérisseuse, pas quelqu'un qui...

— Personne ne m'aidera ! (Le chuchotement de Kari avait pris une note aiguë de hurlement.) Ni toi ni Carp ! Tu ne tiendras pas ta promesse de me marquer ! Il ne dira pas à tous que j'appartiens à l'esprit de la chouette, et qu'il ne faut pas me donner à Pirtsi !

Tillu comprit brusquement à qui faisait allusion Kari en parlant de se voir refusée. Ce n'était pas à son fiancé.

— C'est ce que Carp t'avait dit ? Il t'avait promis de déclarer que tu étais destinée à l'oiseau, qu'il te donnerait à lui ?

— Oui ! (Elle s'affaissa sur les peaux qui garnissaient le pourtour de la tente.) Il m'a raconté que si je lui rendais des services, si je découvrais des secrets pour lui, il affirmerait que j'étais à la chouette. Qu'en le servant, j'obéissais aux esprits, et qu'ils en seraient contents. Il m'avait promis qu'aussi longtemps que je le suivrais, je n'aurais rien à craindre. Mais il est parti avec Joboam ! Ce n'était pas ma faute ! Je ne l'ai pas laissé, c'est lui qui m'a quittée. Mais quand je suis allée le trouver, ce soir, pour lui demander d'expliquer à mon père que Pirtsi ne devait pas me prendre, il s'est moqué de moi. Il a ri en disant que les animaux gardiens se souciaient peu des femmes, que je ne convenais pas à la chouette. Ensuite, il m'a ordonné de retourner chez mon père, et de faire ce qu'on me demandait. Et quand Joboam est entré dans la tente, il a été fâché de me trouver là. « Est-ce ainsi que tu tiens tes promesses, nadj ? » a-t-il demandé. « Je n'obéis pas aux hommes, mais aux esprits, Joboam, a répondu Carp. Jusqu'à présent, ils m'ont prié d'être bon envers toi. Ne prends pas le risque de les mettre en colère par des paroles inconsidérées. » Joboam s'est vraiment énervé, mais Carp a ri encore plus fort. « Va sous ta tente, petite jeune femme, m'a-t-il dit. Dors bien ce soir, car demain, c'est le jour de ton mariage. » À ce moment, Joboam avait l'air si furieux que j'ai couru jusqu'ici. Je croyais que tu serais d'accord pour m'aider. Mais toi non plus, tu ne veux pas.

Tillu s'agenouilla face à Kari et la prit par les épaules.

— Kerleu. As-tu vu Kerleu ? demanda-t-elle.

— Je... Il n'était pas là. Je ne l'ai pas vu. Tu dois me soutenir, je ne peux pas épouser Pirtsi. Je ne le laisserai jamais me toucher. Je ne peux pas.

— Pourquoi ?

Kari se contenta de la regarder. Ses yeux semblaient lui dévorer le visage. Puis sa bouche se déforma en une moue enfantine et elle se jeta dans les bras de Tillu, qui l'étreignit, touchée par les sanglots qui secouaient son corps frêle.

— Pourquoi ? répéta-t-elle d'une voix douce.

Mais Kari se contentait de secouer la tête. Les mots finirent par sortir en un flot irrégulier et hésitant.

— Quand j'étais petite, il disait qu'il allait me tuer. Alors, je ne pouvais en parler à personne. Et puis, la dernière fois, il a prétendu que si mon père lui lançait un défi à cause de ce qui s'est passé, il le tuerait. Et ce serait ma faute. Tout le monde dirait que je suis une menteuse et que je n'attire que des ennuis. Personne ne me croirait plus jamais. Personne. Joboam a toujours été le plus grand et le plus fort. Rolke savait tout, mais il se taisait. À cause des cadeaux. Plus jamais. Jamais.

— Chut. Chut.

Tillu la berçait comme un bébé. C'était le seul réconfort qu'elle pouvait lui offrir. D'une certaine manière, l'histoire de Kari n'était pas réellement une révélation ;

elle soupçonnait depuis longtemps la vérité. Quel baume pouvait soulager une telle blessure ? Quel remède arriverait à drainer cet amer poison du passé ?

— Écoute, murmura-t-elle en tentant de couvrir les sanglots de Kari. Écoute-moi. Demain matin, j'irai trouver le maître des hardes. Je lui parlerai pour toi, je lui dirai...

— Non ! Non, parce que mon père voudra l'attaquer, et se fera tuer. Non. Personne ne doit savoir. Et je ne dois pas non plus épouser Pirtsi. Non. Non.

— Très bien. Très bien, acquiesça Tillu. Nous allons trouver autre chose. Nous trouverons. (Elle serra la jeune fille contre elle, tentant de lui communiquer un peu de calme et d'énergie à travers cette brève étreinte.) Écoute, Kari. Je veux que tu rentres, que tu t'allonges, et que tu dormes. Repose-toi. D'ici demain, j'aurai eu une idée, et nous empêcherons ce mariage de se faire. Fais ce que je t'ai demandé. D'accord ?

Tillu se pencha pour mieux la voir. Kari s'était soudain abandonnée dans ses bras, comme si la vie l'avait brusquement désertée. Puis elle releva lentement la tête. Ses yeux reflétaient les étoiles.

— Penses-tu, toi aussi, que je ne suis pas faite pour la chouette ? Ou crois-tu qu'elle acceptera de m'aider ?

— Bien sûr. Son esprit va nous épauler, mentit Tillu, dans l'espoir de soulager son chagrin. Retourne dormir, maintenant. Il me reste beaucoup à faire avant le matin. S'il te plaît.

— L'esprit de la chouette m'aidera, répéta Kari à voix basse. (D'un seul coup, elle semblait rassérénée, détendue.) J'aurais dû y penser plus tôt, Tillu. Je peux

245

aller retrouver l'oiseau et lui demander son soutien. Quand il est venu à moi, j'étais seule devant le feu de mon père. Carp n'était pas avec moi quand il m'a visitée. Et je peux peut-être aller à lui maintenant.

— Oui. Oui. Mais il faut dormir. Va te coucher.

Quand Kari se leva et souleva le rabat, Tillu se força à l'immobilité et au silence.

— Tout va bien se passer, assura-t-elle, alors que la jeune fille se penchait pour pénétrer dans la tente.

— Je sais.

Et le pan de cuir la déroba au regard de Tillu. Elle se dressa d'un bond. Kerleu. Où était son fils ? Et que pouvait-elle faire pour Kari ? Elle trottinait sur le sentier qui passait à travers le village. La terre tassée était fraîche sous ses pieds nus. Au passage, elle examinait les abris. Celui de Ristor, celui d'Acor. Plus loin, elle reconnut le campement de Stina à la nouvelle peau, plus claire que les autres, qui l'ornait. Ensuite s'élevait celui de Ristin. Et juste à côté, une tente inconnue, avec son cuir pâle, encore vierge de taches. Elle hésita.

— Tillu !

L'appel venait de derrière. Des bras se refermèrent étroitement autour d'elle. Elle lutta un instant, avant de se calmer en reconnaissant l'odeur familière et le contact de la barbe contre son visage. En se serrant contre lui, elle se rendit compte qu'elle tenait encore le couteau de Kari. Elle se dégagea légèrement pour glisser l'arme à sa ceinture. Au moins, la jeune fille ne se tailladerait pas le visage avant le matin.

— J'allais te rendre visite, quand je t'ai aperçue, dit Heckram.

246

— Je voulais te parler, parce que...

— Écoute d'abord ce que j'ai à dire. Kerleu a disparu. Je ne l'ai pas croisé de toute la journée. J'ai fini par trouver une excuse pour passer voir le nadj. Je lui ai porté un nid rempli d'œufs trouvé ce matin. Ma visite a eu l'air de lui faire plaisir, mais ce n'était pas le cas de Joboam. Ils se sont disputés à ce sujet. Carp a fini par dire qu'il inviterait qui il lui plairait. Joboam n'a rien ajouté, mais on voyait bien qu'il était en colère. Le nadj ne devrait pas le contrarier de cette façon. Bref, Kerleu n'était pas là. J'ai donc demandé de ses nouvelles. Carp m'a expliqué qu'il était parti chercher une vision. J'ai posé plus de questions et il s'est contenté de me répondre qu'il ne pouvait pas en parler pour l'instant, mais que tout serait bientôt clair.

Heckram avait débité son discours d'un seul trait. Il se tenait devant elle et ses yeux semblaient plus foncés dans la pénombre. Il leva la main, comme pour demander pardon. Elle la saisit.

— Carp évoquait souvent cette étape initiatique quand nous vivions parmi le peuple de Bénu. Il encourageait les jeunes gens à jeûner pendant de longues périodes, puis à s'isoler pour chercher ces fameuses visions. C'était une manière de gagner la protection des esprits.

— C'est sans doute pour cela que Kerleu avait l'air si mince ces derniers jours, dit Heckram d'une voix songeuse. Un long jeûne et... Mais il n'est pas assez âgé pour être envoyé au loin tout seul et faire des choses pareilles. Ni assez sage.

— Carp s'en fiche. Pour que Kerleu devienne un

chaman, il doit en passer par là. Sinon, il ne lui sera d'aucune utilité. J'ai déjà entendu Kerleu en parler quand il pense que je suis endormie. Il marmonne à propos d'animaux gardiens et de monde des esprits. Où aurait-il pu aller ?

C'était une question désespérée, qui n'attendait pas de réponse. Le silence s'étira, fragile. Puis Heckram prit la parole, à regret :

— Aux Marches du nadj.

— Quoi ?

— Cela fait des années que je n'y avais pas pensé. C'est une partie du Cataclysme qui n'est constituée que de roches effondrées. Pas la moindre miette de terre ni le plus infime brin d'herbe. C'est un amas de blocs aux arêtes aiguës qui dévalent la façade du Cataclysme tel un torrent de pierre. Au sommet, se trouve un pic escarpé auquel on accède par des corniches étroites. Les garçons jouent toujours à se défier d'y grimper. Dans mon enfance, quand il y avait des tempêtes d'été, les anciens avaient coutume de dire que le vieux nadj était en colère. Selon la légende, il est monté en haut des Marches pour parler avec les esprits du ciel et n'est jamais revenu. On prétend qu'il y est encore, qu'il surveille le peuple des hardes et qu'il sait si quelqu'un manque de courage ou d'honnêteté.

Il observa le visage de Tillu. Ses paroles la faisaient frissonner et elle se serra plus étroitement contre lui.

— Quand les adultes n'étaient pas dans le coin, escalader les Marches du nadj faisait partie des bravades courantes que se lançaient les gamins. C'était considéré comme un acte plus que néfaste. Quiconque s'avisait d'aller provoquer le nadj dans son domaine s'exposait à se faire enlever dans sa propre tente. Donc, tous les garçons allaient là-bas, bien sûr. (Il marqua un bref silence avant de continuer, presque honteux.) Sauf moi. J'en avais évidemment entendu parler, mais j'avais trop à faire dans la journée pour courir et jouer avec les autres. Puis Joboam se targua d'être arrivé plus haut que n'importe qui, jusqu'au sommet. Et pour marquer sa victoire, il y avait laissé un bracelet de bronze que son père venait de lui offrir. Pendant des jours, il n'a été question que de cela. Joboam répétait qu'il avait prouvé pour toujours qu'il était le plus courageux de nous tous.

— Cela a dû te contrarier encore plus de l'entendre se vanter d'une chose que tu ne pouvais même pas tenter.

En dépit de son angoisse, Tillu s'était laissé prendre à l'histoire.

— Et comment, confirma Heckram avec un petit gloussement. Cela a duré. Jusqu'à ce qu'un matin, je me lève avant tout le monde pour me mesurer aux Marches du nadj. La bruine avait rendu les rochers glissants. À un moment j'ai regardé en bas : tout le camp était plongé dans la brume. Comme si je progressais à travers les nuages. Mais j'étais obstiné, et je ne suis pas redescendu. D'abord, j'avais espéré que les jeunes me verraient dès qu'ils lèveraient la tête. Mais je compris rapidement que je serais caché par le brouillard, puis par l'angle de la pente escarpée. Mais j'ai continué. Pour moi-même. Et j'ai découvert deux choses.

Il se tut, forçant Tillu à demander la suite.

— Alors ?

— À un certain endroit, la corniche tournait autour du pic et devenait encore plus étroite. Trop pour que je puisse m'y aventurer sans risque. Comme Joboam. Un garçon plus petit que nous aurait réussi, mais ni lui ni moi. Et c'est là que j'ai trouvé le bracelet. Pas en haut des Marches du nadj. Je l'ai pris et en m'aplatissant contre la paroi, je suis allé plus loin. J'ai fait cinq pas supplémentaires. Je les ai comptés. Et l'autre chose était là. Au sommet.

Un petit animal cria quelque part, sous les serres qui venaient de crocher dans sa chair. Tillu sursauta comme si elles venaient de percer sa propre peau. Heckram la serra plus étroitement contre lui.

— Le nadj était encore là, chuchota-t-il. La corniche s'arrêtait, mais il y avait une ouverture dans la paroi de la falaise. Pas vraiment une grotte, plutôt une niche. Je l'ai vu, avec son panier et ses objets magiques étalés devant lui. Accroupi, grimaçant, il dominait le Cataclysme et le peuple des hardes.

Tillu laissa échapper un cri d'horreur.

— Qu'as-tu fait ?

— Je n'ai touché à rien. J'étais assez malin pour savoir que tripoter les ossements d'un nadj ne pouvait apporter que des ennuis. Mais j'ai gravé ma marque sur la roche. Et j'ai reculé pour quitter le passage étroit et revenir sur les marches. Ensuite, je suis redescendu. Le soir, je suis allé trouver Joboam sous sa tente. Son père était là. Je lui ai tendu son bracelet en disant : « J'ai trouvé ça aujourd'hui. Ce n'est pas le tien ? »

— Et tu t'étonnes qu'il te déteste... commenta Tillu à voix basse.

— Pas vraiment. D'ailleurs, il s'est vengé. Il a dit au maître des hardes de l'époque que j'étais allé jouer près des Marches du nadj, sans me soucier de l'interdiction. J'ai reçu une réprimande devant tous les anciens. Ristin était si furieuse que j'aie pris un tel risque que par la suite, elle s'est arrangée pour que j'aie trop de travail pour avoir l'occasion de recommencer. Mais cela ne me dérangeait pas. Malgré tout, Joboam et moi savions que son bracelet n'était pas au sommet. Qu'il était moins courageux qu'il le prétendait.

— Et tu crois que Kerleu serait allé par là ?

— C'est l'endroit le plus plausible. De plus, je suis certain que Joboam se sera arrangé pour l'y envoyer. Il n'est pas très facile d'en revenir.

Le silence retomba, mais quand Tillu ouvrit la bouche pour répliquer, Heckram lui ferma les lèvres d'un baiser. Il la tint contre lui tout en continuant à parler.

— Mais nous redescendrons ensemble demain. La nuit est douce, et parvenir au début des Marches sera aisé pour un garçon de la taille de Kerleu. Je le laisserai profiter de ce moment sur les Marches du nadj. Il n'ira pas bien haut. Je sais que tu t'inquiètes, mais il faut comprendre que ce genre de défi représente beaucoup aux yeux d'un gamin qui grandit. Kerleu a sa forme de sagesse. Il ne se mettra pas en danger. Et demain, je le ramènerai.

— Tu en es certain ?

251

L'expression d'Heckram s'assombrit, mais il préféra répondre honnêtement :

— Non. Mais c'est le mieux que je puisse faire. Avec si peu de clarté, un homme de ma taille n'atteindrait pas le tiers de la pente. Et toi, tu n'arriverais même pas aussi loin, continua-t-il comme s'il avait lu dans l'esprit de Tillu. On ne peut se déplacer là-bas qu'en plein jour ; avec cette fausse lumière, ce serait du suicide. De plus... (Il s'arrêta.) Si j'allais le chercher maintenant, je lui enlèverais quelque chose qu'il ne retrouverait jamais plus. Il a besoin de passer cette nuit là-haut.

À contrecœur, elle dut admettre que dans l'immédiat, elle ne pouvait rien faire pour son fils. Avec un profond soupir, elle se laissa aller contre la poitrine d'Heckram. Le problème de Kari lui revint brutalement à l'esprit.

— Heckram, que se passe-t-il dans le peuple des rennes quand une femme est forcée de se marier contre sa volonté ?

Le changement abrupt de sujet intrigua le chasseur, qui fronça les sourcils.

— C'est rare, répondit-il au bout de quelques instants. Parfois, l'une d'elles désire un homme qui n'est pas libre. Alors, elle en prend un autre. C'est triste, mais cela arrive. Et ils apprennent à s'entendre. Regarde Ibb et Bror. Il paraît que Ibb l'a choisie parce que personne ne s'intéressait à elle. Mais ils vivent heureux depuis longtemps.

— Et si la femme ne veut pas se marier du tout ? Si elle déteste cette idée, et que ses parents insistent ?

— Kari est si malheureuse que cela ? demanda Heckram, qui avait enfin fait le rapprochement.

— Ce soir, elle voulait que je lui coupe le nez pour que Pirtsi refuse de la prendre.

L'expression d'Heckram reflétait son désarroi devant cette idée.

— Elle a raison, reconnut-il enfin. Pirtsi est trop vaniteux pour vouloir d'une épouse défigurée. Il trouverait un moyen d'annuler les noces.

— Alors, tu penses que je devrais le faire ? demanda Tillu, horrifiée.

— Non, bien sûr ! répondit-il avec véhémence. Il faut qu'elle aille voir Stina ou Netta. Une des vieilles femmes. Ou plusieurs. Il suffit de leur dire qu'on veut la marier de force et que cela la rend vraiment triste. Elles prendront son parti. Certaines vivent sans compagnon depuis assez longtemps pour savoir qu'une femme peut être mieux seule que dans la couche d'un époux comme Pirtsi. D'ailleurs, aucune d'elles ne l'apprécie. Capiam ne sera pas très content qu'elles viennent le trouver, et il sera très embarrassé. Mais ni lui ni Kelta ne pourront s'y opposer. S'ils s'avisent de faire une chose pareille, les anciennes feront un tel scandale que toutes les femmes des tribus risquent de se montrer impatientes et irritables avec les hommes. L'embarras de Capiam vaut mieux que de perturber tout le peuple des rennes. Les vieilles seront entendues.

— Tu en es sûr ? C'est ainsi que les choses se passent parmi vous ?

— Il en a toujours été ainsi. Tu l'ignorais ? Je me souviens d'avoir entendu Ristin mentionner qu'elle soupçonnait Kari d'être malheureuse. Mais personne n'en était certain. On a déjà vu des coquettes feindre la réticence pour se rendre plus désirables. Envoie-la voir Ristin, si tu veux. Ma mère saura à quelles matriarches il convient qu'elle s'adresse pour effrayer le plus Capiam.

Cédant à une brusque impulsion, Tillu étreignit Heckram avec force et pressa son visage contre sa poitrine.

— Je ne savais même pas pourquoi je courais te retrouver, ce soir. Mais tu as la réponse à toutes mes craintes. Je pourrai peut-être dormir un peu, cette nuit.

Il se pencha soudain et la souleva de terre. La force de ses bras serrés autour d'elle, la facilité avec laquelle il la portait ne lui donnaient pas une impression de faiblesse, mais au contraire celle d'être protégée par sa puissance. Elle lui passa les bras autour du cou et se serra contre lui. Il indiqua la tente neuve d'un signe de tête.

— Tu parles de dormir ? J'ai une meilleure idée, murmura-t-il.

Elle se blottit encore plus contre le grand corps.

— Je ne peux pas, chuchota-t-elle, les lèvres contre son cou, goûtant la saveur salée de sa peau. Je dois retourner à l'abri de Capiam, et parler à Kari.

— Non, la contredit-il. (Des ondes de chaleur irradiaient de ses mains, parcourant le corps de Tillu de la tête aux pieds.) Ne dis rien à Kari maintenant. Elle se précipiterait chez Stina et Netta, les réveillerait, et aurait simplement l'air d'une jeune fiancée saisie par la peur à la dernière minute. Il vaut mieux qu'elle y aille dans le matin gris, habillée correctement, et en s'exprimant calmement. Elles doivent la voir comme une femme déterminée, pas comme une gamine entêtée ou capricieuse.

— Mmh, dit Tillu, la bouche toujours enfouie dans le cou d'Heckram.

Impossible de décider si le raisonnement était fondé ou si elle cherchait simplement un prétexte pour s'attarder avec lui. Et Kerleu...

— Et cesse de t'inquiéter pour ton fils. Puisque tu ne crois pas, comme moi, qu'il a quelque chose qui lui permet de passer à travers le danger, aie au moins confiance dans l'éducation que tu lui as donnée. Sa prudence est excessive. Laisse-le faire preuve d'audace ; les autres garçons en entendront parler et il gagnera leur respect. Mais pas si ses parents se précipitent pour aller le récupérer.

Un grand calme s'empara de Tillu. Ces paroles ne pouvaient pas avoir été prononcées de manière fortuite. Heckram avait sans doute voulu évoquer le cas général. Mais jamais un homme n'avait considéré Kerleu comme un enfant à élever au lieu d'un problème à résoudre. La possessivité tapie dans un recoin de l'esprit de Tillu se hérissa ; mais la possibilité qu'Heckram sache mieux qu'elle ce qui pouvait se passer dans la tête de son fils se dessina au cœur de ce mouvement d'aigreur.

Heckram prit son silence pour un acquiescement. Le haut de l'ouverture de la tente frotta le sommet du crâne de Tillu. Il la reposa délicatement et se tint près d'elle en silence. Elle examina les lieux. C'était un décor masculin, sobre, pratique. Il comportait un unique coffre de voyage, au bois sombre, uni, dont les seules décorations étaient les entailles dues à l'âge. Elle se demanda ce qu'il était advenu de celui, à moitié terminé, d'Ella, puis s'empressa de repousser cette idée. Tout ce qui était là appartenait à Heckram. Elle le retrouvait dans sa couche confortable et l'aménagement simple qui suffisait à sa vie quotidienne. Puis il posa la main sur elle. Les doigts calleux qui effleuraient son bras nu faisaient chanter sa peau. Ce simple contact, l'odeur virile qui imprégnait l'atmosphère, le doux rougeoiement des braises dans le foyer, firent tomber les dernières barrières. Toutes les images et les sensations imaginées dans la frustration de ces derniers jours la submergèrent avec une lenteur irrésistible. Puis l'urgence s'imposa.

Le temps n'était pas propice aux déshabillages délicats. Elle sentit le mouvement de surprise d'Heckram quand elle ouvrit brusquement sa tunique et le caressa avec ardeur. Sa bouche suivit ses mains et le goût salé de la peau l'enivra. Sous sa langue, les tétons pointèrent. Heckram retint son souffle, avant de passer à son tour les mains sous la tunique de Tillu. Des doigts rugueux frôlèrent ses seins à gestes doux. Elle se demanda un bref instant qui était cette inconnue accueillant les caresses d'Heckram avec tant de naturel, mais le sang qui battait à ses tempes ne lui laissa pas le loisir de répondre. Peur de cet homme ? Le corps pressé contre elle lui semblait déjà ne faire qu'un avec le sien, une partie de son être qu'elle pouvait librement toucher et caresser. Il lui paraissait naturel de lui révéler ses désirs, de guider une de ses mains vers son

256

ventre. La paume glissa plus bas, à la découverte, et Tillu se tint soudain immobile, les yeux fermés, la bouche posée contre la peau tiède. Il bougeait lentement, avec beaucoup de délicatesse. Mais elle était prête, plus qu'elle ne l'avait jamais été de toute sa vie, elle n'avait plus envie d'attendre. Ainsi une femme des hardes pouvait choisir qui elle voulait épouser ? Elle avait le droit de prendre de telles décisions ? Alors... De ses doigts fébriles, elle se mit en devoir de défaire les lanières qui retenaient les jambières d'Heckram, les fit glisser vers le bas, dévoilant une virilité qui ne laissait aucun doute sur la réalité de son désir, et le poussa vers le lit.

— Tillu, murmura-t-il, délicieusement scandalisé.

Elle s'entendit rire tout bas, comme si elle seule menait le jeu, sans éprouver de crainte. Son audace et la réponse ravie d'Heckram nourrissaient son appétit. Elle le tira sur la couche, mais fut étonnée de le voir rouler sur le dos, lui cédant la direction des opérations. Elle marqua une hésitation.

— Timide ? lui demanda-t-il, avec amusement.

Elle le regarda dans les yeux et sourit. L'accouplement n'était pas forcément une chose sérieuse, mais ce qu'ils voudraient bien en faire.

— Non. (Ce fut une découverte.) Mais je ne vais pas faire tous les efforts, non plus.

— La deuxième fois, je m'occuperai de tout, promit-il.

Et il l'attira contre lui.

Kerleu

LA VISION

Kerleu était assis, les genoux ramenés contre sa poitrine osseuse, immobile. La pierre lui avait glacé les fesses depuis longtemps, mais il ne bronchait pas. Bouger n'améliorerait pas sa situation. Il était frigorifié, il avait mal, et il avait le vertige. Il frissonnait. Pendant la longue escalade, il avait été secoué de violents tremblements, réduits maintenant à un simple picotement, comme si des abeilles se promenaient sur sa peau. En revanche, le jeûne ne le tourmentait plus. Hier, il avait cessé d'éprouver les tiraillements et la nausée de la faim extrême. C'est ainsi que Carp avait compris qu'il était prêt. Kerleu songea à de la nourriture, des œufs bouillis ou de la viande grillée toute chaude. Son estomac se rétracta de dégoût. Non. Manger ne l'intéressait plus.

Calant ses pieds, il poussa du dos contre la roche. Il n'allait pas recommencer à regarder en bas. Dans la pénombre, cela avait perdu de l'importance. Les petites lumières rougeâtres en dessous ne lui avaient pas semblé très différentes des étoiles au-dessus de lui. En haut. En bas. Il laissa échapper un gloussement idiot. Voilà !

Il était encore en haut alors qu'il aurait voulu aller vers le bas. Il se retrouvait au sommet des degrés de pierre, des Marches du nadj, quand il aurait eu besoin de descendre dans les cavernes de l'autre monde. Il avait interrogé Carp sur ce problème, qui s'était contenté de le faire taire d'un geste vague de sa main parcheminée. Ces derniers temps, il manquait de patience avec lui, le chassait constamment afin de discuter tranquillement avec Joboam, lui imposait le silence quand il s'avisait de le questionner à propos de sa mère ou de Kari. Comme si Kerleu ignorait de quoi parlaient Carp et Joboam quand ils étaient seuls. Il savait. Pendant son sommeil, les esprits lui murmuraient des secrets à l'oreille. Mais Carp ne cherchait plus à écouter leurs chuchotements. Il voulait seulement manger, porter de beaux vêtements, chanter et danser devant le peuple. Il n'avait plus de temps à consacrer aux questions ou aux objections de Kerleu.

« Fais ce que je te demande, avait-il dit. Exécute-toi sans discuter. Tu reconnaîtras l'endroit en le voyant. Agis au mieux, et attends que ta vision arrive. Tu devras peut-être patienter plusieurs jours et plusieurs nuits. Mais ne te laisse pas gagner par la peur ou le découragement. Ne bouge pas, et veille jusqu'à l'arrivée de ta révélation. Tu ne dois ni dormir, ni manger, ni boire quoi que ce soit. Elle viendra. Et tu seras un nadj. »

Le chaman lui avait ensuite tendu une racine jaune à mâcher, et l'avait envoyé à travers les prairies parsemées de névés vers la base des marches de pierre. Quand ? Il y avait très, très longtemps. Kerleu tenta de déterminer combien de temps avait pu s'écouler. D'abord, il était parti le matin. Puis les heures chaudes du jour étaient passées. Il ne savait plus très bien si le soir était arrivé. Mais maintenant, c'était la nuit. Ou le matin ? Il ouvrit prestement les yeux. Ne pas dormir. Eh oui, il faisait presque jour. Pourquoi cette journée était-elle encore aussi froide ? En baissant les yeux, il vit de la fumée grise s'élever des tentes rondes. De minuscules rennes couraient dans un enclos, chassés par un homme seul. Étrange. D'habitude, ils étaient plus nombreux. Kerleu n'en comprenait pas la raison, mais les éleveurs entraient tous les jours dans les parcs et poursuivaient les animaux. Le spectacle était très excitant. Les sabots des bêtes soulevaient des paquets de boue ou des jets de poussière, hommes et femmes les pourchassaient en criant, luttaient avec celles qu'ils avaient capturées et les jetaient à terre. Il aurait bien aimé être en bas pour voir de plus près ce qui s'y passait, mais Carp lui avait ordonné de ne pas redescendre avant d'avoir trouvé sa vision. Il observa plus attentivement la scène qui se déroulait dans l'enclos. L'homme avait cessé de courser les rennes. Ils tourbillonnèrent un instant, puis se regroupèrent dans un coin. Cela n'avait plus rien d'intéressant. En fait, il n'avait rien manqué de passionnant. Autant attendre sa révélation.

Combien de temps ?

Autant qu'il faudrait. Il n'était pas question de quitter cet endroit avant que quelque chose n'arrive. Kerleu se réinstalla plus confortablement. Il regarda une fois de plus son compagnon. Attendait-il sa vision, lui aussi ? L'autre ne lui avait pas adressé la parole, se contentant de rester assis, les genoux remontés contre la poitrine. À côté de lui, il y avait un panier, et à ses pieds, des objets étonnants et merveilleux. Un couteau à la lame noire et brillante. Des os peints. Une poignée de plumes poussiéreuses, réunies en bouquet avec un lien dont les perles brillaient encore. Les serres racornies d'un faucon. Mais le mieux était l'objet qui se trouvait entre ses genoux osseux. Un petit tambour rond, comme celui de Carp. Mais meilleur, Kerleu n'aurait jamais cru la chose possible. Le cuir était couvert d'une couche de mousse pelucheuse qui ne dissimulait cependant pas les dessins fanés bleus et rouges. Kerleu les regardait avec envie. Des rennes, suivis de longues silhouettes humaines. Le petit maillet avait échappé à la prise des doigts osseux crispés sur l'instrument et gisait sur le sol de la niche. L'une des extrémités était sculptée pour ressembler à une patte d'oiseau recourbée, et l'autre représentait une tête de corbeau avec son bec. Kerleu songea un instant à le ramasser. Non. Ce nadj d'os pourrait en être fâché. Il lui lança un regard méfiant, mais l'autre se contenta de lui sourire encore plus largement.

Kerleu leva le doigt pour toucher ses propres yeux. Oui. Son visage et celui du muet se ressemblaient, sauf que le sien était dissimulé derrière de la chair. Un masque, il portait un masque de peau, que le chaman avait enlevé pour l'accueillir avec sa figure nue. Le garçon essaya de lui sourire, à son tour, en dévoilant aussi largement ses dents que lui. Quand il s'était glissé ici, le nadj l'avait d'abord effrayé. Pourtant, il était tout de même resté blotti toute la nuit à côté de lui, car il était arrivé au sommet des marches. On ne pouvait pas aller plus loin, et il n'était pas question de rebrousser chemin sans avoir eu la vision. Et s'il était déjà en train de la vivre ? Il devait peut-être rapporter ces objets ? Non. Carp le lui aurait expliqué plus clairement. Au bout d'un moment, il fut convaincu d'avoir raison.

— Tu n'as jamais eu ta vision, c'est ça ? demanda-t-il à son compagnon.

Malgré son silence prolongé, Kerleu commençait à le trouver sympathique. Ses possessions étaient tellement fascinantes ! Et il n'exigeait rien de lui. Il ne mangeait pas tout en le laissant avoir faim. Il ne lui demandait pas d'aller puiser de l'eau ou de s'occuper du feu. Il ne le renvoyait pas de la tente dans la nuit glacée. Il ne lui ordonnait pas d'attendre une révélation. Non. Ce nadj qui partageait sa niche avec Kerleu était très gentil. Kerleu l'aimait bien. Il lui tapota amicalement l'épaule. De la poussière s'éleva du manteau emplumé, les os fragiles et la peau craquelée vibrèrent sous sa paume. Kerleu enleva prestement sa main. Il n'avait pas aimé ce bruit. Comme un tambour d'os. Le nadj était comme un tambour d'os creux.

Kerleu ouvrit de nouveau brusquement les yeux. Avait-il dormi ? Non. Il en était certain. Seulement fermé les paupières. Penché en avant, il regarda par-dessus ses genoux. Ses pieds nus se recroquevillaient contre la pierre froide. Ils semblaient très loin de lui, aussi loin que le village perdu dans la brume tout en bas. Il tendit la main, la regarda franchir la longue distance qui la séparait de ses orteils. Il en toucha un, du bout de l'index. Rien.

— Je ne sens plus mes orteils, dit-il à voix basse.

Le nadj d'os garda le silence.

Envahi par une bouffée de vertige, Kerleu le combattit en étreignant fortement ses genoux. Le bord de la corniche, le camp ondulaient sous son regard comme des pierres au fond d'un torrent. La vague qui portait le talvsit monta à l'assaut de la paroi. Il tendit la main au-delà de ses pieds pour effleurer une des tentes. Il ne put la sentir. Bien sûr. Si ses orteils étaient trop loin pour qu'il les perçoive, c'était encore pire avec le village. Il gloussa puis se rejeta brusquement en arrière, saisi par un nouvel étourdissement. Le monde vacilla. Il pressa le dos contre la surface dure de la roche et poussa avec énergie, dans l'espoir de stabiliser les choses. Puis, sans avertissement, l'univers pencha d'un côté et Kerleu tomba à la renverse dans l'obscurité.

Il était dans un endroit sombre. De l'eau coulait le long des murs de pierre et s'accrochait aux racines qui tapissaient le plafond. Il tenta de se lever, sans succès. Impossible de faire le moindre mouvement. Puis, alors qu'il essayait de toucher son corps, il ne put discerner ses mains. Il ne parvenait pas à se trouver, ne pouvait même pas se voir. En revanche, il voyait les autres.

Ils étaient assis dans la petite pièce, le dos appuyé contre la paroi. Deux d'entre eux jouaient au tablo. Le troisième avait ses talismans étalés devant lui.

— Voici celui qui espère devenir nadj, dit l'un des joueurs.

Il leva la tête pour regarder Kerleu et sourit. Il était très vieux et son visage ressemblait à du cuir. La peau brune et ridée de son crâne était hérissée de quelques cheveux, aussi rares qu'une moustache de chien.

— Voudrais-tu d'abord faire une partie ?

Kerleu ne broncha pas. Ceux-là cherchaient à le piéger dans l'entre-deux, tout comme ils l'avaient été. S'il leur adressait la parole, il resterait avec eux. Alors, il ne bougea même pas la tête.

— Ah, il est trop sage pour se laisser attraper aussi facilement, fit observer l'autre participant.

Il semblait beaucoup plus jeune que le premier. Ses vêtements étaient taillés dans des peaux de loutre et il avait les dents très blanches.

— Carp t'a averti de ne pas nous parler, n'est-ce pas ? Il est rusé. T'a-t-il dit de ne rien craindre de ce que tu pourras rencontrer ?

Kerleu se mordit la langue de justesse. Comment allait-il sortir de cette salle ? Une obscurité chargée d'humidité l'environnait et il ne pouvait distinguer clairement que les trois nadjs. Incapable de trouver son corps pour lui ordonner de partir, il était contraint d'observer la scène en silence.

— Ah ! marmonna le troisième joueur pour lui-même. C'est ce qu'il fallait. Le voilà enfin.

Celui-ci était un petit homme, pas beaucoup plus grand que Kerleu. Un manteau noir et lisse lui couvrait les épaules. Même dans la pénombre, on remarquait des reflets bleus. Ses cheveux noirs étaient striés de gris, et il portait un collier de griffes d'ours. Depuis quelques instants, il farfouillait dans un panier posé à côté de lui. Il en sortit un petit objet brun. Après l'avoir posé au milieu de sa paume, il tourna la tête de côté pour en approcher un de ses yeux brillants. Ses prunelles noires luisaient. Il sourit en secouant la tête de haut en bas. Son attitude avait quelque chose de familier. Il réitéra son curieux mouvement et regarda le garçon.

— Approche-toi. Ne dis rien. Il ne t'a jamais interdit de regarder, n'est-ce pas ? Viens voir ce qui manque.

Kerleu se retrouva près du nadj et jeta un coup d'œil au creux de sa main ridée. Les joueurs de tablo s'étaient fondus dans l'ombre. Ils étaient seuls. Le nadj tapota la mousse verte et souple à côté de lui, et Kerleu se retrouva. Il s'assit, émerveillé d'avoir de nouveau un corps. Derrière eux, les oiseaux chantaient dans les saules sur la rive de la rivière. D'un geste, le nadj leur intima le silence. Les yeux brillants, il pencha sa paume ouverte vers le garçon. Un petit loup d'os brun y reposait. Il avait les yeux noirs et la langue rouge. Sous le regard de Kerleu, il se leva dans la main du nadj et le fixa.

— Ah ! Ah ! (Le vieillard émit un son à mi-chemin entre l'exclamation et le rire.) Il sait, tu vois ! Il ne devrait pas se trouver dans mon panier. Et tu as peut-être quelque chose qui m'appartient, non ? Regarde dans ta bourse, jeune nadj. Elle contient un objet qui ne devrait pas y être. Cherche.

Kerleu hésita. Mais Carp lui avait conseillé de faire ce qui lui semblait juste. Or c'était le cas pour cette requête. Il enleva sa nouvelle sacoche de son épaule, celle que Carp avait obtenue de Joboam, et défit les liens. À gestes lents, il enleva les trésors qu'elle recelait et les rangea en arc de cercle devant lui. Le couteau, la pierre de sang, et le morceau de lame. L'ambre, la patte d'oiseau et la queue de lièvre. La dent de glouton.

— Aahh ! souffla le nadj, qui semblait impressionné. (Puis il examina le visage de Kerleu avec une expression malicieuse.) Tu n'essaierais pas de jouer des tours à un vieil homme, n'est-ce pas ? L'échange doit être équitable. J'ai ce qui te revient. Mais je le garderai jusqu'à ce que tu me rendes ce qui est à moi. Ce sont des objets de pouvoir, mais le mien n'est pas parmi eux. Remets-moi mon bien.

Kerleu observa ses talismans. Mais tout ce qu'il voyait était à lui, honnêtement recueilli. Tout cela lui appartenait de droit, il le savait bien. L'autre ne disait rien, mais son sourire s'élargit encore, dévoilant un nombre impressionnant de dents.

— Donne-moi ce qui est à moi.

Kerleu souleva sa bourse de chaman. Une amulette avait peut-être roulé dessous. Non. Rien. Mais au rond du sac, quelque chose bruissait et chuchotait. Léger, anguleux, osseux. Il mit la main à l'intérieur, vibrant d'excitation. Cela roulait au bout de ses doigts, une structure délicate dont le contact lui donnait la chair de poule. Il la leva dans la lumière.

— C'est à moi, dit le nadj. (Le crâne d'oisillon lui sourit.) C'est ce dont j'avais besoin. Exactement comme ceci t'est nécessaire.

Il étendit la main vers Kerleu. Le petit loup s'assit

avec vivacité, la queue enroulée autour de ses pattes avant. Ses yeux brillaient devant le visage de Kerleu. Le cœur du garçon hurla de plaisir. Il n'avait nul besoin de réfléchir. Il laissa tomber le crâne de chouette dans la main libre du nadj, soudain heureux d'en être débarrassé. L'autre pencha sa paume à son tour, mais le loup s'y accrocha de toutes ses griffes, refusant de sauter dans celle de Kerleu.

Le nadj parut soudain soucieux. Il releva la main et l'animal reprit sa posture assise. Le vieillard fixa Kerleu.

— Quelque chose ne va pas, déclara-t-il avec gravité. Cela ne va pas du tout. (Il pencha l'oreille vers le loup, puis se redressa et regarda Kerleu, avec une expression sévère.) Tu ne fais pas partie du peuple des rennes.

Le froid qui envahit Kerleu rendit encore plus douloureuse la brûlure des larmes. Dans la main du nadj, le loup se coucha en rond, posa sa queue sur son museau et ferma les yeux. Il avait repoussé Kerleu hors de son univers. Si seulement celui-ci avait su quoi dire, il aurait parlé, oubliant les recommandations de Carp. Mais il se contenta de regarder droit dans les yeux sans fond du nadj.

— Ah ! lança ce dernier en hochant la tête d'un air sombre. Voyons donc ce qui ne va pas. Voyons pourquoi tu n'appartiens pas au peuple des rennes.

Il referma la paume sur le loup et désigna les talismans de Kerleu.

— Ah ! Tu vois ceci ?

Du bout d'un ongle long et jaunâtre, il pointa

d'abord le fragment de lame, puis désigna l'arc que formaient les objets de pouvoir.

— Et tu vois ça ? (La dent de glouton.) Regarde ici. (Le couteau.) Et enfin, là. (L'ambre.) Tout est très clair.

Kerleu leva les yeux vers le nadj, le suppliant silencieusement de lui donner d'autres explications. L'autre posa un index sur ses lèvres en un geste d'avertissement.

— Écoute, c'est très simple. Ceci est une dette. (Il tapota le morceau de lame.) Et c'est cela qui la paiera. (Le couteau.) Celui qui le tient enlèvera la dent de glouton. La pierre est dans le sang, et il est sur la pierre. Le loup rassemblera le tout.

Le nadj hocha la tête avec une expression d'intense satisfaction. Puis son visage se fit sévère.

— Mais tu n'es pas du peuple des rennes. Le loup ne t'appartient pas et tu n'es pas à lui. Tu sais pourquoi. Quand tu as pris le couteau, tu as accepté de remplir un devoir envers le peuple des hardes. Et tu ne l'as pas fait. Tu as laissé le mal marcher hardiment en son sein. Le renne, qui veille sur les tribus, qui les nourrit et les habille, est très en colère contre lui. Il exige des comptes. Et toi. Tu dois armer le loup et détruire le glouton. Je libérerai ce qui est à moi. Mais le reste te revient, petit nadj. (Il se pencha tout près de Kerleu.) Je pourrais murmurer un mot à mon loup. Lui dire que s'il t'accompagne, c'est comme s'il était avec moi. Que tu es voué à devenir le nadj du peuple des hardes. Qu'il est juste que tu tiennes entre tes mains ses symboles. Ah, mais si tu n'accomplis pas ton devoir... Le loup te déchirera la gorge.

Tout en parlant, le nadj s'était approché de plus en plus, et sur les derniers mots, sa bouche s'allongea jusqu'à devenir un museau menaçant aux canines longues et blanches, qui luisaient devant la figure de Kerleu. Celui-ci banda les muscles de son ventre, mais ne recula pas. Le vieillard se rassit brusquement et laissa échapper un rire bas. Il rangea ses crocs, et son visage reprit sa forme habituelle.

— Oui, oui. Tu es bien destiné au loup. Mais il ne sera pas tien avant que tu n'appartiennes à son peuple. Es-tu prêt à devenir un homme des hardes ?

Kerleu hésita imperceptiblement avant de hocher la tête. Il était déterminé à donner son sang pour tenir le loup au creux de sa main. Ce désir pesait comme une pierre dans sa poitrine.

— Ah, bien ! C'est à toi de remplir la promesse du couteau. C'est tout. Celle que tu as délivrée a laissé une place vide, une tâche inachevée. Termine-la et occupe cet espace déserté. Libère ton peuple de la peste qui le frappe. Accompliras-tu cela ?

Kerleu acquiesça de nouveau. Le nadj fit de même.

— Parfait. Les tiens sont restés seuls trop longtemps, et j'ai partagé leurs souffrances. Tu me soulages d'un fardeau. Prends !

Il se détourna légèrement, approcha le loup de ses lèvres et lui murmura quelques mots. Puis il tendit la main d'un geste brusque et saisit le poignet de Kerleu de ses doigts froids et durs. Le nadj d'os attira la main du garçon vers lui et la serra jusqu'à ce qu'il l'ouvre.

Il y laissa tomber l'animal. Kerleu baissa les yeux sur la silhouette lovée dans le creux de sa paume.

— Il dort, chuchota le nadj. Mais il est avec toi. Écoute, une fois qu'il t'appartiendra, il t'aidera. Sa peau conviendra parfaitement pour le tambour. Puis, quand tu seras seul, tu pourras jouer pour lui et il dansera pour toi. Mais, d'abord... (Il dressa l'index devant le visage de Kerleu.) D'abord, tu dois écouter et obéir. Voici ce que tu dois faire pour l'avoir.

Il se tut soudain et tendit l'oreille. Son visage prit une expression triste et grave.

— À celui qui viendra le premier, tu ne dois rien dire. PAS UN MOT ! Ce sera difficile et ta douleur sera immense. Mais le loup boira le sang de ta souffrance, et sera satisfait. C'est l'étape de départ sur le chemin qui te fera devenir un homme des hardes. Cela, tu le feras pour le loup.

Il hocha la tête.

— À celle qui viendra la deuxième, tu donneras ceci. (Le contact glacial du crâne de la chouette dans son autre main.) Dis-lui : « Sois libre ! » Alors cette dette sera payée. (Son expression se radoucit.) Cela, tu le feras pour moi.

Le nadj sourit brusquement, ses lèvres noires se retroussèrent sur ses dents blanches.

— Puis le loup viendra. Oui, le loup viendra, et tu poseras ta main entre ses yeux. Tu partiras avec lui, pour être le nadj du peuple des hardes, et acquitter ta dernière dette. Cela, tu le feras pour toi-même.

Le vieillard se reposa en arrière en poussant un soupir de contentement.

— Je t'ai longtemps attendu. Si longtemps. Maintenant tu es là, et je peux me reposer. Rassemble tes affaires et suis-moi. Tu peux tout reprendre. Tout t'appartient.

Kerleu ramassa ses talismans, et les laissa tomber l'un après l'autre dans sa sacoche. Puis il regarda le nadj placer les siens dans un panier – le bouquet de plumes brillantes, et les cubes d'os teint ; la rangée de grosses dents ; le couteau à la lame noire ; les lambeaux d'oreilles de veaux enfilés sur un collier d'inventaire –, le refermer et coincer son tambour sous son bras. Kerleu conserva le crâne de la chouette dans sa main.

— Viens, maintenant, dit le nadj.

Il se leva dans un craquement des genoux.

— Nous ne pouvons pas continuer à la faire attendre.

Kerleu prit la main osseuse du nadj. Ils avancèrent dans l'obscurité et se retrouvèrent à l'extérieur.

La lumière brillante du jour aveugla Kerleu. Les larmes ruisselèrent sur ses joues, noyant le village en contrebas dans les couleurs de l'arc-en-ciel. Il oscilla sur la corniche, saisi dans l'étreinte du vent frais des hauteurs. Il était revenu. Il était encore vivant. Mais qu'en était-il de son esprit gardien ? Et de sa vision ? Il se tourna vers le nadj près de lui.

— Voici le premier, soupira celui-ci.

Kerleu leva les yeux. Carp se tenait devant lui, tout sourire, exposant les trous noirs de sa dentition. Ils se teintèrent de bleu et Carp vacilla avec le vent. De surprise, Kerleu se recroquevilla sur lui-même.

— Eh bien, apprenti ? demanda le chaman d'une

voix désinvolte. Ne me diras-tu pas un mot d'accueil ?
(Il se pencha sur Kerleu, lui adressant un sourire sans
substance.) N'es-tu pas heureux de me voir ? J'ai
décidé de t'accompagner, de te guider dans le monde
des esprits. Là, je te montrerai des merveilles et t'of-
frirai de nombreux pouvoirs. Souhaite-moi la bienvenue, prends ma main et nous irons ensemble.

Kerleu s'assit, figé par la peur. La confusion s'empara de son esprit. Le nadj d'os lui a dit de ne pas parler au premier. Et Carp lui avait souvent répété qu'il
devait trouver seul sa voie vers le monde spirituel.
Quelque chose allait de travers, c'était effrayant et
mauvais.

— Ne crains rien, petit apprenti.

La voix de Carp était tiède et dégoulinante, aussi
riche qu'une tranche de foie frais. Ses paroles crochè-
rent au plus profond de Kerleu, avant de l'attirer vers
son maître comme un hameçon. Il banda son corps tout
entier dans l'effort de leur résister.

Le nadj d'os intervint d'un ton glacial.

— Tu n'as rien à faire ici, nadj de la forêt. Kerleu
ne prendra pas ta place et ne te donnera pas la sienne.
Suis la voie que tu as choisie.

Soudain, Carp s'aplatit et se mit à gronder, son dos
vibrant de colère comme celui de son esprit gardien.
Son grognement était celui du glouton enragé. Ses
dents se transformèrent en crocs blancs et aiguisés, il
se jeta en avant et les planta dans le poing serré de Kerleu. Le sang rouge coula entre les doigts crispés, et le
petit loup à l'intérieur de sa paume s'agita en grognant.
La bouche de Kerleu s'étira et il cria silencieusement.

L'obscurité se referma sur lui. Il sentit le glouton se détacher de son poignet avec un claquement sec.

Le nadj d'os leva sa baguette en forme de serre.

— Va-t'en, repars à la fin de ton agonie, nadj de la forêt.

Il y eut un son semblable à celui d'une vieille tente qui se déchirait au vent. La douleur s'arrêta. Kerleu ouvrit les yeux. Sa main était toujours là, intacte. Le loup s'animait dans son poing. Carp se tenait juste au-delà du bord de la corniche, avec l'air soudain mélancolique.

— Un dernier mot, pria-t-il avec la voix du vieil homme fatigué que Kerleu connaissait.

— Non, interdit le nadj d'os.

Carp se défit d'un seul coup et fut entraîné par le vent. Quelque chose se détacha de Kerleu pour partir avec lui, comme un crochet se libérant de sa chair. Il se recroquevilla, sentit sa souffrance brûlante s'écouler sur ses joues. Il ne sut pas combien de vies cela dura. Quand il put de nouveau lever la tête, le jour était clair et bleu devant lui. Il regarda vers le talvsit. En bas, la vie continuait. Des gens s'étaient attroupés autour des parcs, leurs cris ténus montaient jusqu'à lui, les enfants couraient entre les tentes, le troupeau paissait dans les prairies et sur les flancs du Cataclysme.

La corniche s'assombrit soudain. Une silhouette sombre bloquait l'entrée de la cavité. Le souffle coupé par la peur, Kerleu cacha ses mains.

— Voici la seconde, soupira le nadj d'os.

Elle remplissait l'ouverture de la niche, les isolant

de la lumière. Ses plumes lisses luisaient. Elle regardait Kerleu d'en haut, et il faillit la reconnaître. Mais elle n'était pas là pour lui. Elle était venue pour le nadj d'os aux yeux brillants d'oiseau. Kerleu leva le petit crâne posé dans sa main ouverte et elle prit le talisman de la chouette.

— Sois libre, dit-il.

Elle sourit soudain, les yeux aussi noirs que les plumes du corbeau. Elle se pencha en avant et fixa le village. Kerleu suivit son regard. Au pied des marches, la prairie se couvrit de personnes qui criaient en agitant les bras. La chouette les observa un long moment. Puis elle déploya ses ailes et plongea. Kerleu observa son vol silencieux. Des cris de terreur perçants s'élevèrent pendant qu'elle piquait vers sa proie. Elle se nourrirait bien, aujourd'hui. Le nadj d'os semblait satisfait. Kerleu se rencogna dans la niche et attendit. La matinée passa et le soleil chaud de l'après-midi toucha les pieds de Kerleu de ses doigts légers. Il ne perdait pas patience, sachant qu'il allait venir.

Il arriva, semblable à un souffle haletant, précédé d'une odeur tiède et de sang frais. Il était comme la sensation d'une fourrure lisse sous les mains de Kerleu, comme des chiots jouant sur sa poitrine. Il se tenait devant le garçon, plus grand que la lune, et il avait les yeux verts. Son étroite lèvre noire se retroussa sur un sourire, qui révéla des crocs blancs, et Kerleu rit de joie avec lui. Les larmes lui nettoyèrent les yeux et il vit son frère. Il leva la main, non dans un geste d'exigence ou de domination, mais pour exprimer la tendresse.

274

Son frère accepta le contact de ses doigts sur son front velu.

— Loup, murmura-t-il. (La joie brûlait haut et clair en lui.) Tu es enfin venu.

— Kerleu, murmura le loup.

Il pouvait enfin s'en remettre à lui.

XII

Tillu ouvrit lentement les yeux. Pendant la majeure partie de la nuit, elle avait erré aux frontières du sommeil, avec le sentiment confus qu'elle devrait se lever et retourner à la tente de Capiam. Mais elle n'avait jamais trouvé le courage de quitter le nid de fourrures et la poitrine tiède d'Heckram, qui se soulevait et s'abaissait régulièrement sous sa joue. Elle repoussa une poignée de cheveux qui lui tombaient dans les yeux. Une lumière diffuse donnait de l'épaisseur aux objets environnants et des couleurs à la couverture de laine qui les protégeait tous les deux. Des chants d'oiseaux, des voix étouffées de gens qui passaient à l'extérieur. Les bruits matinaux. Elle se redressa d'un mouvement brusque, soudain réveillée.

— Kerleu ! laissa-t-elle échapper. Kerleu !

Au son de sa voix, Heckram s'assit à son tour, clignant des yeux dans la lumière.

— C'est le matin, dit-il d'une voix encore pâteuse.

Il resta ainsi un moment, le temps de reprendre ses esprits. Puis il tendit le bras par-dessus Tillu pour rassembler leurs vêtements.

— Voilà, marmonna-t-il en lui donnant la mauvaise tunique. Il faut que tu ailles trouver Kari et que tu lui parles. Emmène-la voir Ristin, si tu veux. Ou Stina. Explique-leur ce qui se passe, et laisse-les s'en occuper. Dépêche-toi, avant qu'on ne commence à la préparer pour le mariage. Je dois aller chercher Kerleu aux Marches.

Tillu connut un bref moment de trouble. Quelqu'un prenait la direction des opérations. Avec un sourire en coin, elle lui rendit sa chemise et prit la sienne. Elle n'était pas certaine d'apprécier de recevoir des ordres. Mais tout en s'habillant, elle songea à l'autre choix : être responsable de tout, constamment. Devoir prendre les décisions, jusqu'aux plus infimes. Par ailleurs, elle ne trouvait rien à redire aux suggestions d'Heckram. Il les avait formulées le premier, voilà tout.

— Tu me ramèneras Kerleu.

Elle avait prononcé ces paroles à haute voix, comme pour les tester, et fut la première surprise par la foi qu'elle mettait en lui.

— Oui, je le reconduirai auprès de toi. Pas de Carp.

Tout en parlant, Heckram enfilait ses jambières. Il regarda par-dessus son épaule et s'arrêta soudain pour la contempler longuement. Elle lui rendit son regard, sans savoir quoi dire. *Rien*, décida-t-elle quelques secondes plus tard. Ils n'auraient pas tout le temps besoin de s'expliquer mutuellement les choses. Ils avaient déjà compris. Aussi, sans prendre la peine d'un adieu, elle fourra le couteau de Kari dans sa ceinture et se pencha pour sortir de la tente. Les mots étaient superflus.

Tillu pressait le pas, croisait des enfants chargés de seaux remplis de lait, aussi riche et épais que de la crème, et des femmes qui transportaient de l'eau. Elle saluait brièvement celles qu'elle connaissait.

— Oh, guérisseuse ! Mon mari a encore de la fièvre, et... commença l'une d'elles.

Mais Tillu se contenta de hocher la tête et passa rapidement son chemin. Bientôt, se promit-elle, cherchant à apaiser sa culpabilité. Bientôt. Les fièvres, maux de têtes, et autres piqûres d'insectes infectées devraient attendre demain. C'est aujourd'hui qu'il lui fallait arrêter le mariage de Kari.

— Te voilà ! s'exclama Kelta avec irritation au moment où Tillu poussa le rabat de la tente. La moitié de la tribu te cherche !

Craignant le pire, Tillu se tourna vers Rolke avec angoisse. Mais sa poitrine creuse continuait à se soulever et à retomber, et il était toujours dévoré par la fièvre. Poussée par la force de l'habitude, elle se fraya un chemin parmi les commères rassemblées, s'agenouilla auprès de lui, et lui tâta la peau.

— Où est Kari ? demanda Kelta. Elle est sortie avec toi, ce matin, non ? À notre réveil, vous aviez disparu toutes les deux et je me suis inquiétée. Cela lui ressemble bien d'aller gambader comme une écervelée au lieu de se préparer pour ses noces. Il reste des centaines de choses à faire, et elle me laisse tout sur les bras. Mais maintenant, vous êtes rentrées, et nous pourrons...

— Kari n'est pas avec moi, répondit distraitement Tillu.

La fièvre du garçon avait augmenté, consumant le

peu de vie qui lui restait. Le signe le plus inquiétant était sa respiration, qui ressemblait au bruit que faisait l'eau sur les pierres, un vilain gargouillis. Tillu puisa une louche de la tisane concoctée la veille et la porta aux lèvres du malade. Inconscient de sa présence, il ne tourna même pas la tête. Elle pressa étroitement ses paupières.

— Kari n'est pas là ? s'enquit-elle un moment plus tard.

Kelta la foudroya du regard.

— C'est exactement ce que je te disais, non ? Elle n'est pas ici. Nous pensions qu'elle se trouvait avec toi. J'ai envoyé Joboam vous chercher toutes les deux. Comme il n'est pas revenu, j'ai dû demander à Pirtsi. Ne pense pas que c'était une chose facile de dire à un jeune homme que sa fiancée a fait une fugue le jour de la cérémonie de mariage ! Mais il a bien pris la chose et est parti pour tenter de la retrouver.

— Tu as lancé Joboam à sa poursuite ? (Tillu balançait entre l'indignation et le désarroi.) Où est Capiam ?

— Que voulais-tu que je fasse d'autre qu'envoyer Joboam à la recherche de Kari ? Si Capiam avait été en état, il aurait pris la même décision. Nous avons toujours eu recours à lui pour la retrouver quand elle s'enfuyait. Il est le meilleur. Dans ces cas-là, Rolke n'arrivait à rien. De toute façon, je ne pouvais pas lui demander quoi que ce soit, avec sa maladie.

Gagnée par l'irritation, Kelta s'échauffait. Cette guérisseuse qui n'écoutait jamais rien !

— Quant à Capiam, il est alité. Il ne se sent pas bien ; il a de la fièvre, comme Rolke.

Tillu laissa échapper un grognement exaspéré et s'approcha de la couche que partageait le couple. Le maître des hardes était enfoui sous un monceau de fourrures. Elle tenta de le découvrir, mais il s'agrippa aux couvertures. Malgré ses yeux brillants et ses lèvres aussi parcheminées que l'écorce, sa voix faible avait gardé le ton du commandement.

— Je ne suis pas aussi malade que veut bien le dire Kelta. Ce n'est qu'un peu de fatigue. Laisse-moi tranquille.

Tillu continuait à tirer avec obstination sur les couvertures, mais Capiam les retenait avec autant d'opiniâtreté.

— Laisse-moi tranquille, répéta-t-il.

Elle finit par abandonner et s'accroupit sur ses talons avec un soupir.

— D'accord. Mais je veux que tu boives la tisane que je vais te laisser. Dès que tu as soif. Même une petite quantité.

Elle leva la tête. À l'autre extrémité de la tente, Kelta dirigeait les femmes, qui installaient les vêtements de Kari et discutaient de la préparation du repas. Tillu se pencha sur Capiam.

— Sais-tu où pourrait se trouver Kari ? Joboam a-t-il fait allusion à un endroit spécifique ?

Il lui intima le silence d'un geste agacé de la main.

— Laisse-moi donc tranquille. Joboam la dénichera, et Kelta s'occupera de la cérémonie. C'est cet après-midi. D'ici là, je me serai reposé et je pourrai y assister. Joboam l'aura retrouvée. Il... Il est capable de voir des choses. Demande-lui.

Les paupières de Capiam se refermèrent pour ne plus se rouvrir. Sa main reposait souplement sur les fourrures. Tillu se leva brusquement.

— Kelta !

Sa voix claire trancha sur les conversations féminines. Un sentiment d'urgence l'avait saisie, la prémonition d'un désastre imminent, qui ne pouvait être évité que par l'action directe. Elle traversa le cercle, s'agenouilla pour se mettre au niveau de Kelta et prit les mains fortes entre les siennes. La fièvre continuait à couver en elle.

— Remets le mariage, dit-elle d'une voix douce, qui cependant résonna dans tout l'espace. Ton époux est malade, tu ne vas pas bien... (Tillu continua à parler par-dessus les objections de Kelta.)... Et ton fils agonise. Il va mourir. Ce n'est pas le temps des noces.

— Non ! Oh, non, il ne meurt pas, Tillu. (La peur et le refus de l'évidence avaient soudain drainé les forces de Kelta, qui pâlit.) Tu verras, il est plus fort qu'il n'y paraît. Et le nadj a dit qu'il irait bien. Pour l'instant, il dort. Tu vois, il se repose, et à son réveil, il se sentira mieux. Avant la fin de l'été, il montera dans les pâturages surveiller les rennes et les jeunes filles.

La voix de Kelta s'était élevée en crescendo, les mots se bousculaient pour jaillir de sa bouche. Tillu secoua la tête.

— Non. Il est agonisant, malgré tout ce que je peux faire.

— Mais le nadj...

— Le nadj a sa façon de tourner des phrases qui ne signifient rien. Qu'a-t-il dit exactement ? Quelque

281

chose comme : «Dans l'ombre du Cataclysme, Kelta et Rolke seront libérés de la douleur», non ? Que Rolke guérisse ou meure, il aura eu raison. C'est toujours ainsi qu'il procède. Des promesses qui n'en sont pas, des prédictions qui ne présentent aucun risque. Non, Kelta. Écoute-moi, même si je te dis des choses difficiles à entendre. Repousse cette cérémonie. Ne m'oblige pas à quitter Rolke pour chercher Kari. Car il faut la retrouver avant Joboam. Lui avouer qu'elle n'est pas obligée de se marier avec Pirtsi. Tu sais qu'elle ne le veut pas. Voilà pourquoi elle s'est enfuie. Et tu as justement chargé celui qui lui a fait haïr l'accouplement et craindre l'idée d'être la compagne d'un homme de la ramener. Et tu le sais aussi !

La certitude de Tillu fut confortée par les yeux écarquillés d'horreur de Kelta. Elle se raccrocha à cet espoir ténu. La mère allait retarder les noces, pour écouter ce que Kari avait à dire. Mais aussitôt, le visage de Kelta se figea en une expression d'entêtement. Les femmes, que les paroles de Tillu avaient d'abord réduites à un silence choqué, commencèrent à échanger des commentaires à mi-voix. La colère brilla soudain dans les yeux de Kelta.

— Sors d'ici ! Tu te prétends guérisseuse ? Et tu oses t'agenouiller devant moi pour appeler la mort sur mon fils et colporter des racontars sur ma fille ! Tu déverses des mensonges sur le nadj, qui agit pour la guérison de mon Rolke, et qui a pris ton enfant sous sa tente ! Va-t'en. Emporte ta langue malveillante et tes potions inutiles. Hors d'ici. Le nadj. Qu'on aille me chercher le nadj ! Je veux qu'il vienne à l'instant, pour jouer sur son tambour, et chanter pour Rolke et Capiam.

— Kelta ! la rabroua son époux d'une voix faible.

Mais Tillu s'était déjà levée. L'attitude de Kelta ne l'étonnait pas. C'est ainsi qu'elle se comportait devant les choses auxquelles elle ne souhaitait pas faire face, par le déni. Tillu redressa le dos et se força au calme.

— Je pars. Il y a peu que je puisse faire ici, qui ne soit pas dans tes possibilités. Rafraîchis Rolke avec de l'eau et verse-lui régulièrement de la tisane dans la bouche. Même s'il n'avale pas, cela lui mouillera la langue. Donnes-en aussi à Capiam, pour lutter contre sa fièvre. La maladie s'installe en lui, comme elle l'a fait avec ton fils.

— Sors d'ici ! Va-t'en !

Kelta hurlait maintenant, tremblant de fureur. Le calme de Tillu ne faisait qu'augmenter son irritation.

— Je vais chercher Kari. Je lui dirai qu'elle n'est pas forcée d'accepter Pirtsi, qu'elle peut aller trouver Stina et les vieilles femmes. Elles lui confirmeront qu'elle est libre de choisir. Et elles veilleront à ce que personne ne l'oblige à quoi que ce soit. Certains membres des hardes semblent avoir oublié leurs propres traditions.

Le regard de Tillu fit le tour des commères silencieuses groupées autour de Kelta. Elles se dandinaient, mal à l'aise, et le silence qui se prolongeait était plus troublant que les murmures précédents.

— Est-ce vrai que Kari ne veut pas de Pirtsi ? demanda une des femmes à voix basse.

— Va-t'en ! hurla Kelta.

Tillu ne se soucia pas de lui répondre. Elle balança sa sacoche à plantes sur son épaule et sortit, repoussant le rabat d'une claque. Elle se trouva nez à nez avec Pirtsi, haletant.

— Quoi ? lui demanda-t-elle avec impatience. Vas-tu me dire que tu ne savais pas que Kari ne voulait pas de toi ?

— Je... non... Quoi ? (Il prit une profonde inspiration et rassembla ses esprits.) Guérisseuse ! On a besoin de toi aux enclos.

Tillu laissa échapper un cri de frustration silencieux et frappa du pied. Sans doute un imbécile qui s'était cassé l'épaule ou la jambe.

— Cela devra attendre ! déclara-t-elle avec agacement. Faites-le s'étendre, et mettez un linge froid sur la fracture jusqu'à ce que je vienne ! Procédez comme vous le faisiez pour un os cassé avant mon arrivée.

— Mais c'est le nadj ! s'exclama Pirtsi, horrifié.

— Encore mieux !

— Il est en train de mourir...

La voix de Pirtsi s'éteignit. Tillu le regarda de plus près, remarqua son air choqué et ses mains tremblantes.

— Comme Ella, ajouta-t-il dans un souffle.

— Que veux-tu dire ?

Elle s'approcha de lui et le prit aux épaules, dans un geste apaisant. Elle accrocha son regard, comme s'il fallait extraire la vérité de son esprit.

— Il a été écrasé, dit-il d'une voix abrupte. Ses os sont brisés tel du bois sec.

Il fut secoué d'un violent frisson et se détourna. Elle le laissa aller.

— Dis-le à Capiam, lui ordonna-t-elle avant de se mettre à courir.

Elle ne voyait pas les tentes au passage, n'entendait pas ceux qui lui posaient des questions. Cependant, son expression sauvage suffisait à entraîner dans son sillage hommes et femmes impatients de découvrir un désastre.

Les enclos de tri étaient situés sur le flanc d'une colline, au-dessus du camp. Des années auparavant, ils avaient été délimités par des rochers et des empilements de pierre. Des buissons et des broussailles avaient poussé autour. Les hommes qui se tenaient à l'entrée l'accueillirent à grands cris. Elle passa devant eux sans les écouter. Brusquement, son allure rapide devint un pas mesuré.

Carp gisait comme une poupée cassée. Un homme des hardes appartenant à une autre tribu était debout devant lui. À l'autre extrémité de l'enclos, des éleveurs trottinaient en hurlant pour tenir plusieurs vaja rétives accompagnées de leurs veaux à l'écart du chaman. Tillu s'en approcha avec retenue. Il était mort, sans doute. Personne ne pouvait survivre dans cet état. Une de ses jambes, repliée sous son corps, sortait de l'autre côté. L'inconfort extrême de la position était pénible à voir. L'homme des hardes contemplait Carp, comme en transe. Quand Tillu le toucha pour lui demander de s'écarter, il la regarda telle une apparition. Ses lèvres humides tremblaient.

— Les vaja l'ont piétiné. Elles ont dû croire qu'il voulait du mal aux petits. Généralement, nos bêtes sautent par-dessus un homme à terre, ou évitent celui qui

285

est debout. Je n'ai jamais vu une chose pareille. Que faisait-il ici avant l'aube ? Pourquoi est-il venu ?

Tillu ne trouva rien à répondre. L'empreinte très reconnaissable d'un sabot fourchu marquait le visage de Carp. Sa paupière gauche était fendue, et le globe oculaire pendait sur sa joue ensanglantée. Il portait une des meilleures tuniques de cuir souple de Joboam, maintenant maculée de boue et imbibée de sang. Ses mains étaient croisées sur sa poitrine en un geste de défense. Deux doigts tressaillirent et Tillu laissa échapper un cri léger. Il l'entendit.

— Kerleu. (Du sang accompagna le nom.) Un dernier mot, supplia-t-il.

Elle s'agenouilla dans la boue et la bouse piétinées près de lui. Quelque chose la poussa à poser la main sur les siennes.

— Il est coupable. Tu le diras, n'est-ce pas ? (Une langue grisâtre s'agita dans la bouche sanguinolente.) Je ne l'ai pas touché, mais lui, oui. Je savais que cela se verrait.

Il se tut, luttant pour prendre une nouvelle inspiration. Paralysée, Tillu entendit un gargouillis s'élever de sa poitrine. À côté d'elle, l'homme des hardes était transfiguré par la terreur. Des voix s'élevèrent à la porte du parc, mais nul ne s'aventura près d'eux.

— Quelle idiotie d'avoir peur d'une femme. D'une simple femme. Tue-la, disait-il, tue le secret. J'ai dit non. Je me suis moqué de lui. Penser qu'il pourrait éliminer un secret. Alors que moi, je savais. Avoir peur d'une femme. Homme faible. Mains fortes. Les combats des gloutons se terminent toujours par la mort.

(L'autre œil s'ouvrit, mais le regard était vide.) Prends ce tambour. Il est bon. Kerleu. Mon fils.

Sa bouche s'affaissa, un filet de sang roula le long de son menton. Tillu se pencha pour entendre ses derniers mots. Elle ne perçut qu'un soupir.

— Il est mort.

Elle ne savait pas quelle durée s'était écoulée avant qu'elle ne parvienne à prononcer cette phrase. Le temps était suspendu depuis qu'elle s'était agenouillée là. Mon fils, mon fils. Les battements de son cœur rythmaient ces mots. Elle ne pouvait pas détester plus longtemps la chair et les os broyés étalés devant elle. Il n'était plus, et sa disparition lui avait dérobé toute la haine qui fortifiait sa résolution. Le nadj était comme un masque mis de côté. Un vieil homme avait disparu, à qui il avait manqué un garçon. Pendant un moment, il en avait eu un. Pouvait-elle lui en tenir rancune ?

Elle se leva avec raideur, indifférente à la gangue de boue qui emprisonnait ses jambes jusqu'aux genoux. Elle traversa la foule et les autres se précipitèrent dans l'enclos, se regroupèrent autour du corps, et échangèrent des exclamations horrifiées. Nul ne tenta de l'arrêter. Ceux qui croisaient son regard détournaient les yeux. Le vieux Bror lui prit le bras et s'enquit de son état à voix basse, mais elle se dégagea sans répondre et continua son chemin. Elle était presque sortie du parc quand Joboam lui barra la route. Elle secoua la tête, sans le regarder, et tenta de le contourner. Il fit un pas de côté pour l'en empêcher.

— Que veux-tu ? demanda-t-elle d'une voix morne.

— Seulement savoir ce que tu as vu, guérisseuse.

L'intonation de joie contenue qui passa dans sa voix la poussa à lever les yeux sur lui. Sa bouche avait un pli solennel, mais une lueur de défi railleur dansait dans son regard.

— Où est Kari ? demanda-t-elle avec brusquerie.

Pendant un bref instant, il perdit le contrôle de lui-même, et Tillu entrevit toute la profondeur de sa colère. Elle se sentit soudain toute petite devant ce géant. Puis il sourit. La fureur était toujours présente, mais il avait su en préserver sa voix.

— Je n'en sais rien. Étrange question, guérisseuse. Je l'ai cherchée toute la matinée. Sans succès, malheureusement. Quand je suis allé dire à Capiam que je ne pouvais pas mettre la main sur son idiote de fille, il m'a appris que le nadj avait été tué. Comme il est trop malade pour se déplacer, il m'a chargé d'aller voir de quoi il retournait. Pirtsi prétend que les rennes ont piétiné le nadj. Est-ce ce que tu as vu ?

Le défi était clair, maintenant.

— J'ai assisté à l'agonie d'un vieil homme dans la boue, dit Tillu en détachant les mots.

La colère faisait trembler son visage et sa voix. Pendant un instant, la confiance de Joboam faiblit.

— Pirtsi m'a dit qu'il était déjà mort, rétorqua-t-il, mal assuré.

Tillu ne répondit pas. Joboam leva la main dans l'intention de la saisir, puis se ravisa dans l'instant, laissant son geste inachevé.

— Ne plaisante pas avec moi, guérisseuse, poursuivit-il, doucereux et sinistre. Nous savons tous les deux à quel point Capiam est malade. Ainsi que son fils. Tu vois qui a été choisi pour prendre les rênes à sa place. Fais preuve de sagesse. Contente le prochain maître des hardes.

— L'aurais-tu déjà enterré ? demanda calmement Tillu.

Une petite partie de son esprit hurlait à la témérité, mais elle ne parvenait pas à se montrer raisonnable. Son œil s'attacha à la longue estafilade livide qui marquait le côté du cou musclé.

— Tu ferais bien de faire attention avec ça, fit-elle froidement observer. Les égratignures d'ongle s'infectent souvent.

Il se tortilla comme s'il avait été piqué, mais ne répliqua pas. Elle se détourna et cette fois, il la laissa passer. En partant, elle l'entendit élever la voix sur un ton de commandement, exigeant le silence avant de demander à un homme de lui expliquer ce qui était arrivé au nadj. Le brouhaha se calma rapidement. Ils lui obéiraient sans discuter. Ils le suivraient quand le moment serait venu. Elle découvrit qu'elle s'en fichait.

Plongée dans ses réflexions, elle retourna vers les tentes, regardant à peine où elle mettait les pieds. Heckram lui ramènerait Kerleu, et elle partirait. Elle prendrait son fils et quitterait ces gens pour traverser la toundra pendant les longs jours d'été. Et Heckram ? demanda une petite voix. Et Kari ? Ristin ? Lasse ?

— Je ne peux pas les aider ! s'entendit-elle protester. Kerleu et moi. C'est tout ce que je peux prendre en charge. Kerleu et moi.

— Tillu ?

Lasse. Elle ne l'avait pas beaucoup vu, ces derniers

289

temps. Il était plus grand que dans son souvenir. Au bout d'un instant, se rendant compte qu'il la fixait en silence, elle tenta de rassembler ses esprits.

— Que se passe-t-il ?

— Tu vas bien ?

La question l'interloqua jusqu'à ce qu'elle baisse les yeux sur son corps. Le sang de Carp lui maculait les mains, et de la boue couvrait l'avant de ses jambes, du genou au pied. Mais elle ne pouvait pas savoir que c'était son regard qui avait le plus inquiété Lasse.

— Ça peut aller. Tu me cherchais ?

— Oui. En fait, non. Je cherchais Kari. J'ai entendu dire qu'elle avait disparu, mais personne ne sait où elle est. Je voulais lui parler, lui dire... qu'il y avait un moyen pour qu'elle n'épouse pas Pirtsi. Elle pourrait se marier... avec quelqu'un d'autre à la place. Finalement, je suis allé à la tente de Capiam.

Tillu imagina le courage qu'il lui avait fallu pour entreprendre cette démarche.

— Kelta m'a hurlé de m'en aller, mais une des femmes m'a suivi pour me dire que tu étais à la recherche de Kari, et que tu connaîtrais peut-être sa cachette. Kelta est persuadée que tu lui as conseillé de s'enfuir tôt ce matin. Elle est très en colère contre toi, mais Capiam n'y peut rien, parce qu'il est trop malade. J'ai pensé que je devais te prévenir... Elle a envoyé quérir Joboam, pour lui demander de te ramener à elle et de te faire avouer où est sa fille. Je t'en prie, Tillu... (Il semblait désespéré.) Le sais-tu ?

Avec soin, Tillu fit le bilan de ses préoccupations et les inventoria.

— Kerleu a disparu. Heckram est sur sa piste. Carp est mort. Kari a filé et j'ignore où elle se trouve. Mais je sais qu'elle s'est sauvée parce qu'elle ne veut pas épouser Pirtsi. Et pour finir, Joboam va me tomber dessus. (Elle examina le visage affligé de Lasse.) Sais-tu où se situent les Marches du nadj ?

Il hésita.

— Oui. Oui, je le sais. Suis-moi.

Elle pressa le pas, alors qu'il la guidait habilement à travers le talvsit, se glissant entre les tentes, les râteliers à viande et les peaux tendues pour sécher au soleil. Le petit trot l'aida à mettre de l'ordre dans ses idées.

— Heckram allait grimper les Marches du nadj, dit-elle dans le dos de Lasse. Il pense y retrouver Kerleu, qui est parti en quête de sa vision de nadj. (Lasse se retourna, l'air surpris.) Heckram saura ce qu'il y a de mieux à faire. Et peut-être a-t-il déjà retrouvé Kerleu. Nous pourrons, alors, tout simplement nous sauver.

— Vous sauver ?

— Fuir le peuple des hardes, et Joboam. Kerleu et moi. Nous trouverons une nouvelle vie quelque part. Une fois de plus.

— Seuls ? demanda Lasse avec incrédulité.

Elle ne répondit pas. Son regard avait quitté le garçon, pour remonter le long du doux renflement de la colline herbue, où un groupe de jeunes gens des deux sexes gesticulaient en échangeant des exclamations, et au-delà, vers la muraille du Cataclysme qui s'élevait abruptement, aussi soudaine que la douleur. La paroi d'un noir brillant se détachait contre le ciel bleu et cru. Le cou de Tillu protesta lorsqu'elle renversa la tête pour voir le sommet. C'était un mur de roche plissée, surmonté d'un piton dressé en travers du monde pour interdire aux peuples des hardes et aux rennes de s'avancer plus loin. Çà et là, le temps avait provoqué des éboulements et arrondi les blocs, emprisonnant de petits pâturages verts ou des poches de neige, endroits bénis où les insectes ne s'aventuraient pas. Les bêtes s'y regroupaient pour leur échapper. Mais dans ce lieu, le Cataclysme se dressait, vertical et sans compromis. Un amoncellement de débris de schiste à sa base marquait sa seule concession à la pluie et au vent.

Si Tillu ne pouvait pas discerner ce qui retenait l'attention des bergers, elle était certaine de se trouver devant les Marches du nadj, qui méritaient à peine leur nom. Ce n'était qu'une cicatrice, qui faisait saillie sur la paroi du Cataclysme et se terminait abruptement non loin du pic. La corniche de pierre, pas plus large qu'un sentier, avait à certains passages tout simplement disparu. D'autres fissures et reliefs marquaient la surface du Cataclysme, mais un seul pouvait être les Marches du nadj. Tillu examina la voie longue et étroite, à la recherche d'un signe d'Heckram ou de Kerleu, quand elle entendit Lasse pousser un cri sourd de désespoir. Il lui attrapa le bras, le broyant, et pointa son autre main.

La silhouette se matérialisa sur un petit affleurement rocheux au-delà de la fin des Marches du nadj. Pendant un moment elle demeura là-haut, immobile. Le vent s'engouffrait sous ses ailes, étalant les rémiges dont le noir ressortait dans la lumière éclatante. L'oiseau d'une taille impossible se dressa, s'apprêtant à prendre son envol.

Et piqua.

— Kari !

Le cri de Lasse avait fait basculer sa voix du timbre d'adolescent à celui d'homme. En entendant le nom, Tillu la reconnut, les ailes devinrent le manteau de plumes de la jeune fille. Son petit visage pâle soulignait encore la noirceur de ses cheveux, qui flottaient au vent. Elle ne hurlait pas. Le Cataclysme la reçut sur un éperon rocheux, qui l'envoya rebondir encore plus vite vers la terre. Le vent de sa chute rugissait à travers le vêtement. Des hurlements s'élevèrent des rangs des éleveurs qui assistaient à la scène. L'instant s'étira à l'infini.

Lasse empoigna Tillu par le poignet et partit en courant, se frayant un chemin à travers la foule horrifiée. Ils se trouvaient plus loin de la base du Cataclysme qu'il n'y paraissait. Le cœur de Tillu battait à grands coups tandis qu'elle essayait de retrouver son souffle. Des mottes d'herbe, des buissons bas lui écorchaient douloureusement les chevilles et s'enroulaient autour de ses mollets, mais rien ne la distrayait de la forme noire qui gisait sur l'herbe verte.

Ils arrivèrent là-bas bien trop tôt. Lasse se jeta à genoux près du corps rompu et tendit le bras pour le retourner. Tillu ne chercha pas à l'arrêter. Il ne pouvait pas lui faire beaucoup plus de mal. Mais à peine l'avait-il touché qu'il retira sa main avec un cri étouffé. Il se tourna vers Tillu, les yeux agrandis d'horreur, les lèvres tremblantes de chagrin. La guérisseuse se mit à

293

genoux avec effort et toucha Kari à son tour. Elle ôta aussitôt la main. De la gelée. Sous les plumes, le corps était détrempé et immobile, des organes et des os réduits à l'état de pulpe à l'intérieur d'une enveloppe de peau. Tillu déglutit avec difficulté, son esprit tournait à toute vitesse. Si elle n'était pas restée avec Heckram la nuit précédente... Si elle lui avait demandé son avis plus tôt... Des « si » à la file, et tous inutiles.

— Lève-toi, dit-elle d'une voix rauque, se dressant sur ses jambes tremblantes.

Elle tira la manche de Lasse, puis le saisit par le col pour le remettre debout. Quand elle l'éloigna du corps, il ne résista pas, mais ne coopéra pas non plus.

— Ne la regarde pas. Ne la touche pas. Tu ne peux rien pour elle. Viens. Viens, Lasse.

— Que s'est-il passé ?

— Qui était-ce ?

— Il est mort ?

Les filles aux joues rouges et les garçons aux cheveux ébouriffés les avaient rejoints. Leurs questions pressantes résonnaient autour de Tillu alors qu'elle entraînait Lasse loin du cadavre. Elle ne voulait pas se trouver sur place lorsqu'ils retourneraient Kari. Deux morts dans la même journée. Elle ne pouvait pas en supporter plus.

— Je dois voir Capiam, insistait-elle en se frayant un passage entre les jeunes éleveurs. Laissez-moi tranquille. Laissez-moi passer.

— C'était la guérisseuse, entendit-elle derrière elle. Pourquoi ne fait-elle rien ?

Un cri perçant s'éleva soudain dans l'air clair du

294

matin. Ils avaient retourné le corps. Elle resserra son étreinte autour du poignet de Lasse, l'éloignant.

Les cris flottaient comme des échardes charriées par le vent. Heckram se pressa plus étroitement contre la paroi rocheuse. Il se demanda si quelqu'un l'avait vu. Non, sans doute. Il envisagea un moment de se pencher pour regarder ce qui motivait ces hurlements. L'idée lui arracha un sourire crispé. Les mains et la joue collées à la roche, il progressa d'un autre pas.

Forçant son esprit à se détacher du vide vertigineux, il pensa à Tillu, au récit qu'il lui avait fait de son aventure de jeunesse sur le même chemin. Il n'était pas certain de savoir ce qui l'avait poussé à en parler aussi légèrement, l'oubli ou la fanfaronnade. Maintenant qu'il était là-haut, il se souvenait des crampes qui tenaillaient ses mollets, son dos et ses épaules. Et ses doigts. Il avait ôté les bandages de sa main blessée pour assurer une meilleure prise. Et chaque fois qu'il faisait le geste de refermer le poing, la douleur remontait le long de son bras. Il refusa de se concentrer sur cette sensation. Le passage était bien plus étroit que dans son souvenir. Puis il se rappela qu'à l'époque, il était moins massif. Plus étroit d'épaules, avec le pied plus sûr. En tout cas, il était plus allègrement inconscient de la mort et de la souffrance. Il continua, glissa sur la poussière qui couvrait le chemin. Ses orteils étaient à vif. Depuis longtemps, il s'était débarrassé de ses bottes en les abandonnant sur la dernière surface praticable des Marches du nadj. Ses pieds nus sentaient plus sûrement la pierre glacée, mais souffraient aussi de chaque aspérité. Un contact léger lui effleura le pouce. Il regarda l'espace étroit entre son corps et la falaise. Une plume noire. Une autre. Étrange. Il avait passé des parois truffées de nids d'oiseau plus tôt sur la pente, mais elles n'étaient pas aussi exposées au vent que celle-ci. Tout en s'interrogeant sur la présence de cette rémige sur la corniche, il poursuivit sa progression.

La sueur qui ruisselait en filets le long de son corps était autant causée par la peur que la faiblesse. Sur son dos, le soleil tiède du matin lui rappela le contact des mains de Tillu sur sa peau la nuit précédente, au moment où elle s'était accrochée à ses reins en se hissant contre lui. Un sourire involontaire, presque stupide de douceur, lui monta aux lèvres. Chaque fois qu'il pensait la connaître, elle le surprenait. Son inquiétude pour Kari, son souci constant de Kerleu, le sérieux des soins qu'elle apportait à Rolke, rien de tout cela ne l'avait préparé à découvrir la femme de la nuit passée. Elle avait abandonné ses réticences et révélé une faim dévorante, qu'elle avait satisfaite avec une joie innocente. Comme une enfant devant un nouveau jouet, pensa-t-il en rougissant, même s'il n'y avait aucun témoin. Aucune partenaire n'avait exploré aussi complètement ses sensations physiques. Sous ses caresses, il avait retrouvé une nouvelle jeunesse, une curiosité et un appétit qu'il pensait être trop vieux pour éprouver. Même en ce moment, son désir d'elle était présent. Et il comprit que c'était ce dont parlait Ristin. C'était ce sentiment qu'elle avait espéré le voir ressentir pour Ella, cette impression qu'aucune épreuve n'était insurmontable. Il se demanda si Tillu partageait cette émotion. Son expression se fit sérieuse un bref instant. Ne lui avait-elle pas fait confiance pour ramener Kerleu sain et sauf ?

Que faire s'il ne le trouvait pas là-haut ? Regarder ailleurs, bien sûr, se dit-il avec pragmatisme, refusant de se poser des questions sur le temps perdu. Il gloussa à une idée soudaine ; et s'il retournait au camp, et que Kerleu y soit déjà rentré tout seul ? Bien, décida-t-il. Ce serait bien de découvrir que le garçon était sain et sauf, quel que soit l'endroit où il se trouvait. Une image du petit visage à la mine incertaine lui apparut. Les occasions où il l'avait vu avec une expression dépourvue de crainte et d'anxiété avaient été rares. Quand ils avaient sculpté des cuillères ensemble. Au moment où Heckram lui avait offert le couteau d'os. La nuit où ses doigts fins avaient tressé avec maladresse des bandes de cuir pour en faire un harnais. Il comprenait d'un seul coup la fierté qu'un père pouvait retirer des infimes réussites de son enfant. Un souvenir lui revint à l'esprit. Il présentait un plateau de tablo à un homme, et son cœur se gonflait d'orgueil devant le grand sourire qui fendait le visage barbu de ce dernier.

— Eh bien, seras-tu le loup, ce soir, pour offrir à ton père une chance de gagner sur ton nouveau plateau ?

Heckram se pressa contre la paroi, sentant la brise légère du matin jouer dans ses vêtements et ses cheveux. Comment avait-il oublié aussi complètement un tel moment ? Il y en avait pourtant eu d'autres comme celui-là. Il se tint immobile quelques instants. Quand il s'ébranla de nouveau, il savait ce qui le poussait. Il était temps de refermer le cercle. C'était à son tour de

297

regarder le visage d'un garçon et d'y voir cette expression de fierté qui accompagnait un succès.

Il continua, trouvant de place en place un espace plus large qui lui permettait de s'accroupir et de relâcher ses muscles contractés. Il profitait de ce point élevé pour observer la toundra, mais ne regardait jamais vers les tentes en contrebas. Dans un de ces dégagements, il trouva deux petites plumes et le contour net d'un jeune pied. Kerleu avait-il emporté un oiseau avec lui ? Il haussa les épaules et progressa, un pas prudent après l'autre, sa détermination renforcée par l'empreinte.

Quand la chaleur de l'après-midi arriva, il prit un peu de répit. Accroupi, ses muscles raides protestant contre la douleur redoublée par cette nouvelle position, il se désaltéra avec l'eau contenue dans sa gourde de peau. Il essaya de comparer son escalade d'aujourd'hui à celle de son enfance. Avait-il mis si longtemps ? Le jeune Heckram s'était-il déplacé plus rapidement, avait-il été plus agile que l'adulte ? Il se rinça les yeux et la bouche pour les débarrasser de la sueur salée. La fin des Marches du nadj ne pouvait pas être très loin, il en était certain. Il essaya de repérer quelque chose, mais la subtile ondulation de la muraille et la pente de la corniche l'en empêchaient. Kerleu était peut-être au bout du passage, mais peut-être aussi ne trouverait-il qu'un endroit vide, avec pour seule issue la falaise abrupte. Il verrait bien ! Il esquissa un mouvement pour se relever, mais s'interrompit et s'accroupit de nouveau, consterné. Du bout du doigt, il suivit le contour d'une empreinte très particulière dans la poussière rocheuse et le gravier fin qui couvraient la voie. Non, c'était sans doute un effet de son imagination. Le garçon s'était probablement mis sur la pointe des pieds. Mais au premier regard, il avait cru reconnaître la trace d'une patte de loup. Il secoua la tête, repoussa cette idée fantaisiste, repassa sa gourde par-dessus son épaule et l'assura étroitement contre sa hanche. Il était temps de continuer.

La corniche se rétrécissait. Heckram hésita. Mais Kerleu était passé par là. Et il devait suivre. Face à la paroi, les mains humides plaquées contre la roche, il glissa en avant. Il regarda devant lui, entre son torse et la falaise. Quand il y arriva, il la fixa longuement. Bien sûr, il avait grandi. La marque qu'il avait gravée à l'époque se situait maintenant au niveau de sa poitrine. Les traits, un peu érodés avec le temps, ressortaient en gris sur le roc noir. Le dessin reprenait le motif découpé dans l'oreille de ses veaux, dont il portait les lambeaux dans une lanière portée à sa ceinture. Ce symbole, aussi personnel et individuel que son visage, n'avait jamais été donné à qui que ce soit avant lui et n'appartiendrait à personne après sa disparition. Il frissonna en touchant du doigt son enfance. Ses pensées l'entraînèrent vers ce jour passé, et il se pencha légèrement pour tenter d'apercevoir ce qui venait ensuite.

C'était comme il s'en souvenait. Encore un ou deux degrés, et puis plus rien. Rien. Pas de passage, pas de garçon, juste l'étroite corniche de pierre qui allait, en s'amenuisant, se perdre dans une fissure qui fendait la paroi. Un tremblement commença à monter à l'assaut de ses jambes, qu'il combattit en se collant plus étroitement contre la roche. Il avait vu les empreintes de Kerleu dans la poussière ; il avait forcément dû venir par ici. La conclusion de son raisonnement suivit sans merci. L'adolescent était arrivé jusque-là, et un faux pas l'avait précipité dans le vide. Les larmes l'aveuglèrent. Maudit soit le nadj, avec ses visions maléfiques. Sa prétendue sagesse avait envoyé un garçon à l'esprit confus vers la mort.

— Kerleu, murmura-t-il d'une voix accablée.

Les cris entendus plus tôt prenaient maintenant une dimension plus personnelle.

Un froissement d'étoffe tout près. Le bruit léger le fit sursauter et son cœur se mit à battre à coups redoublés. Gauchement, il tourna la tête, regardant des deux côtés, mais ne vit rien. Il risqua un autre pas glissé, sentit l'arête crue de la corniche sous sa plante de pied. Après un nouveau coup d'œil infructueux, il laissa échapper un cri de désespoir et de frustration.

— Kerleu !

L'alcôve du nadj. Il l'avait oubliée. Pourtant la cavité était là, trois pas au-delà de la fin du sentier. Il pouvait à peine distinguer l'intérieur. Il songea à s'étendre pour avoir une meilleure vue, mais il n'avait rien à quoi se raccrocher. Et le peu qu'il discernait était effrayant. Kerleu se tenait dans la crevasse, avec sur le visage une expression de béatitude, bras tendu, main à plat au-dessus du vide ; il avait le regard brillant, mais vague. Derrière lui, le corps racorni et momifié du nadj était exactement comme dans les souvenirs d'Heckram. Le temps l'avait laissé intact.

— Loup ? dit Kerleu à voix basse.

— Kerleu, c'est moi. Je suis venu te chercher.

Le garçon sursauta brusquement, vacilla et posa la paume sur la paroi rugueuse de l'alcôve pour retrouver son équilibre. L'anfractuosité creusait le roc sur une longueur de deux pas. Kerleu passa la langue sur ses lèvres craquelées.

— Loup ? répéta-t-il.

Son regard erra quelques instants avant de se poser sur Heckram. Mais ses yeux n'étaient animés que par la curiosité, il ne semblait pas le reconnaître. Il le fixa et avança. Maintenant, ses orteils nus étaient recroquevillés au-dessus du trou. Le cœur d'Heckram battait dans sa gorge.

— Recule ! cria-t-il.

Le garçon vacilla.

— Pourquoi ? répondit-il d'une voix lointaine.

Les doigts d'Heckram trouvèrent une minuscule crevasse dans la roche. Il s'y agrippa. Voir Kerleu debout aussi hardiment au bord de la falaise faisait monter en lui une bouffée de vertige.

— Comment est-il arrivé jusque-là ? demanda-t-il à la pierre insondable.

La question attira l'attention du garçon. Son regard rencontra celui d'Heckram et un léger sourire étira ses lèvres desséchées.

— J'ai vu que le nadj d'os m'attendait. S'il avait pu y arriver, alors moi aussi je pouvais le faire. J'ai traversé.

Dans l'espoir de se calmer, Heckram essayait de prendre de profondes inspirations. Pendant son escalade solitaire, la peur n'avait été qu'une abstraction. Il avait laissé le danger derrière lui, sachant qu'il le tromperait en grimpant. Mais maintenant qu'il avait retrouvé le garçon, la peur bouillonnait dans ses veines. Son impuissance lui glaçait le sang. Si Kerleu glissait maintenant, il ne pourrait rien faire. Mais il savait aussi qu'il tenterait de le rattraper s'il passait devant lui dans sa chute, sentant le vent lui assécher les yeux et son estomac remonter dans sa gorge. Il ferma les paupières pour chasser l'horrible image.

Puis il les rouvrit doucement. Il se força à regarder l'étendue de pierre qui séparait son perchoir de la cavité. Des crevasses et des saillies permettraient à un adolescent agile de parvenir jusqu'au but. Bien sûr, en aucun cas lui-même n'aurait pu utiliser ces prises minuscules ou glisser ses doigts épais dans une de ces fissures. Mais Kerleu, si. Et il l'avait fait.

Il humecta ses lèvres, sentit le vent les assécher immédiatement et la peau craquer. Il inspira et posa sa voix.

— Pourquoi ne pas me montrer comment tu t'y es pris ? suggéra-t-il. Je reculerai pour te laisser la place et tu me rejoindras.

Le garçon le regarda. Pendant un long moment, seul le vent rompit le silence.

— Tu veux que je redescende avec toi, dit-il enfin.

Heckram hésita. Si Kerleu traversait, il faudrait qu'il vienne de son plein gré. Pas question de le saisir et de l'entraîner le long de l'étroit sentier. Tous deux auraient besoin de tous leurs moyens pour arriver en bas sains et saufs.

— Seulement si tu es d'accord, répondit-il enfin.

— Et si je ne veux pas ?

Heckram pressa son front baigné de sueur contre la pierre.

— Alors, je t'attendrai ici jusqu'à ce que tu sois prêt.

— Pensais-tu que j'aurais peur de toi ? demanda Kerleu avec un brusque sourire. Tu es déjà à moi, car je t'ai tenu dans le creux de ma main. Je viendrai. Laisse-moi le temps de rassembler mes affaires.

Heckram regarda plus haut, mais ne vit pas grand-chose. La majeure partie de la cavité se trouvait hors de portée de son regard. Il entendit un froissement, un murmure. Un frisson courut le long de sa colonne vertébrale tandis qu'il redescendait. Voilà. Il y avait de la place pour Kerleu. Quelques secondes plus tard, il entendit le frottement du cuir contre la roche et l'adolescent apparut. Sa tunique froissée était retroussée dans son dos. Il parcourut la paroi aussi agilement qu'une araignée et se retrouva enfin près d'Heckram. Son regard juvénile pétillait avec espièglerie.

— Je vois que ce n'est pas la première fois que tu prends ce chemin.

Heckram sourit largement en entendant ces paroles, bien réelles. Il se sentait presque ivre de soulagement, et rempli d'un soudain esprit de camaraderie.

— Veux-tu que nous laissions ta marque pour montrer que, toi aussi, tu y es parvenu ? proposa-t-il.

— Essaies-tu de me tromper ? lui répondit Kerleu avec un sourire malicieux. Penses-tu que j'ignore que

303

nous ne faisons qu'un ? Une trace suffit pour nous deux.

Il leva sa main libre et pointa un doigt mince. Légèrement au-dessus du niveau des yeux d'Heckram, le rouge brillant du signe ressortait sur la roche. Les cinq points d'une empreinte de loup.

XIII

— Où est Kari ?

La question de Joboam résonna à travers l'espace qui les séparait. Tillu sentit son corps se rétracter, mais elle n'était pas prête à se laisser intimider. Elle continua à avancer vers la tente de Capiam avec opiniâtreté. Des gens s'interrompaient dans leurs tâches et leurs regards curieux allaient de Joboam à la guérisseuse. Elle les ignora. Son profond chagrin et sa peur la conduisaient tout droit à la confrontation.

Elle avait laissé Lasse assis dans la hutte de Stina. Pâle et tremblant, il était en état de choc. La grand-mère avait saisi la brève explication de Tillu, et immédiatement commencé à faire réchauffer du thé, avant de préparer une couche moelleuse. Les larmes sillonnaient ses joues ridées.

« Si seulement elle était venue me trouver, avait-elle dit une seule fois d'une voix brisée. (Se détournant de son petit-fils, elle avait ajouté :) Où Capiam a-t-il la tête, pour laisser des choses pareilles arriver dans le peuple des rennes ? »

La colère qui faisait vibrer sa voix s'était communi-

305

quée au cœur de Tillu. Elle ne s'était pas attardée, sachant que Lasse irait mieux avec le temps et les bons soins de Stina. Tillu n'était pas très sûre d'elle. Elle aurait aimé aussi pouvoir glisser dans cette transe distanciée, contempler le vide jusqu'à ce que son âme ait absorbé l'impact de la mort de Kari. Au lieu de cela, sa douleur était une plaie ouverte et sanglante, qu'il fallait cautériser. Elle allait droit vers la tente de Capiam. On l'entendrait.

Mais Joboam gardait l'entrée, bras croisés sur la poitrine. Sa question avait attiré l'attention générale. Les gens s'attroupaient déjà. Tillu n'y prenait pas garde. Elle lança sa réponse, sans s'inquiéter de la note hystérique qui la faisait trembler.

— Kari est morte, Joboam ! Morte au pied du Cataclysme comme tu l'as certainement deviné. Ne l'as-tu pas trouvée ce matin, et poursuivie jusqu'aux Marches du nadj ? N'es-tu pas celui qui a appris à une petite fille que la mort est préférable au contact d'un homme ?

Joboam ne broncha pas. Des femmes sortirent de chez Capiam et se pressèrent derrière lui, désireuses d'assister à l'affrontement sans pour autant y participer. Les éclats de voix avaient attiré d'autres curieux. Tillu les ignora. Elle n'était consciente que de la fureur qui brûlait dans le regard de Joboam, et de la manière dont il la dissimulait.

— Tu délires, guérisseuse ! observa-t-il posément. Je n'ai pas vu Kari aujourd'hui. D'ailleurs, je viens de quitter Kelta. Elle pleure, car tu as caché sa fille alors que cela aurait dû être un jour de joie pour toute la famille. Elle demande pourquoi tu as fait une chose pareille, alors que le maître des hardes ne t'a manifesté que de la gentillesse ?

Tillu savait qu'elle devait égaler le calme de Joboam et prendre une attitude plus pondérée. Mais son indignation lui inspirait des paroles enflammées, un flot irrépressible de souffrance et de violence.

— Non ! Je n'ai pas emmené Kari ! Elle s'est enfuie pour échapper à un mariage dont elle ne voulait pas. Et puis elle a quitté une vie à laquelle elle ne pouvait pas faire face. Elle est morte, Joboam ! Elle a sauté des Marches du nadj. Cela te surprend ? Tu dois te sentir à l'abri maintenant, sachant qu'elle ne pourra jamais parler des choses que tu lui as faites quand elle était une enfant confiée à ta garde !

La voix de Tillu se brisa dans un sanglot. Elle s'agrippa la gorge, refoulant les larmes.

Joboam se tourna calmement vers la femme derrière lui.

— Telna et Kaarta, allez en bas des Marches du nadj. Et voyez si cette fable est exacte.

Son regard fit le tour de la foule assemblée.

— J'ai bien peur que cela ne soit vrai, reprit-il. Car depuis que cette « guérisseuse » et son fils ont rejoint notre tribu, nous n'avons connu que la mort et le malheur. Ella a trépassé pendant qu'elle s'occupait d'elle, et cette disparition a tellement indigné les esprits de la forêt qu'ils nous ont envoyé une tempête, qui a tué nos veaux nouveau-nés. Le nadj, qui devait intervenir en notre faveur, a été piétiné par nos rennes. Et les membres de la famille de notre chef sont frappés d'une maladie mortelle, ou de folie. Ce n'est un secret pour personne que Kerleu détestait Rolke, et était jaloux des attentions de Carp envers Kari. Tout le monde connaît ses humeurs étranges et son regard froid. Le nadj n'est plus là pour le contrôler. Pauvre Kari. Ses rêves d'union, empoisonnés par les paroles d'un étranger fou ! Ah, Capiam, Capiam ! Tu étais un bon maître des hardes, à ton époque, mais tu fus trop confiant. J'aurais aimé que tu m'écoutes. Dès que je les ai vus, je les ai désignés, elle et son fils, comme des émanations des mauvais esprits.

Tillu ne trouvait pas les mots pour lui répondre. Elle voyait bien que l'assistance était prise par son discours mesuré et ses manières calmes. Son conte, débité d'une voix solennelle, suscitait des murmures d'assentiment. Le peuple de Capiam était sans aucun doute soumis à rude épreuve, en butte à une série d'ennuis et de malheurs. Car la mort d'un nadj était la pire des malédictions. Et où se trouvait son apprenti, le fils de cette femme ? Tillu inspira.

— Aucun guérisseur ne peut tout soigner. Nous aidons le corps à trouver le temps et la force de se rétablir. Mais celui d'Ella était trop brisé. Sa tête était... abîmée. À l'intérieur. Ne me blâme pas pour cette mort, mais rejette la faute sur celui qui l'a battue...

— Et où se trouve Heckram ? l'interrompit Joboam.

Le timbre profond de sa voix, sa fière prestance, le vent qui jouait dans ses cheveux, tout cela séduisait les spectateurs. Ils connaissaient Joboam depuis son enfance, un garçon solide et charmant. Tillu était l'étrangère, sale, les cheveux en bataille, du sang sur ses vêtements. Les mots se révéleraient inutiles. Ils ne pouvaient que se liguer contre elle.

— Je t'ai demandé où était Heckram, répéta Joboam.

Cette fois, il y avait eu une nuance de menace dans sa voix. Tillu releva le menton. Elle s'exprima à voix basse, et la foule se tut pour l'écouter.

— Je suis la guérisseuse du maître des hardes, Joboam. Je répondrai à ses questions, pas aux tiennes. Ou as-tu déjà pris sa place?

Le silence de Joboam dura un tout petit peu trop longtemps. Un changement subtil courut à travers l'assemblée.

— Je parle en son nom, comme il me l'a ordonné! cria-t-il trop fort.

Tillu laissa échapper un vilain rire bref.

— Je suis venue voir Capiam, pas toi, dit-elle en avançant avec audace.

Les éleveurs reculèrent, lui laissant largement le passage. Mais Joboam s'interposait.

— Oses-tu garder la guérisseuse du maître des hardes loin de la tente où sa famille est malade? demanda-t-elle d'une voix chargée de menace.

— Rolke!

Le cri brisa la tension du moment. Tillu plongea vers l'ouverture, mais Joboam la bloqua et l'envoya rouler à terre d'une bourrade négligente. Kelta surgit. Elle était échevelée, les yeux rouges et gonflés dans son visage pâle, rendu flasque par la maladie. Elle avança de deux pas, avant de s'écrouler en un tas tremblant.

— Rolke est mort! gémit-elle. Mort et raide dans

ses couvertures. Sa peau était froide quand je l'ai touchée. Glaciale ! Ah ! Rolke. Mon fils, mon petit enfant.

Soudain elle aperçut Tillu.

— Où étais-tu, guérisseuse ? Pourquoi n'étais-tu pas là pour le sauver ? Et où est ma Kari ?

— Oh, Kelta, commença Tillu d'une voix pleine de compassion.

Mais Joboam la saisit par l'épaule d'un geste brutal, qui lui coupa la parole.

— Ne l'écoute pas, Kelta ! Elle vient d'essayer de nous faire croire que Kari s'est tuée, qu'elle a sauté des Marches du nadj. Depuis que cette femme est installée sous ta tente, as-tu connu autre chose que la maladie et le malheur ? Jette-la dehors avant qu'elle ne fasse plus de mal ! Et débarrasse-toi aussi des plantes qu'elle vous donnait, de peur que Capiam et toi ne soyez empoisonnés !

Joboam repoussa Tillu avec mépris.

— Relna ! Emmène-la loin de Capiam et de Kelta, ordonna-t-il. Il ne faut pas ajouter à leur douleur.

— Kelta ! cria Tillu.

Mais la femme était hébétée. La mort de ses enfants avait été un choc trop violent. La robuste Relna saisit Tillu par le bras, la lèvre plissée de dégoût, et l'entraîna loin du groupe. La guérisseuse entrevit Joboam qui s'agenouillait auprès de Kelta et lui parlait avec gentillesse, au milieu des murmures compatissants. L'esprit de Tillu fonctionnait à vide. Pendant quelques pas, elle marcha aveuglément ; puis elle s'arrêta brusquement et libéra son bras de la poigne qui le maintenait.

— Où m'emmènes-tu ?

310

Relna se retourna pour lui faire face et sembla soudain déconcertée.

— Je ne sais pas. Je ne veux certainement pas de toi sous ma tente. Que me dirait mon maître des hardes si j'apportais la même malchance sur notre tribu que celle qui frappe Capiam et les siens ?

— Je n'y suis pour rien ! protesta Tillu avec colère. Si quelqu'un est responsable, c'est Joboam. Il a éliminé Ella. Si tu ne me crois pas, demande à Ristin, à Stina ou aux parents d'Ella de te parler de leurs soupçons. Et il a poussé Kari à se tuer à cause de ce qu'il l'a forcée à faire. Ne me dis pas que tu te souviens de l'impatience et de l'excitation de Kari à la perspective de ce mariage. Ce serait un mensonge ! Rolke, Kelta et Capiam souffrent d'une maladie que je ne connais pas. Mes plantes et mes soins n'ont pas suffi à les tirer d'affaire. Et rien ne le pourrait. T'es-tu posé des questions sur ces piqûres de tique infectées, ces fièvres qui vont et viennent selon les jours ? Diras-tu aussi que c'est moi qui ai apporté cette maladie parmi vous tous ?

L'inquiétude remplaça la colère sur le visage de Relna.

— Mon mari a été piqué au pied.

Elle recula en hâte. Maintenant, elle ne faisait plus partie d'une foule galvanisée par les paroles de Joboam. C'était le discours de Tillu qu'il lui fallait écouter seule, et ce qu'elle entendait l'effrayait.

— Je n'ai pas à suivre les ordres de Joboam, s'exclama-t-elle. S'il veut te tenir éloignée de Capiam et de Kelta, qu'il le fasse lui-même. Ou qu'il s'adresse à ceux de Capiam. Que chacun vive son propre malheur.

311

Si tu es leur malchance, alors qu'ils se débrouillent avec toi. Reste loin des miens !

Les derniers mots avaient tenu du grognement, Relna fit demi-tour et s'en alla.

Balançant entre le soulagement et la frustration, Tillu la regarda s'éloigner à grands pas. Elle n'avait plus besoin d'en avoir peur, pas plus que des membres de sa tribu. En revanche, tous sauraient avant le coucher du soleil que la guérisseuse de Capiam était une femme à éviter, qu'elle portait malheur. Voilà pour la perspective de quitter le peuple de Capiam pour s'intégrer à un autre groupe. Elle devrait partir seule.

Seule. Avec Kerleu. Autrefois, avant Heckram, cela ne signifiait pas « seule ». Son cœur manqua un battement. Il n'y avait pas de temps à perdre. Elle devait rassembler ses affaires, trouver Heckram et Kerleu. Elle partirait sans attendre avec son fils, pendant qu'elle en avait encore la possibilité. Joboam était trop habile dans l'art de monter les éleveurs contre eux deux.

La majeure partie de ses possessions et ce dont elle se servait au quotidien se trouvaient chez Capiam. Aucune chance de les récupérer. Les affaires de Kerleu étaient sous la tente du nadj, près de celle de Joboam. Elle n'oserait pas s'y rendre non plus. Le reste, Heckram l'avait déchargé du renne qu'il avait conduit pour elle, et rangé avec ses propres biens. Elle en fit une liste : la tente neuve encore inutilisée, don de Capiam quand elle avait rejoint la migration ; ses ustensiles de cuisine ; les peaux de rechange et les outils qu'elle avait gagnés grâce à ses soins. En se dirigeant vers le campement d'Heckram, elle restait en alerte, attentive à ceux qui feraient mine de l'arrêter. Elle rassemblerait rapidement ses bagages et ils partiraient loin du talvsit. Mais elle ralentit soudain le pas, imaginant le fardeau que tout cela représentait. Il n'y aurait pas de harkar solides pour le transporter, pas de Kari pour l'aider à prendre soin des bêtes. Comment imaginer que personne ne remarquerait une femme chargée comme un harke ? Elle n'irait pas bien loin. Ce n'était pas la première fois qu'elle fuyait les soupçons et la colère d'un peuple. Dans ces cas d'urgence, la consigne était de rester léger et de voyager vite. Elle ne pouvait prendre que ce qui tiendrait dans une besace ou deux. Avec Kerleu, elle devrait franchir de nouveau la toundra, et regagner l'abri de la forêt avant le retour de l'hiver. Où trouverait-elle des peaux pour faire une tente ? Que mangeraient-ils pendant le voyage ? Aucun intérêt. Elle repoussa ces questions, tentant de trouver du courage en se rappelant qu'elle avait toujours su assurer leur survie. Ils réussiraient encore. Il leur était devenu impossible de rester parmi ces gens. Joboam les monterait contre eux, les exciterait, jusqu'à ce qu'ils s'attaquent à elle. Mieux valait affronter les loups et les rigueurs de la privation plutôt que la haine et la peur débridée de ceux des hardes. Les humains étaient les plus cruels des prédateurs.

La tente d'Heckram était sombre et froide. La couche était comme ils l'avaient abandonnée. Elle la fixa d'un air absent, se demandant où étaient passés le sentiment de sécurité et la chaleur qui animaient les lieux la nuit précédente. Elle commença à s'agiter gauchement, comme si elle avait fait intrusion chez un étranger.

Ses marmites étaient suspendues parmi celles d'Heckram. Elle fit sa sélection parmi les plus petites et les plus solides. Il fut difficile de séparer les fourrures de sa couche du tas emmêlé à terre. Elle prit une des couvertures d'Heckram, faite de peaux de renard douillettes, rouges et noires, cousues pour former un motif contrasté, et la porta à son visage, s'enivrant de l'odeur qu'elle y retrouvait. Les larmes aux yeux, elle la serra étroitement contre son corps. En plus du parfum d'Heckram, le poil lustré avait aussi gardé celui de leur nuit. En faisant le tour de la tente du regard, elle comprit brusquement la présomption tacite dont il avait fait preuve en mêlant ainsi leurs possessions. Touchée au cœur, elle sentit sa résolution vaciller. Toutes les fois précédentes, quand elle avait pris la fuite devant ceux qui menaçaient son fils, elle avait emporté son univers avec elle. Cette fois, elle laisserait une partie d'elle-même.

Lentement, elle replia la couverture en un ballot bien serré et la reposa par-dessus les autres fourrures. Une douleur sourde engourdissait son corps, pendant que ses tempes battaient douloureusement sous la pression du chagrin et des larmes retenues. Avec des gestes heurtés, elle rassembla le peu que Kerleu et elle pourraient porter sans peine. Elle s'arrêtait souvent, submergée par l'effort de devoir choisir et décider. Puis vint le moment où les paquets furent terminés, mais elle ne trouvait pas la force de partir. Elle s'assit sur la couche et prit la peau de renard sur ses genoux, qu'elle caressa longuement, la serrant contre elle comme un enfant, s'abandonnant à la chaleur dispensée par le poil soyeux. Elle s'allongea, la joue pressée contre la matière douce, pensant à tout ce qui n'allait pas être.

« Je suis comme Kerleu, songeait-elle avec amertume. La tête pleine de rêves stupides et de songes insensés. À quoi ai-je joué la nuit dernière ? » Elle pensait à la manière dont elle avait pris Heckram la veille, dans le rire et la sensualité, exerçant une liberté dont elle n'avait jamais imaginé qu'une femme puisse jouir. Et lui, ravi, l'encourageait à montrer encore plus d'audace. Plus tard, quand elle avait été rassasiée, elle avait lentement glissé dans le sommeil entre ses bras. C'est alors qu'elle avait senti les mains d'Heckram sur ses cuisses, un contact si doux qu'elle s'était éveillée au rythme d'un frisson qui courait sur sa peau.

« Ne bouge pas ! » avait-il commandé d'un ton bourru quand elle avait essayé de capturer ses doigts.

Et elle avait obéi, pendant que, des lèvres, il lui prouvait que sa satiété était illusoire. Qu'elle avait seulement commencé à étancher une soif qu'il comprenait mieux qu'elle-même. Il l'avait longuement caressée, jusqu'à ce que, avec un gémissement, elle se colle à lui. Il l'avait posée contre son ventre.

« Cette fois, c'est mon tour », avait-il rappelé.

Elle avait acquiescé et avait été de nouveau secouée d'un long frisson lorsqu'il s'était agenouillé entre ses jambes. Lentement, il bougeait si lentement, observant son visage pendant qu'il la touchait, apprenant, par l'expérience, ce qui lui plaisait le plus. Il n'était pas timide. Il souriait en la taquinant de son corps, jusqu'à ce que, dans son empressement, elle l'attire en elle.

«Je croyais que c'était moi qui menais le jeu.»

En réponse, elle s'était arquée sous lui, sans relâcher sa prise, l'entraînant dans son rythme frénétique, au paroxysme du plaisir.

Un sanglot la secoua, puis un autre. Elle pleura à chaudes larmes, le visage enfoui dans la couverture, elle se lamentait comme s'il était mort, alors que chaque inspiration transportait son odeur et lui rappelait le désir qui avait saisi son corps. Elle se laissait aller avec abandon, hoquetant comme une enfant, jusqu'à l'épuisement.

«Je n'aurais jamais dû le toucher», se dit-elle.

Elle lissa la fourrure sous sa joue. Les cheveux d'Heckram étaient encore plus doux. Elle souhaitait ne jamais avoir eu l'occasion de l'apprendre. «Tout le reste de ma vie.» L'énormité de cette idée lui fut insupportable.

— Heckram, murmura-t-elle.

Elle serra étroitement la peau contre elle, incapable de lâcher prise, et laissa arriver des larmes plus paisibles.

Un contact léger sur son visage la réveilla. Un petit feu brûlait dans l'arran. Heckram était agenouillé près d'elle, sa silhouette soulignée par la lumière. De l'autre côté du foyer, Kerleu était étalé. Ses yeux, profonds, reflétaient les flammes. Elle s'assit brusquement, se plaqua contre Heckram et l'étreignit avec force. Il grogna sous le choc et la serra à son tour.

— Dire que j'allais me plaindre parce que tu ne nous as rien préparé à manger, murmura-t-il.

Ils restèrent un moment sans bouger, le souffle d'Heckram jouant doucement dans les cheveux de Tillu. Puis il bougea pour se dégager, mais elle l'agrippa plus fort.

— Que se passe-t-il?

— Tout. Tout ce qui est arrivé. Je n'ai pas la force de prendre des précautions, parce qu'il y a trop à dire. Carp est mort. Il est allé aux enclos et les rennes l'ont piétiné. Ou du moins, c'est ce qu'ont dit les autres. D'après ses derniers mots, je crois que Joboam y est pour quelque chose. Et Kari s'est tuée, en chutant des Marches du nadj. Rolke est mort et Capiam est couché, malade, lui aussi. Joboam m'accuse de tout, et il entraîne la tribu à croire en lui. Je dois m'enfuir avec Kerleu, nous devons partir ce soir.

En l'entendant, Heckram s'était figé dans ses bras. Kerleu s'assit soudain, les yeux écarquillés.

— Non!

Son cri perçant vrilla la nuit. Tillu se détacha d'Heckram et saisit son fils avant qu'il ne s'enfuie de la tente. Il lui fallut toute son énergie pour le tirer en arrière et le faire asseoir. Il lutta férocement, et seuls son long jeûne et l'épuisement de la journée permirent à Tillu de le maîtriser. Sous ses mains, il était tout os et muscles. Leur affrontement s'étira, sous le regard anxieux d'Heckram. Enfin, l'adolescent s'effondra, submergé par de gros sanglots.

— Carp! Carp! (Ses gémissements emplissaient

317

l'espace.) Tu aurais dû revenir avec moi ! Pourquoi es-tu parti ?

Les deux adultes échangèrent un regard étonné. Puis Heckram s'agenouilla et passa les bras autour de Kerleu. Il ne lui dit rien, ne fit pas de promesses, ne lui affirma pas que tout irait mieux le lendemain. Il se contenta de tenir sa silhouette gauche contre lui, et le laissa évacuer sa colère et sa souffrance. Tillu recula, se sentant étrangement peu utile, jusqu'à ce qu'Heckram la regarde par-dessus la tête du garçon :

— Peux-tu lui faire quelque chose à manger ? De la soupe, par exemple ?

Elle acquiesça d'un air mal assuré, puis retrouva son esprit pratique. Munie d'une marmite, elle sortit pour piocher dans les provisions d'Heckram. La tâche routinière lui apporta une sorte de détente. Elle procédait avec efficacité et prépara un repas pour trois. Quand s'était-elle nourrie pour la dernière fois ? Hier ? Ils avaient tous besoin de se restaurer ; ensuite, ils pourraient parler. Couper la viande en morceaux pour la rajouter à l'eau frémissante lui procura un soulagement singulier. L'impact des mauvaises nouvelles de la journée s'atténua. Là, dans le cercle étroit de la lumière du feu, elle pouvait imaginer qu'ils formaient une famille, et que demain serait un autre jour pour eux. Il y avait un étrange confort dans la facilité avec laquelle Kerleu acceptait le contact d'Heckram. Il pleura jusqu'à l'épuisement, puis s'assit, blême et anéanti, prenant appui sur le bras réconfortant du chasseur. Jamais Tillu n'avait vu les yeux pâles de son fils aussi profondément enfoncés dans les orbites, mais sa bouche avait perdu sa mollesse. Une sorte de détermination juvénile s'était inscrite sur ses traits, remplaçant son expression lointaine habituelle. Il se contentait de fixer le feu. Chaque inspiration tremblée soulevait ses épaules étroites. Quand Tillu posa un bol de nourriture fumante devant lui, il lui lança un regard accusateur.

— Où est Carp ?

— Carp est mort, dit-elle doucement, mais fermement.

Le garçon devrait l'accepter.

Il secoua la tête avec impatience.

— Où ? répétait-il, d'une voix altérée par l'épuisement.

Tillu ne répondit pas immédiatement. Le poids des décès de la journée revenait l'accabler.

— Je ne sais pas, admit-elle. Je ne sais pas ce qu'ils ont fait de lui.

— Je vais à sa tente, annonça Kerleu.

Il commença à se lever, mais Heckram le saisit par l'épaule et le fit se rasseoir.

— Dîne d'abord, ordonna-t-il. Et repose-toi. Que tu y ailles maintenant ou plus tard, cela ne changera rien pour Carp. Et il n'est sans doute pas dans sa tente. Les anciens ont dû l'emporter et faire ce qui est prévu pour un nadj.

Kerleu s'écroula d'un seul coup ; la vie semblait l'avoir abandonné. Il accepta le bol que lui tendait Tillu et se réinstalla, le regard rivé aux flammes.

— Mange quelque chose, insista Tillu.

Ses paroles arrachèrent Kerleu à sa méditation et il

leva les yeux vers elle. Son visage exprimait une maîtrise de soi qu'elle n'avait jamais vue auparavant.

— Je sais des choses.

Sa diction n'avait pas changé, lente, hésitante, mais ses paroles traduisaient une assurance qui faisait paraître ces pauses délibérées. Il s'exprimait avec calme, la mettant au défi de le contredire. Comme elle ne répliquait rien, il empoigna la cuillère posée dans le bol. Il mangea sans intérêt et sans faire de pause. Quand il eut fini, il se retira du cercle lumineux et se roula dans une fourrure.

Tillu et Heckram terminèrent le repas en silence ; la nourriture n'avait aucun goût. Elle observait Heckram, voyait la lassitude prendre possession de lui, savait qu'il absorbait le choc des nouvelles brutales. Elle aurait aimé se raccrocher à sa force, mais se retenait. Approfondir leur relation ne servirait qu'à rendre la séparation plus pénible.

Il empila son bol au-dessus du sien et les posa plus loin, avec un sourire. Elle versa de l'eau chaude dans un récipient et prit sa main blessée. Les doigts étaient gonflés, le gravier de la montagne s'étant incrusté dans la chair. Il ne fit pas mention de la douleur et elle se demanda s'il en était conscient. Il se servait de son corps comme un autre homme utiliserait un outil, le poussant au maximum, sans s'inquiéter du lendemain. Elle aurait voulu le sermonner, mais n'en trouva pas le courage. Pouvait-elle prononcer ces paroles d'affection, et partir le lendemain ? Il plongea la main meurtrie dans l'eau et elle la massa légèrement. La gorge serrée, elle retint un sanglot et baissa la tête pour dissimuler son visage.

Mais Heckram la lui releva et chercha ses yeux.

— Dis-moi tout.

Elle eut un mouvement de refus, mais le regard d'Heckram retint le sien. Jusqu'à ce qu'elle l'exprime en mots, elle n'avait pas mesuré l'intensité de la pression à laquelle les derniers événements l'avaient soumise. Elle lui confia des soupçons dont elle n'avait osé parler à personne. Carp avait été battu avant que quelqu'un n'excite les rennes contre lui ; le saut de Kari dans le vide était son ultime fuite pour échapper à Joboam ; celui-ci profiterait de la maladie de Capiam pour lui ravir sa position. Elle termina en disant :

— Il était si content en apprenant la mort de Rolke et de Kari, en voyant la maladie de Kelta et Capiam. Non. Pas content. Satisfait. Comme si c'était une tâche qu'il avait bien remplie. Une sculpture réussie, ou une peau si bien tannée qu'elle éveillerait des jalousies.

— Tu ne peux le blâmer pour tout, Tillu.

La voix d'Heckram indiquait que l'idée lui semblait, malgré tout, séduisante.

— Je sais des choses !

La voix de Kerleu avait sonné haut et clair, les surprenant tous les deux. Il s'assit brusquement et les fixa de sa couche.

— Tout va bien, Kerleu, dit Heckram d'un ton apaisant. Ce n'était qu'un rêve. Rendors-toi.

— Je sais des choses, répéta l'adolescent d'un ton maussade. Je sais pour le lièvre.

Il vacilla légèrement, son visage vira au gris et il se

laissa retomber sur la fourrure. Le calme revint dans la tente.

— C'est difficile pour lui.

Heckram avait parlé dans un souffle. Le timbre profond de sa voix était parfois difficile à saisir. Tillu se rapprocha.

— Il ne va pas l'accepter facilement, continua-t-il. Tout son univers, ses projets lui sont enlevés, au moment même où il réussit dans sa tâche. Carp le protégeait plus que je ne l'avais compris. Joboam représente un danger pour lui. Et aussi pour toi.

Tillu se surprit à hocher la tête sans l'avoir voulu. Il disait les choses telles qu'elle n'avait pas encore osé les formuler. Ces paroles ne pouvaient aboutir qu'à une conclusion.

— La tribu voudra trouver quelqu'un sur qui rejeter la faute. Les gens sont ainsi, ils ont besoin d'un coupable quand ils sont frappés par le malheur. Tu dois quitter le peuple des rennes.

Venant de sa bouche, les mots avaient une nuance glaciale et définitive. Tillu baissa la tête, à la fois soulagée et attristée qu'il ait accepté aussi facilement son départ.

— Attendons demain, continua-t-il. Il reste si peu de temps. J'ai besoin de parler à Lasse. Nous sommes devenus aussi proches que des frères. Je ne peux pas le laisser ainsi, alors qu'il a de la peine. Et Ristin. J'imagine qu'elle s'y attend. (Il eut un de ses sourires de loup.) Ce sera quand même agréable de donner toutes ces choses que je ne pourrai pas emporter. J'ai hâte de voir le regard de Stina briller de colère et de

322

plaisir, quand elle essaiera de refuser en sachant que j'insisterai.

— Je ne comprends pas, dit Tillu d'une voix unie.

— Trois harkar, quatre au plus. Je ne pense pas que nous prendrons deux tentes, n'est-ce pas ? D'abord, Kerleu devra peut-être voyager sur un renne. Les derniers jours ont été durs. Mais le reste de ce que je possède doit aller à ceux qui en ont le plus besoin. Lasse, Stina, Ristin. Et les parents d'Ella.

— Tu veux venir avec nous ?

— Je ne suis pas le bienvenu ? répondit-il, accentuant encore l'incrédulité de Tillu.

Elle se laissa aller contre lui, le déséquilibra, et ils roulèrent enlacés sur le sol couvert de fourrures. Les bras d'Heckram étaient étroitement refermés autour d'elle, mais cela lui semblait libérateur. Rien ne lui venait à l'esprit. Seule comptait l'étreinte de l'homme qui refusait d'être laissé en arrière.

XIV

La disposition des objets étalés en arc formait un motif troublant, un message alarmant qui échappait à Tillu tout en éveillant une vive inquiétude. Un signe résonnait aux frontières de sa conscience, comme un cri d'alarme dans une autre langue, dont elle reconnaissait l'urgence, mais pas le sens. Elle tendit la main pour les toucher, mais l'enleva d'un geste brusque.

— Qu'est-ce que c'est ?

Le sommeil et l'étonnement se mêlaient dans la voix d'Heckram. Dans la lumière de l'aube, ses traits étaient marqués. Ses cheveux ébouriffés laissaient apparaître un peu de gris, mais lui donnaient aussi l'air d'un gamin. Il paraissait à la fois plus jeune et plus âgé qu'il ne l'était vraiment. Elle eut envie de le toucher, mais s'abstint.

— C'est à Kerleu, admit-elle embarrassée.

Elle tomba à genoux, tiraillée par l'envie de rassembler les talismans, de les dissimuler à sa vue. Mais elle ne pouvait se résoudre ni à les toucher ni à les quitter du regard. L'appréhension parcourait sa peau de ses petites pattes de fourmi. Une pierre rouge, un morceau d'ambre, des babioles, des chiffons qui s'étaient accordés à la fantaisie du garçon. Quelques os, teintés de rouge et bleu. Cela ne signifiait rien à ses yeux. Rien, se dit-elle. Mais elle se releva lentement, une terreur sans nom dans le cœur.

— Il est parti tuer Joboam.

Les mots étaient sortis tout simplement de sa bouche. Après les avoir prononcés, elle ne put faire autrement que de les croire. Cependant, elle ignorait toujours la source de son terrible savoir.

Heckram ne dit rien. Il ne jeta qu'un bref coup d'œil à la couche vide du garçon, avant de s'habiller en silence. Il tenait ses doigts meurtris à l'écart du reste de sa main, attachant maladroitement ses vêtements. Il ouvrit le coffre de voyage, fouilla à l'intérieur pendant un moment, puis passa à sa ceinture un poignard qu'elle n'avait jamais vu. Du bronze brilla dans la lumière diffuse.

— Depuis combien de temps est-il parti ? demanda-t-il en rompant l'affreux silence. (Tillu haussa les épaules.) D'accord... Où a-t-il pu aller ?

Nouveau haussement d'épaules. Comme elle haïssait ce mouvement.

— Depuis la mort de Carp, il n'a nulle part où aller.

Heckram réfléchit quelques instants, rassemblant ce qu'il savait des réactions de Kerleu.

— Je crois qu'il voudra quand même voir Carp. La mort ne l'arrêtera pas.

Il fallut un moment à Tillu pour reprendre ses esprits.

— Non. Non, bien sûr. Cela ne l'avait pas arrêté, la nuit passée. Il est parti à sa recherche.

— Sans doute, dit Heckram en hochant la tête. Mais il aura du mal à le trouver. Voir la tombe d'un nadj est le pire des mauvais sorts. Les anciens le savent. Ils ont dû déposer Carp dans un endroit secret, où les gens des hardes ne s'aventurent jamais, même par accident.

— Il ne doit pas y en avoir beaucoup, fit remarquer Tillu en fronçant les sourcils, essayant de se souvenir d'un tel lieu.

— Tu serais surprise. D'ailleurs, cela n'est pas forcément près d'ici. Et Kerleu pourrait peut-être trouver quelqu'un pour l'y conduire. Mais il ne saura pas tout cela. Il sera allé à l'endroit où il aura vu Carp pour la dernière fois.

— Dans sa tente.

— Non, répondit Heckram. Celle de Joboam.

Tillu retint son souffle. Sa première prémonition lui revenait, encore plus forte.

— Il le tuera. Kerleu le défiera, et Joboam le tuera.

— Il devra d'abord me tuer, dit Heckram d'une voix dure. Et cela ne fait pas partie de mes projets. Reste ici. Je reviens.

Il quitta la tente, mais elle ignora son ordre et le suivit, allongeant le pas pour ne pas se laisser distancer. Après lui avoir jeté un coup d'œil, il conclut que toute discussion était inutile. Tous deux parcouraient à grands pas les sentiers du village, qui s'éveillait à peine. Pour la première fois, Tillu se demanda pourquoi Joboam s'était installé si loin de Capiam, au lieu de réclamer la place d'honneur habituelle qu'il occupait près de lui. Et pourquoi Carp, si pointilleux sur les questions de statut, s'était contenté de la lisière du village au lieu d'une position plus centrale ?

Ils étaient en vue des deux grandes tentes et le cœur de Tillu battait à coups redoublés. Heckram ne marqua pas la moindre hésitation. Il pénétra chez Carp avec aplomb. Elle le suivit avec plus de prudence.

Le luxe de l'installation la stupéfia. Le sol n'était pas couvert de fourrures d'ours ou de renne, mais de peaux luxuriantes de renard et de loup. Non pas un, mais deux coffres de voyage trônaient dans un coin. Des vêtements de laine et de cuir fin étaient négligemment accrochés aux couvercles relevés, ainsi que des rangs d'ambre et d'ivoire. Un amoncellement de tenues, de bijoux et d'outils. Elle se demanda à quel usage Carp destinait les grandes marmites de bronze posées près du foyer. Un bel arc et un carquois plein de flèches noires avaient été jetés sur le sol. La plupart des tiges avaient été brisées, les débris éparpillés. Tillu suivit du doigt un des traits intacts. Un vague souvenir frémit dans son esprit.

— Un projectile noir... Comme celui qui a blessé Lasse, le jour...

— Je croyais que c'était toi, dit Heckram en se retournant brusquement vers elle.

— Moi ? (Elle rougit d'indignation.) Je t'ai dit qu'il y avait un autre chasseur sur le flanc de la colline, qui avait tiré de derrière un arbre abattu.

Ils se regardèrent pendant un long moment, se souvenant de la difficulté qu'ils avaient eue à se comprendre, ce premier jour. Heckram laissa échapper un grognement de dégoût.

— Une marque supplémentaire à ajouter à l'inventaire de ce que je dois à Joboam. Ces armes lui appartiennent. Ces coffres étaient ceux de ses parents. Et je me souviens d'avoir vu sa mère avec ces perles d'ivoire quand j'étais tout petit.

— Nous sommes dans la mauvaise tente ? demanda Tillu, prise de panique.

— Non, c'est bien chez Carp. D'ailleurs, je ne comprends pas pourquoi Joboam lui a donné toutes ces choses. Il y a là des objets dont j'aurais juré qu'il ne se séparerait jamais.

— À moins d'y être forcé, termina Tillu. Et il ne supporterait pas longtemps d'être obligé d'abandonner ce à quoi il tenait.

— Kerleu n'est pas là. Mais il est venu ici. Je me demande ce qu'il cherchait ?

— Aucune idée. (Tillu secoua la tête d'impuissance.) Il n'y a aucune logique dans ce que fait Kerleu. Aucun sens du réel. Il agit sans raison...

Heckram marqua son désaccord.

— Je suis de plus en plus convaincu qu'il suit sa logique. Nous la trouverions sans doute aussi étrange qu'il juge la nôtre. Il est comme un étranger venu d'une terre lointaine. Le fait que nous ne puissions pas comprendre ses paroles ne signifie pas qu'il dit n'importe quoi.

— Mon fils est ainsi depuis sa naissance, dit Tillu, partagée entre l'amertume et le chagrin.

— Viens. (Heckram la serra un instant contre lui et

lui prit la main.) Nous perdons notre temps, ici. Allons
le chercher.

— La tente de Joboam, murmura Tillu.

Heckram acquiesça, puis lui adressa un sourire
incongru ; ses dents blanches brillaient au milieu du
bronze de sa barbe.

— La tente de Joboam, répéta-t-il.

Elle le suivit dehors, à petit pas. La lumière était plus
intense, de plus en plus de gens sortaient de leur abri
pour accueillir le jour. À mesure qu'ils approchaient du
but, Tillu ralentissait. Elle ne pouvait pas oublier les
manières menaçantes du chasseur, la froideur de son
regard. Mais Heckram entra d'un air décontracté dans
le lieu silencieux, sans prendre la peine de s'annoncer.
Tillu rassembla son courage pour le suivre.

— Où est Kerleu ? demanda Heckram.

Joboam se leva brusquement, renversant dans sa pré-
cipitation un bol rempli d'eau posé devant lui. Ses cheveux étaient encore emmêlés de la nuit et, il ne portait
qu'un tissu autour des reins. Il resta immobile un instant, le regard vide, l'eau gouttant de ses mains ballantes. Puis la colère le submergea.

— Qu'est-ce qui te prend d'entrer dans ma tente de
cette façon ? rugit-il.

— Je cherche Kerleu. Je crois qu'il est venu chez
toi.

Malgré le ton dur et inquisiteur d'Heckram, Joboam
éclata de rire.

— Le petit démon n'est pas ici. Personne ne l'a vu
depuis avant-hier. Tant mieux pour nous ! conclut-il
avec une intonation de défi.

329

— Tu mens.

Tillu ne partageait pas l'assurance d'Heckram.

Joboam secoua l'eau qui lui trempait les mains et tressaillit.

— Je ne mens pas. Mais peu importe, dit-il tranquillement. Même si le garçon ne revient pas, cela n'a aucune importance. Les choses évoluent. Bientôt, la guérisseuse et son enfant ne seront plus tolérés dans notre tribu. Les gens se demandent d'où leur vient cette malchance. Et ils croient avoir trouvé. Le peuple de Capiam est fatigué d'un chef qui ne les protège pas du mal. Leur regard se tourne vers moi. Toi aussi, tu fais partie de ce mauvais sort qui s'acharne sur nous. C'est toi le premier qui as rencontré Tillu et son rejeton. Toi qui étais le compagnon d'Ella quand elle est morte. Tu as trouvé le nadj et tu l'as ramené à notre village ; juste au moment où nous allions être débarrassés de Kerleu, tu l'as retrouvé. Je pourrais te frapper à mort, et personne ne te pleurerait.

— Et si tu essayais, suggéra Heckram en dégainant son couteau.

— Non ! cria Tillu.

Mais il se dégagea. Joboam hésita un instant devant la grimace féroce d'Heckram. Puis, il saisit son poignard et s'avança, courbé comme un ours, grondant comme un glouton.

— Kelta a besoin de toi, Joboam. Le fils de la guérisseuse, Kerleu le fou, menace Capiam !

Les mots se bousculaient dans la bouche de Pirtsi, qui déboula par la porte. Heckram et Joboam se tournèrent vers lui, et Tillu se figea.

330

— Vous ? Ici ? s'exclama-t-il avec étonnement.

Son regard allait de Tillu à Heckram. Un instant plus tard, il avait aussi vu les lames brandies, l'attitude combative des deux hommes. Il recula en hâte, inquiet, cherchant à les voir tous en même temps. Il hésita, à moitié engagé dans l'ouverture :

— Il tient un couteau contre la gorge de Capiam ! ajouta-t-il avant de se sauver.

— C'est parfait ! dit Joboam en haletant.

Tillu sortit en courant. Heckram hésita entre elle et Joboam.

— Bientôt ! promit-il.

Et il partit.

— Lâche !

Le hurlement rageur et frustré de Joboam s'éleva derrière lui, et il entendit quelque chose frapper la paroi intérieure de la tente. Le mot l'avait cinglé, mais il savait bien que si Kerleu tuait Capiam, Joboam serait ravi. Alors, plus rien ne pourrait sauver le garçon. Ni Tillu. Lui-même ne serait pas épargné. Il allongea sa foulée, rattrapa et dépassa Tillu, puis Pirtsi. Des cris hystériques dans le lointain le guidaient vers l'abri du maître des hardes. Il traversa la foule assemblée alentour, indifférent aux voix écœurées ou coléreuses qui prononçaient son nom. Il s'engouffra chez Capiam et se heurta à un groupe d'hommes, qui l'agrippèrent au passage et l'immobilisèrent. Il ne lutta pas, abasourdi par le spectacle qu'il découvrait.

Accroupie, les cheveux en désordre, Kelta gémissait doucement. Son vêtement de nuit était tire-bouchonné autour de son corps. Le chagrin et la maladie avaient fait fondre sa graisse, et sa peau formait des plis sur ses bras et ses joues. Sa faiblesse était évidente. Elle s'adossa fébrilement au coffre de voyage qui bloquait sa fuite. Ses cris faibles ressemblaient aux pleurs ténus d'un bébé.

Entre elle et l'entrée, se trouvait Kerleu, à califourchon sur la poitrine de son mari. Le garçon avait subi un changement étonnant. Il ne portait qu'une pièce de cuir souple autour des reins et la bourse de nadj de Carp autour du cou. Aussi mince que la mort, le regard flamboyant, il était accroupi au-dessus du maître des hardes et brandissait, de sa longue main osseuse, un couteau blanc devant les yeux fiévreux de Capiam.

— Kerleu ! cria Heckram.

Mais il n'y prêta aucune attention. Il abaissa la lame d'ivoire jusqu'à ce que l'extrémité repose sur la carotide du chef. Les spectateurs de la scène poussèrent un même soupir angoissé. Il leva la tête et dévisagea l'assemblée.

— J'ai dit que je voulais qu'on fende les peaux de la tente et qu'elle soit ouverte au vent, commença-t-il d'un ton très calme. Je veux que la tribu se rassemble. (Il tapota la gorge du maître des hardes de la pointe de son arme.) Personne n'a entendu ?

— Faites-le ! dit Capiam.

Si la maladie et la peur lui avaient éraillé la voix, elle n'en exprimait pas moins le commandement. Heckram sentit plus qu'il ne vit la charge aveugle de Tillu, qui venait d'arriver. Elle se glissa près de lui, ignorant les mains qui tentaient de la retenir.

— La guérisseuse ! dit quelqu'un avec un hoquet d'indignation.

— Elle soigne avec la mort ! renchérit une autre voix furieuse.

Il suffit à Kerleu de lever les yeux pour les faire taire, et les hommes ôtèrent les peaux qui isolaient l'abri de l'extérieur.

Puis les couteaux fendirent le cuir épais et les parois de la tente furent démantelées, laissant la lumière disperser la pénombre. Kelta cilla dans la clarté, puis pleura de soulagement quand quelqu'un l'entraîna hors de portée de Kerleu. Il n'y prêta aucune attention. Toujours accroupi au-dessus de Capiam, il observait les gens qui se regroupaient en un grand cercle au-dehors. Il chuchota quelque chose, et les murmures qui parcouraient la foule cessèrent immédiatement.

Il balaya de nouveau l'assemblée du regard ; sa tête pivota lentement, il fixa chacun sans flancher, avec un beau sourire. Il commença à voix basse, et l'on tendit l'oreille pour mieux l'entendre.

— Si vous voulez vivre, vous devez écouter.

— Tuez-le maintenant !

Arrivant à grands pas, Joboam s'efforçait de reprendre le contrôle de la situation. Il s'était habillé avec soin et sa veste douillette de cuir blanchi le rendait encore plus corpulent que nature. Ses cheveux étaient parfaitement lissés, son regard clair. Son assurance appelait la confiance, et les uns et les autres se retournaient vers lui.

— Comme vous voulez, dit Kerleu en levant le

couteau. Je vais le tuer, comme le conseille si raisonnablement Joboam.

— Pas le maître des hardes, hurla Joboam. Le garçon ! Tuez le garçon !

Les hommes s'agitèrent avec embarras, mais personne n'osa obéir. Kerleu leva prestement l'arme et effleura le creux de sa propre gorge avec la pointe, revint à Capiam, puis à lui, et s'arrêta de nouveau sur celle du chef. Il ne s'adressa qu'à Capiam, s'allongeant pour capter son regard.

— Tu vois, c'est comme je te l'ai dit. Il veut notre mort à tous les deux. Parle-leur, maintenant, ou ils exauceront son vœu. Dis-leur.

— Reculez ! hoqueta Capiam. Ne bougez pas. Écoutez le garçon.

La sueur ruisselait sur son visage et il fixa Joboam d'un air inamical.

— C'est ce que je te disais avant que Kelta ne se réveille et ne provoque tout ce scandale. (Kerleu s'exprimait sur le ton de la conversation, à un rythme aussi lent que d'habitude.) Je suis allé voir le vieux nadj au sommet des falaises. Depuis longtemps, il observe le peuple des hardes, et il connaît un grand nombre de choses. Il m'a appris quand parler et quand garder le silence. Maintenant, a-t-il dit, il est temps de révéler la vérité.

Kerleu avait conclu en tournant vers Joboam son regard impitoyable.

— Il ment ! s'exclama Joboam, trop rapidement.

— Mais tes mains disent la vérité. (Kerleu s'exprimait toujours à voix basse, captivant la foule.) Tu as

334

apporté la maladie au peuple des hardes, Joboam. Tu as planté les graines, mais elle s'est aussi épanouie sur tes mains. Regarde-les.

Le chasseur se garda d'obéir et croisa lentement les bras sur sa poitrine. Mais son visage avait pâli.

Kerleu le dévisagea un long moment. Son rire haut perché et sans grâce fit brusquement éclater le silence, puis s'arrêta tout aussi soudainement.

— Écoute-moi, Capiam, dit-il d'un ton engageant. Joboam n'entendra pas mes paroles. Mais toi et ton peuple, si. Tu m'écouteras, tu vivras, et dorénavant tu sauras que je suis l'un des vôtres, promit-il.

Il se tut. Personne n'osait respirer. Heckram observa Tillu. Le visage cireux, elle se tenait raide et tendue. Il aurait aimé la prendre un instant dans ses bras. Puis ils se regardèrent et furent ensemble sans se toucher. Il sentit sa peur.

— J'en sais beaucoup. Vais-je vous le dévoiler ? Je crois que oui. (Kerleu jouissait de l'attention générale. Il revint à Capiam.) Écoute. Voici quelques énigmes. Trouve la réponse et tu en sauras plus. Qui a apporté la maladie dans la famille du maître des hardes ? Qui a échangé la vie d'un garçon contre un lièvre mort ? Qui a échangé ta vie pour ta position parmi les tiens ?

Un silence abasourdi suivit ses déclarations. Il avait toute leur attention. Le couteau sur la gorge de Capiam ne les retenait pas autant qu'un conte bien commencé. Encore une fois, il détailla lentement la foule, puis il gloussa de manière incongrue.

— Personne ne sait ? (Il brandit brièvement l'arme, avant de la reposer sur le larynx de Capiam.)

Le couteau sait. N'est-ce pas, Joboam ? ajouta-t-il en lui adressant un sourire entendu.

— Il est fou ! s'exclama celui-ci avec colère.

Il se tourna pour partir.

— Reste donc avec nous, ou alors les gens vont croire que cela ne t'intéresse pas, que tu connais la réponse aux énigmes.

Malgré son ton mesuré, la voix aiguë de Kerleu portait loin. Joboam se retourna, avec un rictus. Le garçon lui sourit.

— Oh, finalement tu veux entendre ? Très bien, alors.

Pendant un long moment, il s'accroupit silencieusement au-dessus de Capiam. Le visage gris du maître des hardes était creusé de rides ; la lumière sans merci du matin dévoilait brutalement les progrès de la maladie qui le dévorait. Kerleu fit courir le pouce de sa main libre le long de la lame. Quand il reprit la parole, il avait changé de sujet.

— Je t'ai déjà montré mon couteau ? Heckram me l'a offert, mais il ne l'a pas fabriqué. Non. C'est Ella qui l'a confectionné et le lui a donné. L'os dans lequel il a été façonné appartenait à l'un des rennes d'Ella. C'est elle qui l'a choisi, taillé, puis décoré avec des silhouettes. Le couteau d'Ella a entièrement été fait de ses mains. Et il sait qui a tué Ella.

Il avait murmuré les derniers mots plus près de Capiam, dont les yeux étaient écarquillés. À l'arrière de l'assemblée, un bébé vagit et on le fit taire. Kerleu se pencha encore.

— Le couteau a dit que...

Il baissa la tête de manière à ce que ses longs cheveux retombent sur son visage, et que sa bouche effleure l'oreille de son otage. Personne n'entendit ce qu'il lui murmura. Puis il se redressa, resplendissant de joie. Il regarda la figure terreuse et les yeux éteints de Capiam.

— Tu ne me crois pas ? Laisse-moi te dire ce que le couteau a encore entendu. Il a perçu que le même voulait tuer un garçon. L'homme qui s'occupait de lui est allé le trouver et lui a dit : « Laisse le garçon en paix, car il est inoffensif. Et si tu le laisses tranquille, je te donne ce lièvre. » Mais le premier a rétorqué : « Pourquoi voudrais-je ton lièvre ? Regarde, il est déjà tout raide, tu ne l'as même pas dépouillé ni vidé. » Et l'autre lui a répondu : « Ce lièvre peut t'être très utile. Car avec les cloques qu'il y a sur son corps, tous ceux qui mangeront de sa chair crue seront malades jusqu'à la mort. » Le premier homme a alors longuement réfléchi, et dit au second qu'il laisserait le garçon en paix en échange de la bête. Ainsi fut scellé le marché.

Kerleu vérifia que son auditoire était bien captivé et continua :

— Mais celui qui s'occupait du garçon n'a pas expliqué que quiconque toucherait la chair nue de l'animal serait aussi frappé par la maladie. Que sur ses mains, des plaies allaient s'ouvrir, gonfler, suinter. N'est-ce pas, Joboam ? T'a-t-il révélé que tu allais mourir comme Rolke est mort ?

Joboam découvrit des dents blanches de glouton, et chargea. Kerleu se redressa pour le recevoir, tel un roseau sur la route d'une tempête. La lame d'os scintilla devant les yeux de Joboam, Kerleu gronda comme un loup, bascula en arrière, par-dessus le corps de Capiam, et s'étala de tout son long sur les fourrures. Couteau en main, Joboam tomba sur lui, et un hurlement aigu s'éleva au-dessus des cris de la foule. Les hommes se lancèrent en avant pour tirer leur maître des hardes loin de la mêlée, pendant que les femmes mettaient les enfants hors de danger. Heckram se fraya un chemin, saisit l'arrière du col de Joboam et le tira en arrière. Du sang coulait de son avant-bras ; un seul des coups de Kerleu avait atteint sa cible. Le garçon était étendu sans bouger et du rouge coulait le long de sa poitrine.

Le couteau que Joboam brandissait vers Heckram était bronze et rouge.

Heckram hurla sa rage, libérant la frénésie meurtrière qu'il avait retenue depuis longtemps. Il fonça sur Joboam sans précaution, ou réflexion, son poignard cherchant le ventre de son adversaire. L'avant-bras de Joboam détourna le formidable coup, et Heckram sentit la lame percer sa tunique et lui brûler les côtes. Il rugit et agrippa le poignet de Joboam, mais ses doigts blessés lui firent défaut. Se libérant aisément de la prise, Joboam se prépara à frapper, mais sa lame s'accrocha à la tunique d'Heckram. Celui-ci le saisit par la chemise et l'attira contre lui. La douleur cuisante et l'écoulement tiède le long de son flanc ne laissaient aucun doute sur la gravité de sa blessure. Avant même de reprendre sa respiration, son poing armé frappa le dos de son ennemi, en un mouvement indépendant de sa volonté. La lame de bronze, cadeau de son père, fut ralentie par le cuir épais, s'y enfonça en partie et rencontra l'omoplate. Soudain, le front de Joboam s'écrasa sur les lèvres et le nez d'Heckram : le jour disparut derrière une pluie d'étincelles noires. Sa prise céda, pendant qu'une partie de son esprit remarquait très calmement que Joboam prenait son élan pour porter un coup mortel. D'une torsion du haut du corps, il évita l'arme, qui visait son ventre et ricocha contre sa hanche. Son propre poignard s'était brisé, l'alliage ancien, peu solide, n'ayant pas résisté aux chocs.

Il recula en vacillant pour échapper à Joboam, vit un panorama de visages passer devant lui, pendant que le sang lui imprégnait la jambe. Il aurait dû savoir que Joboam serait meilleur à ce jeu – plus sauvage, plus expérimenté. Le premier, le plus fort, comme il l'avait toujours été. Le cri de Tillu s'éleva au-dessus des autres. Elle avait les mains tendues vers le corps inerte de son fils et la lutte qui se poursuivait. Elle était retenue par Ristin et Stina, qui mêlaient leurs pleurs aux siens. Heckram entrevit la garde cassée qu'il tenait encore et qui lui parut étrangement lointaine. Tout de suite après, sa mâchoire explosa. Il sut qu'il tombait grâce à l'angle particulier que formaient les jambes de Joboam, et au coffre de voyage qui se jeta contre son front. Il lui fallut une éternité pour se retourner. Le monde continuait à tourbillonner, rempli de cris et d'une douleur torturante. Joboam l'avait frappé avec le poing qui tenait le couteau et l'attaquait de nouveau. Cette fois, avec la pointe. Heckram recula tant bien que mal sur les peaux qui tapissaient le sol et finit par se relever, mais trop lentement. Kerleu était allongé non

339

loin de lui, du sang sourdant de sa poitrine. Avec une soudaine clarté, Heckram sut qu'il ne serait pas la première personne que Joboam aurait tuée de ses mains. Par un curieux paradoxe, cette idée lui procura un regain d'énergie. Il écarta les jambes et s'accroupit pour l'attendre, désarmé.

Un petit homme bondit soudain hors du cercle des spectateurs en hurlant :

— Non !

Il se jeta devant Joboam, qui se contenta de le repousser d'un revers de main. L'autre perdit l'équilibre, partit en arrière et alla s'affaler contre un des supports de la tente. C'était Lasse. Son regard croisa celui d'Heckram, qui vacillait d'un air têtu en attendant que Joboam vienne l'achever.

— Le couteau d'os ! hurla Lasse. Près de ton pied !

Heckram baissa la tête avec effort et vit le couteau d'Ella, le sien, celui de Kerleu, abandonné sur les fourrures, là où la main inerte de garçon l'avait laissé tomber. Joboam arrivait, son poignard en position basse, plein de fureur. À l'instant où Heckram se penchait pour ramasser l'objet, ils entrèrent en collision. La lame de bronze marqua un bref ralentissement quand elle perça sa tunique, puis mordit dans sa chair. Heckram exhala un cri inarticulé, trouva l'autre arme sous sa main et l'agrippa en tombant. Avec une terrible sensation d'arrachement, il sentit la lame de Joboam quitter son corps. Le sang qui suivit prenait sa source dans la rivière de sa vie ; ses pensées semblaient entraînées par le même courant.

— Non ! cria-t-il, dans l'espoir fallacieux d'arrêter la douleur autant que l'hémorragie.

Le mot se referma autour de lui en même temps que l'obscurité l'enveloppait de tous côtés. Il percevait le contour familier de la poignée, les motifs gravés par Ella sous ses doigts. Le cercle des visages pâles, des bouches rouges et béantes d'horreur, disparut peu à peu. Son champ de vision se rétrécit et se colora en jaune. Joboam l'emplissait tout entier. Du sang gouttait du poignard, celui d'Ella, de Kerleu, le sien. L'arme descendit. Heckram ne voyait que la lueur jaunâtre qui environnait la haute silhouette. Comme l'éclat d'un œil de loup, la nuit. Joboam était dans sa pupille. Heckram laissa échapper un cri et lutta pour se relever, pour suivre le couteau d'os qui bondissait soudain entre ses mains. Mais il avait trop mal, et le fluide vital s'échappait de son corps par à-coups. La lame de Joboam progressait. Tout bruit cessa.

Tillu hurlait à s'en déchirer la gorge, à la fois de chagrin et de colère. Elle plongea en avant, mais Ristin et Stina s'agrippèrent à elle avec la force de l'hystérie, et elle ne put leur échapper. Leurs propres cris se mêlaient aux siens, à ceux des autres, qui assistaient, avec elles, à l'impensable : des hommes s'affrontant comme des bêtes, gaspillant une vie précieuse. Autour de Tillu, le bruit et la foule se refermaient comme un piège auquel il était impossible d'échapper. Elle ne pouvait que regarder Joboam achever de tuer ceux qu'elle aimait, et qui l'aimaient. Elle aspirait à l'inconscience, à la mort, mais ses yeux continuaient de voir.

Elle prit une profonde inspiration. Tout allait s'arrêter,

c'était seulement un rêve hideux. Mais cela continuait. Il lui fallait contempler Joboam en train de frapper, observer Heckram éviter au dernier moment de prendre le coup dans le ventre, mais se faire blesser à la cuisse. Le sang, incroyablement rouge, jaillit comme s'il avait hâte de quitter ce corps. Le poing de Joboam entra en contact avec l'angle de sa mâchoire dans un craquement sourd et sinistre. Tillu remarqua la manière dont Joboam usait de la lourde extrémité de son couteau pour cogner. En elle, la guérisseuse se disait que c'était ainsi qu'Ella avait été brisée, mais à cause de sa petite taille, le maxillaire inférieur avait été arraché et le crâne enfoncé.

Tillu cessa de hurler, ne pouvant plus émettre le moindre son. Le brouhaha enfla autour d'elle, lui emplissant intolérablement les oreilles, au moment où elle comprit qu'il lui faudrait assister à la mort d'Heckram, après celle de Kerleu. Joboam montrait une efficacité sauvage, une habileté née de l'expérience, et le choc était si grand, la loi si gravement transgressée, que personne ne semblait savoir comment intervenir. Comme une avalanche, une rivière en pleine inondation, il était devenu une puissance mortelle impossible à détourner.

Heckram était tombé, le poing crispé autour de la garde brisée de son arme.

— Oh, non ! Pitié ! cria Tillu, d'une voix aussi aiguë que celle d'un enfant.

Et comme pour répondre à sa prière, Heckram parvint à se relever. Il s'accroupit, désarmé, ressemblant plus à un homme qui s'apprêtait à bloquer un veau qu'à faire face à un tueur. À l'exception de la blessure à

l'avant-bras que lui avait infligée Kerleu, Joboam était
indemne. Lèvres retroussées en un rictus rageur. Tillu
n'était pas la seule à voir la différence entre les deux
adversaires. Elle entendit qu'on appelait Heckram
d'une voix brisée de chagrin, et un autre cri inarticulé.

Puis, sous son regard incrédule, quelqu'un agit.
Quelqu'un fit ce que personne n'avait osé. Petit,
désarmé, Lasse se lança dans l'espace dégagé qui avait
été la tente de Capiam et se dressa sur le chemin de
Joboam.

— Non ! rugit-il, colère et douleur mêlées.

Joboam le repoussa avec une facilité insensée. Nul
n'avait soupçonné la force réelle de ses bras épais.
Lasse fut projeté au loin comme s'il avait eu affaire à
un ours enragé, heurta un des supports de l'abri, et
glissa au sol, à moitié assommé.

Heckram vacillait. Le sang dégoulinait de son menton, tombait sur sa poitrine et le long de sa jambe. Sa
bouche frémit, mais aucun mot n'en sortit. Son regard
était lointain. Tillu se demanda s'il pouvait encore voir.

— Le couteau d'os ! hurla Lasse. Près de ton pied !

Tillu se retrouva à genoux, découvrant qu'elle ne
pouvait plus le supporter. Stina s'accroupit près d'elle,
les bras verrouillés autour de sa taille, Ristin incrusta
ses doigts dans son épaule.

— Je vous en prie, supplia-t-elle en se débattant
pour se libérer. (Mais elles étaient sourdes à ses cris et
n'avaient d'yeux que pour l'horrible spectacle de la
tuerie.) Je dois y aller...

Elle regardait Heckram se pencher lentement,
comme un vieil homme, pour prendre l'objet. Dans le

même instant, qui s'étirait démesurément, Joboam s'avançait, son arme décrivait un arc de bas en haut. Tillu entendit l'impact quand elle s'enfonça dans le flanc d'Heckram, ressentit le choc comme si la lame pénétrait sa propre chair.

— Il est mort, dit-elle dans un souffle en le regardant tomber.

Le couteau de Joboam s'arracha de la blessure et un jet de sang brillant en jaillit. À la manière dont Heckram était tombé, mollement, sans chercher à amortir sa chute, elle avait su qu'il ne se relèverait pas. Son cœur battait, il respirerait peut-être encore un peu, mais il ne lui restait plus aucune énergie pour combattre. Il avait mal atterri, les jambes repliées sous le corps, la tête tournée sur le côté, si bien que pendant un instant, il sembla la fixer droit dans les yeux. Son dos était entièrement exposé et Joboam avançait souplement, descendant droit sur lui, comme un faucon aux serres de bronze. L'assemblée retint son souffle, sachant qu'il était aussi impossible à arrêter qu'un arbre en train de tomber.

— Heckram ! hurla Tillu.

Il ne bougea pas. Enfin, il cilla plusieurs fois, écarquilla les yeux et ouvrit la bouche en un rictus qui découvrit largement ses dents. Un rugissement inhumain jaillit de sa gorge et Tillu se dit qu'il venait de comprendre que sa mort était proche. Elle cria aussi, comme un écho.

Elle n'imaginait pas que ce qui arriva ensuite fût possible. Heckram se retourna sur le dos, et tous virent le couteau d'os serré dans ses deux mains, qu'il projeta

344

en avant, comme s'il espérait que Joboam vienne s'empaler dessus. Puis inexplicablement, il le suivit, et celui-ci sembla le hisser d'un seul coup sur ses pieds, comme s'il tenait un sarva sauvage au bout d'un lasso, au lieu d'un objet en os de renne gravé. Joboam ouvrit de grands yeux en voyant Heckram se relever pour lui faire face. Peut-être pour la première fois de sa vie, il connut le goût de la terreur. Abasourdi, il ne parvenait pas à croire qu'après le coup qu'il avait reçu, Heckram puisse encore être prêt à l'affronter. Il fut soudain moins assuré et le métal glissa sur le gilet de peau sans l'entamer.

La terreur déformait encore le visage de Joboam lorsqu'il chancela sous le poids d'Heckram emporté par son élan. Tous virent la lame mince entrer sans à-coups dans sa poitrine, et le flot rouge qui jaillit de la blessure. Joboam fut pris de spasmes, son arme s'envola, et ses poings s'abattirent sur le dos d'Heckram, tels les battements d'ailes d'un oiseau désespéré. Ils tombèrent, enlacés comme des amants, et roulèrent à terre. Joboam se dégagea de cet amas, rampa sur la longueur d'un bras et retomba. Ses doigts se refermèrent autour du manche d'os qui saillait de sa poitrine. Il baissa les yeux, déglutit convulsivement, et mourut. Ses yeux ouverts semblaient encore exprimer l'incrédulité. Heckram resta là où il était tombé.

La douleur le réveilla de nouveau. Seul un instant avait dû s'écouler. Sa tête bascula sur les fourrures épaisses qui tapissaient le sol de la tente. *Joboam*, se rappela-t-il soudain. Joboam s'apprêtait à le tuer. Mais il n'était plus là. Quelqu'un l'avait arrêté, avait mis fin à leur affrontement. Il cligna des yeux d'un air égaré, se demandant ce qui s'était passé, pourquoi ce silence ? Les gens semblaient abasourdis, paralysés après avoir assisté à l'impensable : deux membres du peuple des hardes qui se battaient à mort. L'horreur creusait les visages, soulignant les crânes. Ils semblaient vieillis avant l'âge. Heckram leva la tête et sentit les poils gorgés de sang lui coller à la joue. Il essaya de s'asseoir et s'aperçut qu'il n'y parvenait pas. Il regarda avec effort autour de lui.

Joboam était étendu sur le côté, recroquevillé, les mains serrées autour du couteau à lame mince qui s'était si aisément frayé un chemin entre ses côtes. Il ne bougeait plus, et la mare de sang qui l'environnait continuait à s'étendre. Heckram se sentait mal. Des ondes douloureuses se propageaient à travers son corps, mais il ne pouvait détourner son esprit de la matière tiède et collante qui couvrait ses mains. Qui les salissait. Il se redressa lentement, puis abandonna, laissant sa joue reposer sur les peaux ensanglantées. Il se demandait pourquoi le cercle de gens était aussi silencieux. Il avait tué. S'étaient-ils rassemblés pour le voir mourir de ses blessures ? Allaient-ils se détourner et s'en aller, en le laissant à son châtiment ?

— Tillu, appela-t-il à voix basse.

Ses lèvres aussi le faisaient souffrir.

Soudain, elle fut à genoux à côté de lui, et il perçut de nouveau le murmure de la foule.

— Il est vivant !

Le cri strident attira l'attention d'Heckram, qui tourna la tête vers le son et suivit des yeux la direction qu'indiquait le doigt tendu de la femme. Kerleu se redressait, la main étroitement pressée contre ses côtes et l'éclat rouge qui barrait sa chair. Les yeux écarquillés, Tillu ne bougeait plus. Ses mains, qui avaient commencé l'inventaire des blessures d'Heckram, retombèrent à ses côtés.

— Va voir Kerleu, dit Heckram d'une voix rauque.

— Ne bougez pas ! intervint le garçon, sur un ton que la souffrance repoussait dans les aigus. Restez où vous êtes, et écoutez !

Des voix s'élevèrent de toute part, mais Capiam parvint à les dominer, malgré son état de faiblesse.

— Faites ce qu'il dit !

Le calme revint rapidement. Les gens se dandinaient d'un air embarrassé, mais nul n'osait avancer. Capiam, pâle et couvert de sueur, fit un pas en avant et prit place sur un coffre. Il se recroquevilla autour de la douleur de son ventre.

— Écoutez-le, dit-il dans un souffle. (Il fit le tour du cercle, défiant quiconque d'ignorer ses ordres.) Le maître des hardes a parlé.

Kerleu avança d'un pas mal assuré vers Joboam et tomba à genoux près de lui. Il le fit rouler sur le dos avec un effort qui arracha un grognement à la foule.

— Regardez ! dit-il, haletant en désignant la garde saillante. Souvenez-vous de ceci. Heckram n'a pas tué Joboam. C'est le couteau d'Ella qui s'en est chargé !

Il détacha une des mains du mort de l'arme et la souleva en exhibant les deux abcès gonflés qui perçaient la paume.

— Le signe de la trahison, entonna-t-il en la laissant retomber.

D'un geste hardi, il saisit le manche du couteau et l'arracha de la poitrine de Joboam. Un dernier flot de sang suivit.

— La lame... appelle sa sœur... la lame...

Kerleu haletait entre les mots, son énergie s'épuisait rapidement. Tillu essaya de se redresser, mais Heckram la retint faiblement par le poignet. Le garçon continuait à parler, ralenti par sa respiration laborieuse.

— Ella vous envoie un signe. La marque... qu'elle a laissée... Voyez !

Une femme cria en le voyant presser la lame d'os contre la légère blessure qu'il avait infligée à Joboam à l'avant-bras.

— De cette entaille... Le couteau d'Ella appelle... (Sa respiration était de plus en plus ardue, chaque mot venait avec effort, une pulsation douloureuse battait à ses tempes. Il pressa sa main en coupe sur la plaie.) Ceci !

Il se releva en vacillant et brandit un fragment d'os travaillé, blanc et rouge. Il le monta aussi haut que possible, son bras tremblant sous l'effort.

— L'extrémité brisée de la lame d'Ella surgit de l'endroit où elle l'a laissée pour désigner son meurtrier. Pirtsi a tout vu, mais n'a pas osé parler.

Pirtsi hochait la tête, trop effrayé pour essayer de nier. Kerleu s'affaiblissait et retomba sur les genoux près de Joboam.

— Sinon, Joboam aurait dénoncé Pirtsi, qui avait accidentellement tiré sur Lasse avec son arc aux flèches noires, et a pris la fuite, au lieu de proposer son aide.

Pirtsi gémit un assentiment.

La tête de Kerleu retomba vers sa poitrine ; son visage crispé de douleur reprenait son allure enfantine. Il se laissa glisser sur les peaux, le souffle soudain coupé. Il se tourna vers Heckram et leurs regards se croisèrent. Heckram l'entendit dire à voix basse :

— Je fais partie du peuple des rennes, loup.

Les mots le suivirent dans sa lente descente dans une obscurité peuplée des hurlements d'une meute.

XV

Dans l'atmosphère sombre de la tente, Tillu écoutait leur souffle et retenait souvent sa respiration pour être certaine de les entendre tous les deux. Elle était si lasse que son dos et sa tête étaient parcourus d'élancements douloureux causés par la fatigue. Mais elle ne pouvait se résoudre à dormir. Il lui suffisait de fermer les yeux pour voir du sang. Sur les lames d'os et de bronze, le long des côtes de Kerleu, et s'écoulant des blessures d'Heckram, comme s'il était craché par de petites bouches béantes.

Elle se remit à l'écoute. Rauque et âpre, mais régulier, le souffle de l'homme se faisait toujours entendre. Et aussi celui du garçon, plus léger, à une longueur de bras de l'autre côté. Tous les deux étaient en vie.

Voilà donc ce que d'autres femmes ont ressenti quand je m'agenouillais près de leur compagnon et que je mettais mes mains dans son sang. Ce sentiment d'impuissance.

Elle tendit le bras dans l'obscurité et posa doucement la main sur sa poitrine. À travers la rigidité des bandages et le tissu grossier, elle sentait la chaleur de

350

son corps. L'air y circulait avec régularité. La balafre laissée par le couteau de Joboam sous les côtes était moins grave qu'il n'y paraissait. En revanche, les blessures profondes de la hanche et du dos, qui se voyaient peu, mais avaient endommagé l'intérieur, l'avaient inquiétée. Mais ni elle ni un autre guérisseur n'étaient en mesure de connaître l'ampleur des dégâts. L'unique solution était de refermer le mieux possible et d'espérer que la fièvre ne s'installerait pas. Ce qu'elle faisait.

Si seulement il ouvrait les yeux, songeait-elle. *Comme Kerleu.* Quand elle lui avait bandé le torse, il était conscient, mais avait gardé le silence. Pendant qu'elle lavait et pansait sa plaie, il l'avait fixée tel un étranger, sans émettre un son. Stina était juste derrière elle, attendant déjà avec un bol de bouillon chaud «pour le jeune nadj». C'est ce qu'il était devenu et serait à jamais. Dans l'obscurité, Tillu secoua brusquement la tête. En tout cas, elle était certaine qu'il n'était plus son fils. Mais elle avait l'heureuse impression qu'il n'était pas ce que Carp aurait voulu. Cette pensée la réconfortait. Tout comme le rythme calme qui battait sous sa paume.

— Tillu.

— Je suis là, assura-t-elle en se redressant brusquement.

Elle toucha doucement la joue barbue d'Heckram. Il tourna son visage et posa ses lèvres sèches sur sa main. Immédiatement, elle se leva pour lui rapporter de l'eau fraîche dans un bol ruisselant. Il ne put pas l'aider à soulever sa tête et ses épaules, mais but avidement, vidant presque le récipient. Sa faiblesse donnait à Tillu

351

envie de pleurer, mais elle retint ses larmes et l'aida à s'allonger. Puis, tout en se reprochant de le faire parler, elle demanda :

— Comment te sens-tu ?

Il répondit d'un grognement et prit une profonde inspiration.

— Kerleu ?

Et elle se rendit compte qu'il ne savait rien de l'état du garçon.

— Cela ira. Il a reçu un coup de couteau sous les côtes qui en a cassé quelques-unes, mais il s'en sortira. Je crois bien qu'il sera sur pied longtemps avant toi.

Elle l'entendit pousser un soupir et comprit à quel point son inquiétude avait été grande. Elle garda le silence pendant quelques instants. Juste lorsqu'elle le pensait rendormi, elle entendit :

— Il les a tous tués.

— Oui.

Elle se remémora la liste. Ella, Kari, Carp. Rolke, aussi. Et il s'était attaqué à Kelta, Capiam et Kerleu. Tillu fut la première surprise par l'intensité du sentiment de répulsion qui l'animait quand elle pensait à Joboam. Autre sujet d'étonnement ; la manière dont son fils avait résolu ces mystères. Elle disposait des mêmes informations que lui ; pourquoi n'avait-elle pas compris ?

Elle parla à haute voix au bénéfice d'Heckram.

— Avant que le peuple des hardes ne migre, Joboam est venu me voir. Il avait une plaie infectée à l'avant-bras. Je l'ai ouverte et j'en ai retiré un fragment d'os. J'ai cru qu'il était en train de sculpter quelque chose qui s'était cassé, et que ce débris s'était logé dans son bras.

— Le couteau... d'Ella.

Heckram dut reprendre son souffle deux fois pour achever sa phrase, et elle perçut l'importance que ces révélations revêtaient à ses yeux.

— Oui. Sauf que je ne l'ai pas saisi sur le moment. J'ai mis le morceau d'os de côté et je ne l'ai plus revu. Kerleu l'a sans doute trouvé et a su ce que c'était.

Heckram manifesta son accord d'un soupir. Le silence s'étira.

— Lièvre ? demanda-t-il.

— Je ne sais pas. Une espèce de maladie, qui s'attaquait à tous ceux qui avaient mangé la viande, ou qui l'avaient touchée, comme Joboam l'a compris trop tard. Ce que j'ignore, c'est pour quelle raison d'autres sont atteints maintenant, alors qu'ils n'ont ni consommé ni effleuré l'animal.

Heckram prit une profonde inspiration. Tillu attendit.

— J'ai tué. Je dois... quitter le peuple des hardes.

— Non. Oh, non ! (Elle s'allongea avec précaution près de lui, nichant son ventre contre le flanc tiède.) Kerleu a dit que ce n'était pas toi. Le couteau d'Ella et le loup ont tué Joboam. Pas toi. J'ai entendu les gens discuter pendant que je te soignais. Plusieurs personnes se sont avancées pour parler en ta faveur. Mais Capiam a dit que ce n'était pas nécessaire. Que le nadj avait déjà tout expliqué.

Heckram se tut alors, et lorsqu'elle fit courir délicatement les doigts sur son visage, elle sentit ses paupières closes.

— Il est temps de dormir, lui dit-elle.

Elle leva le visage pour embrasser le creux de son oreille.

Tillu songea brièvement à Kelta. Elle avait insisté pour la faire installer dans la tente de Carp et avait éprouvé une grande satisfaction à la border dans les fourrures épaisses et lustrées, au milieu de la richesse qui représentait le prix de son malheur. Maintenant, Capiam dormait sans doute également là-bas. Tillu pensait qu'ils avaient tous les deux de bonnes chances de survivre, s'ils ne s'abandonnaient pas à leur chagrin. Les événements inouïs qui s'étaient déroulés avaient attiré les autres maîtres des hardes, impatients d'entendre l'histoire. Le prestige de Capiam en était sorti renforcé. Il vivrait, conduirait sa tribu au talvsit afin d'y passer l'hiver, et ferait le trajet à de nombreuses reprises par la suite.

Tillu posa le visage contre l'épaule d'Heckram, s'imprégnant de son odeur. Maintenant, elle pouvait fermer les yeux et voir non plus du sang, mais des rennes, une vaste harde éparpillée sur la toundra, aux bêtes aussi nombreuses que les étoiles dans le ciel nocturne. Elle suivrait leur sillage avec cet homme à son côté. Elle imaginait la course des animaux, tête dressée, bois rejetés en arrière, les entraînant dans un cycle perpétuel. Heckram les pisterait toujours. Et elle serait avec lui, partout où il choisirait d'aller, comprit-elle.

Kerleu marmonna dans son sommeil, puis cria soudain clairement.

— Si tu veux être le compagnon du loup, apprends à marcher sur les traces du troupeau.

Sous sa main, la poitrine d'Heckram vibra alors qu'il murmurait son accord. Tillu se rapprocha et ferma les yeux pour s'endormir.

Kerleu

LE NADJ

Il était assis sous le soleil de l'après-midi, qui colorait de rouge ses paupières fermées et caressait sa peau d'une touche brûlante. Les bandages enserraient encore son torse. Tillu avait dit que sous les écorchures, les côtes étaient cassées, et les avait enveloppées si étroitement qu'il avait du mal à respirer. Puis elle avait osé le réprimander pour s'être opposé à Joboam.

— Tu aurais pu vous faire tuer tous les deux, Heckram et toi, et ma vie aurait été détruite.

Paroles absurdes.

— Le glouton n'aurait pas pu me tuer, essaya-t-il d'expliquer. Il ne pouvait pas triompher de l'alliance du loup avec moi.

Elle s'était contentée de s'approcher un peu plus de son oreille en murmurant :

— Et ne pense pas que je ne sache pas d'où sortait vraiment ce fragment de lame.

Il avait renoncé à lui faire comprendre. Elle ne pouvait pas percevoir la réalité supérieure. Seule la plus grande vérité comptait. Le morceau d'os était bel et bien sorti du bras de Joboam ; le moment exact n'avait

356

qu'une importance secondaire. Le peuple des rennes avait besoin de le voir encore rouge du sang du meurtrier, de cette manière, il avait accepté la vérité, et serait en paix. Pirtsi avait dû en passer par là avant de pouvoir admettre ce qui le rongeait. Tous avaient été convaincus. Tous, sauf Tillu. Elle seule n'avait pas de respect pour lui. Elle seule n'admettait pas l'existence de ses pouvoirs. Mais il lui apprendrait. Il s'autorisa un sourire narquois.

— Nadj ?

Il émergea de ses réflexions. Une fillette, pieds nus, se tenait devant lui. Elle n'était que grands yeux et chevelure noire indisciplinée. Elle était aussi très jeune, probablement deux ans de moins que lui. Et très timide.

— Que veux-tu ? demanda-t-il d'un ton bourru.

Ses yeux s'écarquillèrent, et sa bouche se fronça de concentration pendant qu'elle lui présentait une coupe de feuilles. Elle y avait placé un trésor de fraises sur pied précoces, sans doute sa première cueillette de l'année. Elle retint son souffle au moment de les lui offrir. Il n'accepta pas immédiatement.

— Tu es la fille de Kerl, n'est-ce pas ?

Elle hocha la tête une fois d'un air effrayé. Il tendit la main et elle posa son arrangement végétal au milieu de sa paume. Il la regarda un moment, avant de lui sourire. Elle lui répondit avec prudence, comme un renardeau surveillant les alentours de sa tanière.

— Mon père, Kerl, m'envoie te dire que son fils aîné respire de nouveau librement. Il s'est assis pour déjeuner, ce matin.

— Bien.

Kerleu baissa les yeux sur les baies et en versa la moitié au creux de sa paume. Il rendit le reste à la fillette.

— Donne ceci à ton frère, lui dit-il. Elles lui feront du bien.

La fillette semblait stupéfaite.

— Merci, bredouilla-t-elle.

Elle soupira et disparut. Kerleu s'assit pour manger le présent. Puis il reprit la sculpture à laquelle il travaillait, l'examina et la reposa. Il se renversa en arrière, ferma les yeux, sentit le soleil contre son visage et vit le monde se colorer en rouge derrière ses paupières closes. Carp aurait demandé un don plus avantageux que des baies, se dit-il. Il l'aurait traité d'imbécile de se contenter d'aussi peu. Kerleu se détendit entièrement, laissant les bruits des siens déferler sur ses sens. Les enfants jouaient en criant, les hommes et les femmes échangeaient des appels en travaillant dans les enclos, les mères appelaient leur progéniture. Il sentait l'odeur des feux pour la cuisine, celle de la viande et du poisson qui séchaient sur les râteliers, le moisi des peaux étendues pour sécher au soleil, le fumet sauvage des rennes. Le peuple des rennes était tout autour de lui. Il le sentait comme une araignée sent les vibrations imprimées à chaque fil de sa toile. Un autre bloc de compréhension se mit en place. C'est cela que Carp avait manqué, pour cela qu'il ne s'était pas inquiété de lâcher la maladie parmi eux. Carp ne faisait pas partie de leur tribu. Au contraire de Kerleu.

La voix de Tillu sortait de la tente. Il l'entendait bavarder avec Heckram et lui reprocher d'être déjà occupé alors qu'il n'était debout que depuis la veille. Kerleu sourit tout seul. Lui savait. Heckram tendait avec soin une pièce taillée dans une peau de loup sur l'ancienne armature du tambour. D'abord, il s'était émerveillé devant le savoir-faire que laissait apparaître l'instrument. Puis il avait secoué la tête, prétendant que le bois chenu ne résisterait pas à la pression. Mais Kerleu, convaincu du contraire, avait insisté. Voilà pourquoi Heckram travaillait à restaurer l'objet. Il fixait le cuir avec soin, l'étirait autant que possible, l'humidifiait, pour l'étendre encore. Kerleu avait fini par s'ennuyer à le regarder faire et était sorti s'affairer lui-même, tout en somnolant de temps à autre sur les douces fourrures de renard offertes par Capiam. Mais la voix de Tillu vint rompre une fois encore sa rêverie. Elle semblait contrariée.

— De l'écorce de saule. Ce n'était pas autre chose, même s'il a chanté au-dessus pendant des heures. De l'écorce de saule et du sel. À tous ceux qui sont venus, j'ai donné une portion de ce remède contre la fièvre, et du sel pour fabriquer un emplâtre à appliquer sur les plaies. Je leur ai dit la même chose. Le sel, pour vider les abcès du poison, l'écorce de saule, pour empêcher la fièvre de monter. Maintenant, ils ont tous la bouche pleine de la « magie du nadj » en m'expliquant qu'ils se sentent mieux.

— Et tu es jalouse, souligna la voix profonde d'Heckram, dont l'amusement était patent.

— Certainement pas. Je me demande simplement pourquoi les gens ne peuvent pas voir les choses comme elles sont. Pourquoi...

— Ce n'est peut-être pas aussi simple. Mais est-ce vraiment important ?

— J'imagine que non, soupira-t-elle, résignée. Du moment qu'ils se remettent. Capiam allait mieux hier, Kelta s'occupe bien de lui.

— Elle n'a plus personne d'autre, fit remarquer Heckram.

Le silence fut brisé par les marmonnements de Tillu :

— J'imagine qu'on peut dire cela. (Elle changea brusquement de sujet.) Que fais-tu ?

— Je porte cela à Kerleu. Je crois qu'il est terminé.

— Assieds-toi, je m'en charge.

— Non. J'en ai assez de rester à l'intérieur. Voir un peu de ciel me fera le plus grand bien.

Kerleu entendit des bruits de frottement, imagina Tillu regardant Heckram se lever d'un air réprobateur. Il réfléchit quelques instants, s'adressa un large sourire, puis l'effaça de son visage au moment où s'ouvrait le rabat de la tente.

— Tu te déplaces comme un vieil homme, fit-il remarquer à Heckram, qui sortait en crabe.

— Kerleu ! le reprit Tillu.

Ils l'ignorèrent.

— J'ai l'impression d'être un vieillard, admit Heckram. Voilà. Qu'en penses-tu ?

Kerleu accepta le petit tambour. Il le tourna et le retourna, examina la couleur crémeuse de la nouvelle peau, imaginant déjà les silhouettes bleues et rouges qu'il peindrait dessus, rennes, hommes et loups ensemble.

— De la part du loup, se dit-il, pensif.

— Oui, de la peau de loup, convint Heckram sans comprendre l'allusion.

— Cela ira très bien. Heureusement, tu es meilleur à cette tâche qu'à te battre. (Il regarda Heckram à travers ses cils baissés.) As-tu appris quelque chose de ton combat avec Joboam ?

— Kerleu ! le reprit Tillu d'une voix irritée.

Mais Heckram se contenta de s'agenouiller en douceur, puis s'assit près de Kerleu.

— Je ne savais pas que j'étais censé en retirer quoi que ce soit, dit-il d'une voix entrecoupée par la douleur.

La remarque était sincère, provenant d'un homme qui avait eu un aperçu de ses pouvoirs. Aucun besoin d'apprendre le respect à Heckram.

— Bien sûr.

Inconscient du regard irrité que Tillu adressait à son fils, Heckram s'absorba dans ses réflexions.

— C'était là la première fois que je me battais avec un homme. Enfin de cette manière... Je n'avais jamais compris ce que cela représentait de combattre en espérant tuer son adversaire. (Il regarda Kerleu avec un étrange respect.) Joboam était meilleur. Je ne sais pas comment je suis encore vivant.

— C'est grâce à ma magie. Parce que tu appartiens plus au peuple des hardes que tu ne l'imaginais. Tu pensais pouvoir être un tueur. Mais tu ne l'es pas. Tu as lutté contre Joboam comme s'il s'agissait d'une vaja pleine. Sans ma magie, il t'aurait tué. Le meurtre n'est pas en toi.

— J'avais fini par le soupçonner, admit Heckram

361

avec morosité. (Il tâta du bout du doigt sa bouche encore enflée.) Alors, je ne suis pas un combattant. Mais tu aimes le tambour.

— Oui. (Kerleu éclata de son rire cassé.) Tu apprends de moi, maintenant. Mais j'ai beaucoup appris de toi. D'accord ?

Il montra son travail dans la lumière. Heckram, sachant qu'il fallait se garder d'y toucher, se contenta de regarder.

— On dirait une patte de loup, fit-il remarquer.

Kerleu sourit en percevant le malaise qui frangeait ses paroles.

— Oui, convint-il.

Il se pencha soudain, toucha le ventre de sa mère du bout de la baguette sculptée.

— Le bébé sera une fille. Appelez-la Saule, pour la chance.

Silence.

— Quel bébé ? demanda Heckram au bout d'un moment.

Tillu se leva brusquement et s'engouffra dans sa tente. Heckram regarda Kerleu avec incrédulité. Il se releva beaucoup plus vite qu'il ne s'était assis, batailla un instant avec le rabat de l'abri, puis répéta :

— Quel bébé ?

Kerleu entendit Tillu murmurer sa réponse, puis la voix profonde d'Heckram monta dans les aigus de l'incrédulité. Il ne prit pas la peine d'écouter le reste de leur conversation.

Sortant le petit loup de sa poche, il le posa sur la nouvelle peau du tambour.

— Dorénavant, elle me respectera, lui dit-il.

Le loup aux yeux noirs et brillants se leva et rit avec lui, langue rouge pendante. Kerleu frappa doucement sur le cuir tendu avec la patte sculptée, et le loup dansa pour lui dans la chaude lumière du soleil d'après-midi.

NOTES

Le gastrophile est un insecte qui s'attaque au renne en pondant des œufs dans sa fourrure. Au moment de l'éclosion, la larve s'enfouit dans le dos de l'animal. Des furoncles se forment autour d'elle et elle vit du pus qui se développe à l'intérieur jusqu'au printemps. Parfois, le gastrophile dépose ses larves dans le museau de la bête. Elles sont alors inhalées et pénètrent jusqu'à la gorge, véhiculées par le mucus. Les animaux atteints meurent souvent de toux, d'un refroidissement ou par asphyxie. C'est la maladie à laquelle on se réfère comme la grande peste. Généralement, les rennes échappent aux parasites en se réfugiant dans les champs de glace qui restent intacts sur la toundra, même en été.

La tularémie est une maladie infectieuse aiguë, de nature épidémique, due à *Francisella tularensis*. Elle peut se transmettre à l'homme par la piqûre d'une tique contaminée ou d'un autre insecte suceur de sang, par contact direct avec des animaux atteints, en consommant de la viande mal cuite, ou en buvant de l'eau qui renferme cet organisme. Les symptômes apparaissent de un à trois jours après l'exposition – maux de tête, frissons, vomissements, douleurs intenses. Le site de l'infection peut se développer en ulcère, les glandes du creux du coude et de l'aisselle enfler douloureusement. Ultérieurement, ces grosseurs sont susceptibles d'évoluer en abcès. Par la suite, on observe des sueurs abondantes, une perte de poids et une faiblesse générale. La fièvre va et vient durant plusieurs semaines. Si la bactérie pénètre l'organisme par la peau, des plaies se forment, généralement sur les mains et les doigts. La complication la plus courante est la pneumonie. Des pansements humides au sel parviennent généralement à calmer les lésions, et les analgésiques soulagent les maux de tête.

Megan Lindholm